Zum Autor

Dr. phil. Dietmar Weigel lebt in Rheinland-Pfalz und ist als Erziehungswissenschaftler, Lehrer und Schulleiter berufstätig. Er war auf vielen Reisen in Europa, Afrika und Asien unterwegs.

Seit vielen Jahren beschäftigt er sich mit der Schriftstellerei. Er hat in verschiedenen Autorengruppen mitgewirkt und viele Lesungen in Kulturinitiativen, Cafés und Weingütern gehalten. Seine Werke wurden in Literaturzeitschriften veröffentlicht.

Im hier vorliegenden Band sind seine wichtigsten Erzählungen erstmals vereint. Ein Roman ist in Vorbereitung.

Dietmar Weigel

Blaue Dschungelkatzen

Geschichten zwischen Nacht und Ferne

Bibliografische Information der Deutschen Nationalbibliothek:
Die Deutsche Nationalbibliothek verzeichnet diese Publikation
in der Deutschen Nationalbibliografie; detaillierte bibliografische Daten sind im Internet über www.dnb.de abrufbar.

Titelbild „Blaue Dschungelkatzen" 70 x 100 in Öl von
Angelika Quast-Fischer

Herstellung und Verlag: BoD – Books on Demand, Norderstedt

ISBN 978-3-7347-4689-5

Inhalt

Blaue Dschungelkatzen

In den Hütten war es still. Nicht einmal das Geplärre der Kinder war zu vernehmen. Die Mittagssonne brannte heiß und härtete die Erde der wenigen kleinen Felder rings umher. Es wuchs nicht viel in diesem Jahr. Ein bisschen Mais, ein paar Bohnen und hin und wieder konnten sich noch ein paar Bananenstauden halten. Platz gab es genug. Es lebten nicht sehr viele Menschen hier in dieser Gegend von Afrika. Die Küste und das Gebiet der Plantagen waren weit entfernt. Hier gab es nur die Steppe. Die krüppeligen Sträucher und dornigen Bäume spendeten kaum Schatten. Die Erde war steinig und ließ sich nur mühsam pflügen.

Jackson lag auf der staubigen Decke auf dem Boden seiner Lehmhütte. Er   hatte die Arme hinter dem Kopf verschränkt und betrachtete gedankenverloren den hurtigen Lauf eines Gekkos auf der Fensterbank. Nebenan auf dem einzigen Bett lag Serena. Sie hatte den Kleinen an der Brust. Beide waren eingeschlafen.

Serena war Jacksons erste und bisher einzige Frau. Jackson hatte sie und ihr Kind aus den Bergen geholt, wo dieser fremde Stamm lebte. Serena und das Kind waren von der Sippe verstoßen worden. Warum - das hatte Jackson nicht genau verstanden, irgendeine Familienfehde wahrscheinlich. Über die Leute aus den Bergen wusste man nichts Genaues.

Jackson erhob sich und ging zu den Beiden hinüber, ganz leise, um sie nicht zu wecken. Er scheuchte die Fliegen aus ihren Gesichtern und küsste zuerst seine Frau und dann den Kleinen. Der quengelte ein bisschen im Schlaf und seine winzigen Finger umschlossen Jacksons Daumen. Jackson löste sich sacht von ihnen und ging hinaus in die Sonne.

Er besah sich seine Felder und seine Hütte. Viel besaß er nicht. Wir sind arm, dachte er, schrecklich arm. Er wusste um seine Armut, denn er hatte das Land und die Städte an der Küste gesehen. Und er hatte auch schon mit den Weißen gesprochen, die mit ihren großen Autos über die Schotterpiste brausten, bis zum See hinunter, dort, wo das große Schutzgebiet der wilden Tiere begann. Als er an den Nationalpark dachte, fiel ihm wieder die Nachricht ein, die ihn nicht schlafen ließ an diesem Mittag.

Wo der Dschungel endete und der See begann, hatte man ihn gesehen - einen schwarzen Panther. Der Panther war ein seltenes Tier, das wusste Jackson, obwohl er sonst nicht viel von Tieren und von der Jagd verstand. Dass es nur wenige Panther gab, war ihm im Grunde auch egal. Für den Panther empfand er nichts Besonderes. Eigentlich hätte es auch sonst niemanden im Dorf interessiert, dass es ein Tier mehr oder weniger im Dschungel gab. Das Fell eines schwarzen Panthers war aber eine starke Versuchung für die Menschen in der Steppe, eine stärkere Versuchung noch, als es das Elfenbein der Elefanten war.

In der nächsten Stadt, wo die Bahnlinie beginnt, könnte man das Fell eines schwarzen Panthers gut verkaufen, überlegte Jackson. Dann würden wir ein gutes Geschäft haben, an der Küste, dort, wo nur die Reichen wohnen. Jackson seufzte. Die Jagd auf die Tiere im Nationalpark war unter Androhung der Todesstrafe verboten. Jeder wusste das. Hin und wieder schon waren Angehörige aus seiner Sippe bei der Wilderei ertappt und erschossen worden. Dennoch - der Handel lief gut mit Fellen, Elfenbein und Hörnern. Die Behörden waren korrupt und die Bahnlinie erleichterte noch das Geschäft. Jackson hockte sich in den Schatten einer Akazie und blickte in die flimmernde Glut, die über der Steppe brütete.

„Man hat einen Panther gesehen im Dschungel", sagte Jackson am Abend zu seiner Frau. Serena hockte vor der Feuerstelle und kochte Maisbrei. Sie sah auf, als sie die Worte ihres Mannes vernahm. „Was willst du denn damit sagen?", fragte sie.

„Eben nur, dass man einen Panther im Dschungel gesehen hat", brummte Jackson.

„So so, man hat also einen Panther im Dschungel gesehen. Und? Was braucht uns das zu kümmern?" Serena rührte energisch im Topf. Jackson sagte eine Weile nichts mehr. Sie aßen schweigend, während der Kleine auf dem Boden umher krabbelte und mit Staub und Steinen spielte.

„Weißt du, es wäre doch gut", begann Jackson wieder, „wenn wir uns keine Sorgen mehr zu machen bräuchten. Einmal nur ein bisschen Glück, dann müssen wir uns nicht mehr fragen, ob das Essen noch bis zum nächsten Regen reicht."

Serenas Augen funkelten voller Angst. „Bisher sind wir noch satt geworden. Was du tun willst, kann das Leben kosten. Es ist unrecht, den Panther zu jagen. Sein Fleisch ist nicht zum Essen da!" Serena zitterte und keuchte vor Aufregung. Was hat sie nur, dachte Jackson. So schlimm ist das alles nicht.

Der Kleine stöberte im Dreck eine Kakerlake auf und steckte sie schnell in den Mund, bevor sie ihm die Mutter aus der Hand schlagen konnte. Er glückste zufrieden.

Später, als es dunkel war, und der Kleine schon schlief, kam Serena zu ihrem Mann. Sie kauerte vor ihm, wartend und lauernd. Jackson streifte ihr das Tuch von den Schultern und streichelte sie überall. Sie atmete schwer. Sie klammerte sich an ihn und sie liebten sich zärtlich und verspielt.

Sie ist eine wunderbare Frau, dachte Jackson, als sie dann beieinander lagen und ruhten. Ich will ihr keinen Kummer machen. Die schwarze Haut ihrer Körper schimmerte seiden im Licht der Sterne. Sie hielten sich umschlungen und genossen den Frieden.

„Weißt du", flüsterte Jackson leise, „ich werde morgen den Alten fragen, was zu tun ist. Er wird schon den rechten Rat wissen."

Serena murmelte irgendetwas Zustimmendes und knabberte an seinem Ohr. Dann war sie eingeschlafen. Jackson lag noch lange wach und dachte nach. Als ihn die Träume endlich übermannten, sah er das glänzende Fell des schwarzen Panthers.

Der Alte lebte etwas außerhalb vom Dorf in einer baufälligen Strohhütte. Niemand wusste genau zu sagen, wie alt er wirklich war. Manche behaupteten, er wäre schon zu der Zeit auf der Welt gewesen, als es noch keine Regierung und keine Partei gab und nur Häuptlinge und Könige den dunklen Kontinent beherrschten. Der Alte lebte von den Gaben, die ihm die Menschen aus dem Dorf brachten. Er genoss hohes Ansehen, denn er galt als weise und als ein Mann des Gesetzes. Auf welche Gesetze er sich berief, war freilich immer etwas ungewiss, und so war Jackson sehr gespannt, welcher Rat ihm wohl zu Teil werden würde.

Er grüßte die hagere grauhaarige Gestalt mit Respekt und trug sein Anliegen vor: „Ich will den Panther jagen!"

Der Alte nickte bedächtig mit dem Kopf und kratzte sich hinter dem rechten Ohr. „Ich will sehen, was die Geister des Dschungels dazu sagen", meinte er. Dann kramte er aus einer Truhe einen ledernen Becher hervor und ließ drei große Krokodilzähne hinein klimpern. Er spuckte darüber und gab einige unverständliche Laute von sich, es klang eher nach einem Husten und Röcheln als nach Worten mit Sinn. Dann ließ er die Zähne aus dem Becher zu Boden purzeln. Vorerst sagte er nichts dazu, fast schien es, als müsse er sich die Antwort erst noch einfallen lassen.

„Nun, was ist?", drängelte Jackson ungeduldig. Der Alte starrte auf die Zähne im Staub und sagte: „Ich sehe, dass der Panther sterben muss, und ich sehe einen hohen Preis!"

Jackson wunderte sich nicht darüber, dass der Alte mit seinen halbblinden Augen überhaupt noch etwas sehen konnte. Er war nur erleichtert und atmete auf, denn die Botschaft erschien ihm unmissverständlich. Der Alte war etwas nervös. „Nimm die Zähne und den Becher mit, dann wird der Dschungel zu dir sprechen können", erklärte er. Jackson zuckte gleichgültig mit den Schultern, steckte die Dinge ein und ging davon.

„Die Gesetze des Dschungels sind auf meiner Seite", berichtete er später seiner Frau. Er knallte triumphierend den Becher mit den Zähnen auf den Tisch. Serena schrak zusammen. „Was weißt denn du schon vom Dschungel?", zischte sie ihm entgegen.

„Na, vom Dschungel, da weiß ich so viel, wie du eben auch weißt", erklärte er hochmütig. „Ich werde den Panther töten, und die Soldaten werden mich nicht erwischen. Ich mache es ganz geschickt, um Mitternacht, wenn der Mond aufgeht. Und dann werden wir bald sehr reich sein." Er versuchte, Serena in die Arme zu schließen. Sie aber kratzte ihm ins Gesicht und sprang davon. Jackson war überrascht. So böse hatte er sie noch nie erlebt. „Geh nicht, ich bitte dich", wimmerte sie. „Es wird ein Unglück geschehen."

„Ha, ich bin ein starker Mann. Mir wird schon nichts passieren!" Jacksons Entschluss war unerschütterlich.

Serena kniete in der Ecke der Hütte und presste ihren kleinen Sohn an sich. Sie schluchzte und bebte voller Angst. Als Jackson wütend die Tür zuwarf, kippte der Becher vom Tisch, die Zähne fielen in den Staub. Der Kleine fing zu weinen an.

Jackson verließ das Dorf am nächsten Nachmittag. In einem Tuch trug er die Waffen, mit denen er umgehen konnte, den Bogen und die vergifteten Pfeile, den scharfen Speer. An einem Strick führte er eine Ziege mit sich. Er wusste, dass Serena ihm mit traurigen Augen nachblickte, und er drehte sich absichtlich nicht um.

Der Marsch bis hinunter zum See dauerte einige Stunden. Unterwegs traf er nur wenige Menschen. Sie grüßten den Mann mit der Ziege freundlich. Sie denken, ich bin nur ein Bauer, ging es ihm durch den Sinn. Wie dumm sie sind.

Als Jackson endlich den See erreichte, wurde es dunkel. Er gab sich Mühe, einen sicheren Platz zu finden, denn abends kamen viele Tiere zum See, um zu trinken. Auf einem hohen Felsen in einer Mulde versteckte er sich. Der Ziege warf er etwas Heu hin, damit sie fraß und still war. In der Ferne, unter der untergehenden Sonne, sah Jackson zwei Jeeps und ein paar Menschen - Weiße, die auf Safari waren und mit ihren Ferngläsern den See absuchten. Jackson zog sich hinter die Felskante zurück. Niemand wird mich hier finden, dachte er.

Später, als es Nacht war, wurden die Geräusche des Dschungels immer lauter. Es knackte und raschelte im Dickicht. Der Dschungel erhob sich als eine mächtige schwarze Wand und verschluckte die Sterne. Geheimnisvolles Leben war in dieser Schwärze zu erahnen. Geisterhafte Schatten schnauften und streiften umher. Die Weißen waren mit ihren Autos längst schon fort, und Jackson war sich sicher, dass er der einzige Mensch war in dieser urtümlichen Welt. Du bist fremd hier, sagte er sich. Du musst jetzt tapfer sein.

Gegen den silbrigen Schimmer des Sees zeichneten sich die Umrisse von Büffel und Elefanten ab. Auch Antilopen und Wasserböcke konnte Jackson erkennen, und da wusste er, dass der Panther noch nicht in der Nähe war. Er ist sehr stolz, dachte Jackson.

Plötzlich schüttelte es ihn in Erwartung der Jagd. Er legte seine Waffen bereit. Von den Weißen hatte ihm mal jemand gesagt, er fände es in Ordnung, Tiere zu töten, um davon zu leben. Ja, leben will ich, dachte Jackson.

Dann prüfte er die Schärfe der Speerklinge und schnitt der Ziege rasch und geschickt die Kehle durch. Er hängte sie kopfüber in eine Baumgabelung und ließ sie ausbluten. Er konnte es riechen, wie das warme frische Blut aus dem Kadaver hervorsprudelte, und er wusste, auch der Panther würde es wittern, und es würde ihn wahnsinnig machen vor Gier. Schnell prüfte Jackson die Windrichtung und legte sich dann im Gebüsch auf die Lauer.

Der Mond kam jetzt hinter den Urwaldriesen hervor und spendete bleiches Licht. Die Konturen wurden scharf und die Schatten fächerten in verschiedenen Grautönen auseinander. Plötzlich wurde sich Jackson bewusst, dass es still war im Dschungel. Kein Rascheln und kein Flügelschlagen mehr, die Antilopen und Büffel waren verschwunden.

Ein tiefes Knurren ertönte da aus dem Gehölz und Jackson erzitterte leicht. Der Panther war da! Er schlich als lang geduckter Nachtmahr über die Wipfel heran. Er war groß und voller Kraft. Sein Schwanz peitschte hin und her in Angriffslust. Das dichte dunkle Fell schimmerte blau im Licht des Mondes. Der Panther kam vorsichtig näher. Er war misstrauisch, aber er roch das frische Ziegenblut. In den oberen Ästen des Baumes duckte er sich tief und setzte zum Sprung an auf das Lockfutter.

Jackson hielt den Bogen gespannt und zielte sorgfältig. Er war aufgeregt, sein Puls hämmerte ihm in den Schläfen. Die gelben Lichter des Panthers reflektierten den silbrigen Glanz des Sees. Jackson dachte an die großen angstvollen Augen von Serena. Etwas verkrampfte sich in seiner Seele. Es war wie ein plötzlicher Frost. Serenas Mahnen ging ihm nicht aus dem Sinn. Der Panther fauchte.

Sie wird mir verzeihen müssen, dachte Jackson. Dann zog er die Sehne des Bogens vollends durch und ließ den Pfeil durch die Nachtluft schwirren. Todbringend bohrte er sich in die weiche Flanke des Panthers und versenkte sein Gift in die geschmeidigen Muskeln. Der Panther stürzte vom Baum, wälzte sich am Boden und schlug und biss um sich. Er verrenkte den Kopf und schnappte wütend nach dem peinigenden Schmerz in seiner Seite. Jackson sprang auf und sah zu, und er kämpfte gegen die Angst um das Leben, das aus dem Tier entwich. Rasch schoss er noch einen zweiten Pfeil in die Brust des Panthers, das Ende war nah, die Angst verlor sich. Der Panther war tot!

Jackson gönnte sich eine kurze Pause und bewunderte das glänzende Fell. Dann wollte ihn die mahnende Stimme Serenas wieder plagen. Er riss sich zusammen. Das ist nur die Nacht, sagte er sich. Die macht dich so unruhig.

Er zündete ein Feuer an, um die Hyänen fern zu halten, und dann fing er an, den Panther zu häuten. Er schnitt die Hinterläufe ein bis in den Schritt und hätte nur zu gern übersehen, dass der Panther ein Weibchen war. Jackson zog und zerrte an dem Fell. Das strengte ihn an. Das Fell riss schwer von dem Fleisch. Er hasste dieses Geräusch. Es durchjagte ihn bis in die Knochen. Als er die Bauchdecke teilte, sehnte er sich plötzlich nach Serenas Umarmung, nach ihrer sanften Haut, er hoffte, sie bald zu berühren, denn dann war alles gut. Du musst bei der Sache bleiben, ermahnte er sich.

Das rosige blutige Fleisch des Panthers war immer noch warm, als Jackson ihm die schwarze samtige Decke mit einem Ruck über den Kopf riss. Er wickelte das Fell zusammen, und auf einmal vernahm er wieder die Laute, die aus dem Dschungel drangen. Die Worte des Alten fielen ihm wieder ein, dass der Dschungel zu ihm sprechen könne, aber sofort wusste er auch, dass er den Becher und die Zähne zu Hause vergessen hatte. Das mochte ein Unglück sein. Du spinnst ja, Mann, sagte sich Jackson. Die Welt der Geister ist längst vergangen.

Ein paar Laute schienen ihn Lügen zu strafen, besondere Laute, die zwischen allen anderen Lauten hindurch hartnäckig in sein Bewusstsein drangen. Ein Schnurren und Wimmern war's, ein scheues Scharren und Tasten. Aus dem Dunkel des Dschungels kam ein Pantherjunges heran. Es wendete unsicher den kleinen Kopf hin und her, knickte unsicher mit den Pfoten ein, suchte nach einer verlorenen Geborgenheit zwischen der Tiefe des Waldes und dem flackernden Feuerschein. Erschrocken und hastig packte Jackson die kleine Katze und erdrosselte sie mit seinen Armen, noch bevor die klagenden Augen ihm den Verstand rauben konnten.

Eigentlich hatte Jackson daran gedacht, im Wald zu übernachten, denn der Weg hierher war lang gewesen und die Jagd hatte ihn Kraft gekostet. Er konnte jedoch keine Ruhe finden. Die beiden wertvollen Felle hatte er zu einem Bündel geschnürt. Seine Hand glitt zögernd darüber hinweg. Etwas schmerzte ihn an der Berührung. Er konnte keine Freude empfinden über seinen Erfolg. Es war, als hielte die Welt eine Strafe für ihn bereit.

Er begab sich, von Unruhe getrieben, auf den Heimweg. Er verließ den Wald mit seiner geheimnisvollen Sprache und kehrte dem silbrigen Glanz des Sees seinen Rücken zu. Mit kräftigen Schritten wanderte er durch die nächtliche einsame Weite der Steppe. Nichts mehr war um ihn herum außer der Weite, und in der Weite drängte er vorwärts voller Angst und böser Ahnungen. Und da die Nacht so leer war, nur angefüllt mit dem, was seine Seele sich erdachte, nahmen seine Befürchtungen konkrete Gestalt an: Während seiner Abwesenheit konnte mit Serena und dem Kind etwas passiert sein.

Jackson wusste wieder von der Angst, die er empfunden hatte, als das Leben aus dem Panther wich, und von dem heftigen Grauen, das er niederkämpfen musste, als er auch das Pantherjunge tötete. Das verwirrte ihn und ihm war zumute, als wären es Serena und das Kind, die von ihm gemordet wurden. Er hoffte geradezu, die beiden würden nur fiebrig und krank auf dem Lager liegen. Zwischen Angst und Hoffnung wanderte Jackson Stunde um Stunde durch die Nacht seinem Dorf entgegen. Die beiden Felle drückten schwer auf seine Schultern.

Als er den Pfad erreichte, der zu seiner Hütte führte, schrie er bereits laut die Namen, die er oft so glücklich und zärtlich geflüstert hatte. Niemand antwortete ihm. Er stürzte durch die Tür und hastete in den kleinen Räumen umher. Serena und das Kind waren fort!

Jackson stieß seine Stirn gegen den Türpfosten, um seine Verzweiflung einzudämmen. Aber sie kamen dennoch - die Erinnerungen an die alten Geschichten über die Stämme aus den Bergen; Menschen, die sich in Geister und Dschungeldämonen verwandeln konnten und in hellen Mondnächten auf Tatzen und Krallen durch die Wälder schlichen. Dann fiel sein Blick auf den umgestürzten Becher. Die langen Zähne lagen im Staub und der Wind hatte aus der Feuerstelle eine Handvoll Asche darüber gestreut.

Was hab´ ich getan, brüllte Jackson. Er sank in die Knie. Mit Armen und Beinen umklammerte er die Felle und presste sein tränennasses Gesicht in die weiche Schwärze. Lange wälzte er sich so hin und her. Zwischen seinen Klagen küsste er die seidigen dunklen Haare. Aber seine Qual ließ sich nicht mindern und im Morgengrauen nahm er einen der vergifteten Pfeile und rammte ihn sich tief in den Bauch.

Gegen Mittag rumpelte der Bus aus der Stadt in das kleine Dorf. Der Bus hätte eigentlich schon am vorhergehenden Abend da sein sollen, aber es gab einen Motorschaden und so konnte er erst am nächsten Tag weiterfahren. Serena stieg mit ihrem Kind aus. Sie hatte auf dem Markt Früchte und Gemüse verkauft und gute Einkünfte erzielt. Das war besser als nutzlos zu Hause zu warten, hatte sie gedacht. Als sie den Pfad zu ihrer Hütte betrat, sah sie die vielen Leute. Und mit dem dumpfen Ton aufsteigender Besorgnis schritt sie ihnen langsam entgegen ...

Sansibar, Tansania 1995

Stromgedanken

Der westliche Pfad führte durch blühenden Hibiskus und Palmenhaine aus den bewohnten Gebieten heraus. Hier gab es nur noch ein paar vereinzelte Hütten von Bauern und Fischern. In den Wipfeln der Akazien und Zedern turnten Affen herum.

Frank schaute durch das grüne Blätterdach zum Himmel hinauf. Die Sonne stand hoch. Es war kurz nach Mittag - genau die richtige Zeit, denn in einer halben Stunde würde der Wind auffrischen. Frank folgte dem geschlängelten Pfad zwischen den schattigen Bäumen hindurch. Die Farben, Gerüche und Geräusche eines afrikanischen Waldes begrüßten ihn. In den Büschen wimmelte es von gelben und blauschwarzen Vögeln. Zwitschernde, pfeifende und gurrende Laute erfüllten den Wald. Weiter vorn aus dem sumpfigen Mangrovengebiet wehte ein Geruch von abgestandenem Wasser heran.

Nach wenigen Minuten tauchte zwischen den bemoosten Stämmen ein Glitzern auf. Kurz darauf trat Frank auf die Lichtung hinaus und ließ seinen Blick über den Viktoria-See schweifen. Die Wasserfläche war spiegelglatt. Sie wirkte fast gläsern. Es waren keine Boote oder Schiffe zu sehen, nur ein paar Vogelschwärme zogen über den See dahin. In diesem Bild wirkten Schönheit und Frieden vereint, aber Frank wusste natürlich, dass im Victoria-See Krokodile, Raubfische und Schlangen hausten. Wen Afrika liebt, den verschlingt es voll Eifersucht, dachte er. Ein flüchtiges Erschauern lag in dieser Erkenntnis. Zu Hause könntest du in der Sonne liegen, sagte er sich, ohne befürchten zu müssen, dass dich eine Mamba in den Hintern beißt.

Am Ende der Lichtung war das alte Bootshaus zu sehen. Auf der Wiese standen Segeljollen und Ruderboote auf Trailern herum. Daniel, der junge Schwarze vom Stamme der Nandi, stand bereits am Zaun und winkte. Sein erwartungsvolles Lachen ertönte über der Lichtung. Eigentlich gehörte der Bootsclub einem Inder, der in Nairobi und Kisumu Handel trieb. Aber der war selten hier. Daniel passte auf alles auf und er konnte gut mit Booten umgehen. Frank ging rüber zu ihm, von seinem Lachen angesteckt.

„Bist du bereit für eine neue Safari über das große Wasser?" Daniels Augen glänzten und sein Grinsen entblößte seine kräftigen weißen Zähne. „Nur auf Safari weiß ein Mensch, ob sein Herz noch lebendig ist", antwortete Frank. Es sollte wie ein Scherz klingen.

Daniel vollführte eine Armbewegung über den Horizont. „Dann soll uns unsere Safari heute bis zu den Ufern von Uganda tragen, damit dein Herz vergisst, dass es einmal sterben muss." Frank spürte die gute Absicht in diesen Worten, aber ganz so ernst nehmen konnte er sie nicht. Bis nach Uganda wären dreihundert Kilometer über den See zurückzulegen. Das war an einem Nachmittag niemals zu schaffen. Er legte seinen Arm um Daniels Schultern. „Ist das etwa ein kluger Mann, der dem Wind und den Wellen befehlen will?"

Daniels Augen leuchteten. „Der Wind und die Wellen werden unsere Freunde sein. Und heute nehmen wir das schöne Boot aus poliertem Holz, auf dem dein Auge heimlich ruhte."

Zusammen schoben sie die hölzerne Jolle auf dem Trailer ans Ufer und ließen sie dort zu Wasser. Frank kletterte an Bord und setzte sich an die Pinne. Daniel sprang in den Bug, hisste das Vorsegel und holte die Fockschot dicht. Langsam trieben sie auf den See hinaus. Erwartungsgemäß hatte der Wind zugenommen und blies sanft, aber stetig aus Nordwest. Die Wellen kräuselten sich. Die blanke silbrige Fläche war jetzt mit blaugrauen Schattierungen durchsetzt. Frank drehte kurz in den Wind und setzte das Großsegel straff durch. Dann ging er auf nördlichen Kurs. Uganda, wir kommen, dachte er schmunzelnd.

Das Boot glitt hoch am Wind mit schneller Fahrt dahin. Der gleißende Himmel und der See verschmolzen zu einem Universum. In dieser stillen Weite sprachen sie lange kein Wort. Du bist frei, du könntest zufrieden sein, sagte sich Frank im Stillen. Das intensive Licht blendete ihn. Er beschattete seine Augen und starrte in die Wellen. Die Erinnerungen kamen wieder hoch...

Es war vor einigen Jahren im Sommer am Fluss. Die Stadt war zum Weinfest geschmückt. Unter den Platanen an der Uferpromenade waren Tische und Bänke aufgereiht. An den Weinständen prosteten sich die Leute zu. Die Tanzkapelle spielte alte Hits von den Beatles. Frank stand an der Straßenecke und warf dann und wann einen Blick auf seine Armbanduhr. Er hatte eine Verabredung mit Manuela und er war ziemlich aufgeregt. Natürlich hatte er schon viele Frauen gekannt. Er war längst keine Zwanzig mehr. Aber bei Manuela, da war alles anders.

Plötzlich tauchte sie in der Menschenmenge auf und kam lächelnd auf ihn zu. Sie trug ein langes geblümtes Sommerkleid mit schmalen Trägern. Es passte perfekt zu ihren grünen Augen und ihren dunklen lockigen Haaren. Manuela war eine außergewöhnliche Schönheit. Frank musste sich zusammenreißen, um ein paar freundliche Begrüßungsworte stammeln zu können.

Sie schlenderten an den Kirmesbuden vorbei und ließen sich am Rande des Festplatzes nieder. Sie tranken herben Wein, unterhielten sich über Bücher und über Reisen, und mit ihren Worten und Gedanken tasteten sie sich aufeinander zu.

Das Licht der Nachmittagssonne spiegelte sich auf dem Strom und erhitzte ihre Gesichter. Ihre Fingerspitzen berührten sich...

Daniels lautes Rufen holte Frank in die Wirklichkeit zurück. „Siehst du dahinten die neugierigen Hippos?" Daniel deutete mit dem Arm nach Westen. Dort erstreckte sich eine felsige Landzunge in den See hinein. Frank konnte zunächst nichts Besonderes erkennen, aber dann fielen ihm die kleinen höckerförmigen Unregelmäßigkeiten auf der Wasseroberfläche auf. Und an den wackelnden Ohren erkannte er die Herde von Flusspferden, die dort hauste. Ein riesiges rosafarbenes Maul mit langen Zähnen tat sich jetzt auf und eine Serie von tiefen Grunzlauten ertönte über den See. Die Flusspferde waren weit genug weg, aber Frank fiel sicherheitshalber etwas vom Kurs ab und ging auf halben Wind Richtung Nordost.

Daniel brach in brüllendes Gelächter aus. In seinen Augen blitzte der Schalk. „Ob ein Hippo ein Segelboot fressen kann? Da müssen wir mal den Daktari fragen." Daniel gluckste vor sich hin. Frank lachte mit, obwohl er es auf dem Sambesi schon erlebt hatte, dass Flusspferde Kanus angegriffen und mit ihren kräftigen Kiefern zermalmt hatten.

„Hörst du nicht, was sie rufen? Safari njema rufen sie. Denn heute sind sie satt, sie haben schon viele Segelboote gefressen." Daniel prustete wieder los und sein Lachen war so ansteckend, dass Frank lauthals mit einstimmte.

Eine Weile ließen sie sich dann vom raumen Wind parallel zum Ufer treiben. Das Boot lag gerade im Wasser und die Wellen rollten langsam darunter hindurch. Frank und Daniel konnten sich in Ruhe unterhalten. Nach wenigen Minuten sah Daniel kopfschüttelnd zum Ufer hin. Seine Mundwinkel verzogen sich spöttisch.

„Ein Fischer, der nur das Ufer anstarrt, wird hungrige Kinder haben. Und ein Herz, das nur die Heimat liebt, kann Uganda nicht finden." Frank seufzte. Er luvte an und dann kreuzten sie ein paar Mal gegen den Wind, bis sie das Ufer weit hinter sich gelassen hatten. Frank steuerte hoch an den Wind, so dass sich das Boot weit auf die Seite neigte. Daniel setzte sich auf die gegenüberliegende Kante, hielt sich an den Wanten fest und lehnte sich weit nach hinten, um das Boot auszubalancieren. Frank klemmte die Großschot fest. Er spürte den Druck des Ruders an seiner Hüfte und er genoss die schnelle Fahrt. Seine Gedanken trieben davon...

An einem Sonntag traf er sich mit Manuela zu einem Konzertbesuch in der alten Burg. Bevor es losging, standen sie an den Zinnen und blickten über den Rosengarten auf den Fluss hinunter. Dort zogen Schleppkähne und Ausflugsdampfer vorbei. Frank nahm die Schönheit des Flusstales in sich auf. Er hatte von Leuten gehört, die daran glaubten, dass der Strom zu ihnen sprach. Das fand er albern. Aber dennoch fühlte er sich diesem Fluss auf eigentümliche Art verbunden. Er zog Manuela an sich und küsste sie sanft.

In der Burg wurden ein paar Stücke von Händel aufgeführt. Die Bläser waren grauenhaft, aber die falschen Töne störten Frank nicht. Manuela saß an seiner Seite. Und er war sich sicher, dass er ihr Herz gewonnen hatte. Nachdem das Konzert zu Ende war, wanderten sie Hand in Hand durch die Weinberge. Manuela hatte die Schuhe ausgezogen und ging barfuß über die ausgetrockneten Wege. Der Wind wehte durch ihr Haar. Ihr langes Kleid wippte bei jedem Schritt. Frank sah sie an und überlegte, was er sagen sollte. „Was wollen wir jetzt machen?", brachte er schließlich hervor.

„Komm doch mit zu mir", sagte sie leise, „ich hab' noch Sekt kalt stehen." In ihrer Miene war ein verlegenes Lächeln zu erkennen. Als sie ihre Wohnung erreichten, verdunkelte sich der Himmel und ein Gewitter zog auf. Am Sekt hielten sie sich nicht lange auf. Frank streifte Manuela die Träger ihres Kleides von den Schultern. Sie liebten sich auf der breiten Wohnzimmercouch, während draußen der Donner grollte und ein heftiger Regen nieder rauschte.

Danach lagen sie lange beieinander. Frank streichelte Manuelas nackten Körper. Sie lag schweigend an seiner Seite und hatte den Blick in die Ferne gerichtet. Sie ist sehr romantisch, glaubte Frank.

„Hatari!" Daniels Aufschrei ließ Frank aus seinen Träumen aufschrecken. Das Boot war aus dem Gleichgewicht geraten. Daniel hatte sich in die Mitte begeben, um dort eine kleine Pfütze aufzuwischen. Der Wind drückte das Boot übermäßig stark auf die Seite. Frank steuerte reflexartig nach Lee und versuchte, die Großschot aus der Klemme zu lösen. Aber das Ding saß viel zu fest. Es war zu spät. Das Boot kenterte über steuerbord.

Frank sah noch, wie Daniel mit ausgebreiteten Armen ins Wasser rutschte, dann fiel er selbst in die Tiefe. Der Schreck fuhr durch seine Glieder. Luftblasen und gebrochene tanzende Lichtstrahlen umfingen ihn. Schnell kämpfte er sich zurück an die Wasseroberfläche. Daniel war auch schon aufgetaucht. Er paddelte angestrengt wie ein Hund um das gekenterte Boot herum. Frank erinnerte sich, dass die meisten Menschen hier am See nicht schwimmen konnten. Der Victoria-See war nicht gut zum Schwimmen. Das wusste man. Sie klammerten sich beide an den kieloben treibenden Rumpf. Frank fluchte und spuckte. Er sah Daniels besorgten Blick.

„Wir müssen das Ding wieder aufrichten", knurrte Frank. Er hatte keine Lust, mit Krokodilen Bekanntschaft zu machen. Frank wusste, dass man eine gekenterte Jolle normalerweise wieder aufrichten konnte. Bei kleinen Kunststoffjollen war das jedenfalls kein Problem. Aber dieses Boot war aus Holz. Die ausgetrockneten Planken saugten sich langsam voll. Der schwere steil in die Tiefe ragende Mast zog es allmählich nach unten.

Frank tauchte. Er versuchte unter Wasser die Schoten und Falle zu lösen, um das Boot vielleicht doch noch aufrichten zu können. Aber es war hoffnungslos. Die ganze Takelage stand unter großer Spannung. Frank schwamm keuchend zu Daniel hinüber. „Was machen wir jetzt?" Daniel sagte nichts. Auf seiner Stirn zeigten sich zwei große Falten. Frank und Daniel zogen sich auf den Bootsrumpf hinauf, um Kräfte zu sparen.

Frank sah sich um. Das Ufer war weit weg - schwer zu sagen, wie weit genau. Auf dem See war nichts zu sehen. Die Fischer würden erst im nächsten Morgengrauen wieder rausfahren. „Ich werde schwimmen müssen", sagte Frank leise, aber laut genug, dass Daniel ihn verstand. Daniel wich seinem Blick aus und antwortete auch diesmal nicht. „Also hab Geduld und halt durch. Ich hole Hilfe."

Frank holte tief Luft. Das Schwimmen scheute er nicht. Er war ein guter Schwimmer. Aber er mochte gar nicht daran denken, welche Ungetüme da unten auf ihn lauern könnten. Er hechtete ins Wasser, tauchte wieder auf und sah sich noch mal um. Keine Zweifel - der Bootsrumpf war bereits um eine Handbreit gesunken. Daniel hob die Hand zum Abschied. Frank hielt mit langen kräftigen Zügen auf das ferne Ufer zu. Du musst einfach nur schwimmen und nicht denken, sagte er sich. Aber nach einer Weile kam ihm die Sache mit Manuela wieder in den Sinn...

Manuela war in einem kleinen Weindorf am Fluss aufgewachsen. Sie kannte jede Bucht in dieser Gegend. An einem Nachmittag im August nahmen sie die Fähre und überquerten den Strom. Auf der anderen Seite lagen die Dörfer weiter auseinander und in den Uferböschungen gab es viele geschützte Plätze. Dort ließen sie sich nieder und packten ihr Picknick aus. Sie probierten Parmaschinken und Melonenscheiben und prosteten sich mit trockenem Sekt zu. Frank war selig zum Sterben.

Manuela sprach wenig. Sie schaute gedankenverloren über das Wasser. Sie lagen auf der schmalen Decke in der Sonne und ließen sich bräunen. Er liebte die vorsichtigen Berührungen ihrer Haut und die aufkommende Ahnung von leidenschaftlichen Umarmungen, die später noch folgen würden. Nach einer Weile standen sie auf und gingen zum Wasser. Der Fluss war kalt. Als Frank mit den Füßen drin stand, fröstelte er. Aber heute gehörte ihm die ganze Welt. Er würde nicht Halt machen - vor gar nichts mehr.

Sie ließen sich ins Wasser gleiten. In der Kälte klammerte sich Manuela an ihn, hielt ihn mit Armen und Beinen umfangen. Er stand fest in der Strömung auf dem kiesigen Grund. Der warme Körper in seinen Armen machte ihn kühn. Er wippte mit den Zehen auf und ab, wagte sich weiter vor, wo die Strömung immer stärker an seinen Beinen zog. Manuela jauchzte. Er suchte ihre Lippen und küsste sie. Er küsste sie mit einer Gier, die ihn selbst erschütterte.

Vielleicht hatte sie das gespürt in diesem Moment, dass seine Liebe so erdrückend und ernst war - so ernst wie der Tod. Vielleicht hatte sie es auch gelesen in seinem Blick, dass er alles gewinnen wollte und dabei alles zerstören konnte. Der Versuch eines Lächelns stahl sich in ihr Gesicht. Sie schien nach Worten zu suchen, nach einem Weg zurück zur Leichtigkeit. „Lass uns einfach Freunde sein", sagte sie schließlich.

Das war ein Hieb. Das traf ihn mit voller Wucht. Darauf war er nicht gefasst gewesen, nicht im Geringsten. Und in den folgenden Sekunden verlor er den Verstand. Schmerz und Wut machten ihn rasend. Er löste sich aus ihrer Umarmung, packte sie an den Schultern und stieß sie weit von sich. Er stieß sie mit aller Kraft von sich, so wie es der Zorn in ihm verlangte. Manuela strampelte, keuchte und rief seinen Namen, während der Strom sie immer weiter hinauszog.

Frank hätte sie noch retten können. Er wusste das - und er liebte sie ja. Aber er rührte sich nicht. Ihre Hilferufe wehten an ihm vorbei. Er war ein lebloser Fels. Manuela trieb mit der starken Strömung flussabwärts. Eine Weile sah er ihr nach, bis sie seinen Blicken entschwunden - und ihre Rufe verklungen waren...

Frank war jetzt eine Stunde durch den Victoria-See geschwommen. Er war froh, dass er seine Armbanduhr anbehalten hatte. Die Uhr unterteilte die Ewigkeit in kleine Abschnitte. Noch eine viertel Stunde und noch eine und noch eine. Er konnte noch länger aushalten. Das Wasser des Sees war angenehm warm. Aber der Wind trieb ihm Spritzwasser in die Augen und er hatte schlechte Sicht.

Das Ufer schien ihm mittlerweile etwas näher gekommen zu sein. Aber es war immer noch weit genug entfernt, dass kein Anlass zum Aufatmen bestand. Du musst einfach nur schwimmen und nicht denken, ging es ihm erneut durch den Sinn, nur schwimmen und nicht denken. Die Angst vor Krokodilen kam wieder hoch. Wo es Flusspferde gibt, da gibt es keine Krokodile, überlegte er. Aber das beruhigte ihn nicht. Die Landzunge mit den Flusspferden lag in einer ganz anderen Richtung, weit weg. Und mit Flusspferden wollte er schließlich auch nicht zusammenstoßen.

Er sah wieder auf seine Armbanduhr. Seit er den letzten Blick darauf geworfen hatte, waren nur fünf Minuten vergangen. Du bist viel zu ungeduldig, überlegte er, du musst alles ein bisschen gelassener sehen.

Als er den Blick wieder nach vorne richtete, erschrak er auf's Heftigste. Da schwamm etwas Braunes und Langes im Wasser, keine zehn Meter von ihm entfernt. Das Ding tauchte kurz auf, wurde von den Wellen verdeckt und huschte erneut durch sein Blickfeld.

Frank warf sich zur Seite und schwamm so schnell er konnte im Freistil davon. Adrenalin schoss durch seine Adern. Er kraulte und strampelte, bis seine Lungen pfiffen und schwarze Kreise vor seinen Augen tanzten. Er kam aus dem Rhythmus, schluckte Wasser vor Angst und Erschöpfung. Jetzt musst du büßen, sagte er sich, jetzt musst du büßen für alles, was du getan hast.

Nur langsam beruhigte er sich, ließ sich treiben, ein paar Sekunden lang. Er wusste, wie lächerlich das war, einem Krokodil davon schwimmen zu wollen. Er wandte sich um. Da war nichts - nichts, so weit er sehen konnte. Vielleicht war´s nur ein Stück Treibholz, überlegte er. Ein Stück Holz ist´s gewesen. Du siehst Gespenster, Mann. Er atmete langsam und tief. Es war ihm mulmig zumute, aber er korrigierte seine Richtung und hielt weiter auf das Ufer zu...

Als der Strom Manuela seinen Blicken entzogen hatte, stand er noch eine Weile bewegungslos im kalten Wasser. Unter seinem Zorn kam langsam das Gefühl von Verlassenheit auf. Er ging zurück ans Ufer, wo ihre Decken und Handtücher lagen. Die Sektflasche ragte aus dem Picknickkorb hervor, nicht mal ausgetrunken. Das wollten sie sich für später aufheben. Er kniete im Sand, betäubt und erstarrt. Er wusste nicht, was zu tun war. Er flüsterte in sich hinein, wie sehr er Manuela geliebt hatte. Wie sehr hatte er sie doch geliebt - viel mehr geliebt als alles andere auf der Welt. Und gleichzeitig spürte er, dass da etwas Hässliches und Gemeines in ihm war, und dass er etwas Schreckliches getan hatte. Mit einem Mal brach der Kummer aus ihm hervor. Er weinte und schluchzte haltlos vor sich hin.

Gegen Abend ging er zur Polizei. Er berichtete mit sparsamen Worten, dass sie Schwimmen waren im Fluss, und dass seine Freundin von der Strömung mit fortgerissen wurde. Die Polizisten schüttelten verständnislos die Köpfe. Es sei ja schon oft genug davor gewarnt worden, im Fluss zu schwimmen. Die

Strömung sei unberechenbar und habe schon so manches Opfer gefordert. Als sie seine verheulten Augen sahen, wurden sie etwas milder. Vielleicht sei sie ja flussabwärts wieder an Land gespült worden oder ein Schiff habe sie an Bord genommen. Man würde jedenfalls gleich die Wasserpolizei informieren.

Manuela wurde drei Tage später gefunden. Sie lag am sandigen Ufer einer Flussbiegung. Die Polizei berichtete, aus der Ferne habe man meinen können, eine junge hübsche Frau würde sich in der Sonne bräunen lassen. Aber dann habe man erkennen können, dass dort eine Leiche lag, mit starrem Blick, bleich und aufgeschwemmt, mit Fliegen übersät...

Frank war jetzt zwei Stunden durch den See geschwommen. Er warf wieder einen Blick auf seine Armbanduhr, denn er machte sich Sorgen, ob Daniel so lange auf dem sinkenden Boot in Sicherheit war. Du musst dich beeilen, sagte sich Frank. Wenn er umkommt, das stehste nicht durch, diesmal nicht!

Das Ufer war mittlerweile deutlich näher gekommen, da gab's keine Zweifel mehr. Frank konnte ein paar Leute erkennen, die am Bootsclub zu tun hatten. Er legte jetzt all seine Kraft in seine Schwimmzüge. Verdammtes Afrika, fluchte er vor sich hin, mich erwischst du nicht, noch lange nicht! Es lag nicht an Afrika, dass der Tod seine Spielchen mit ihm trieb, aber es tat gut, auf irgendeine Art von Schicksal zu schimpfen. Die Wut trieb ihn an und er pflügte verbissen durch die Wellen.

Schließlich war es mit seiner Geduld vorbei. Er schrie und winkte. Er schrie, bis er heiser wurde. Und er spürte, dass seine Kräfte langsam nachließen. Es dauerte noch eine Weile, bis die Leute am Ufer auf ihn aufmerksam wurden. Aber dann kamen sie ihm endlich mit einem Motorboot entgegen und halfen ihm aus dem Wasser. Er kniete auf dem Boden und rang nach Atem.

Sogleich machten sie sich auf die Suche nach Daniel. Frank wies ihnen die Richtung. Das war nicht einfach, denn auf dem

See gab es keine Orientierungspunkte. Sie fuhren mit dem Motorboot immer weiter hinaus. Frank starrte angestrengt über die glitzernde Wasserfläche. Die Angst fraß sich wie ein glühendes Eisen durch seinen Bauch. Die Männer auf dem Boot schüttelten die Köpfe und wollten umkehren, aber Frank trieb sie weiter. „Nur noch ein paar hundert Meter", drängelte er.

Plötzlich entdeckten sie Daniel mit dem Fernglas. Sie fuhren heran. Daniel hockte auf dem hölzernen Rumpf, der nur noch wenige Zentimeter aus dem Wasser herausragte. Seine Augen leuchteten froh und sein Grinsen war voller Erleichterung. Er hob lässig grüßend den Arm. „Was hast du so lange gemacht?", sagte er spöttisch zu Frank. „Hast du Uganda schon vergessen?"

Sri Lanka 2005

Die Viper

Liebe Freunde, die Geschichte, die ich euch zu erzählen habe, berichtet vom Leben, von der Liebe und vom Tod, so wie dies alle guten Geschichten tun und so wie es die Tradition der arabischen Erzählungen verlangt.

Liebe Freunde, die Zeit, in der die orientalischen Märchen entstanden sind, ist lange vorbei. Aber manchmal begegnet man auch heute noch einer verführerischen Prinzessin in der weiten Wüste Afrikas. Manchmal werden aus Männern Helden geboren. Und manchmal geschieht es auch heute noch, dass das vergiftete Blut gebrochener Herzen im glühenden Sand verrinnt und nur die gewaltige Hitze der Sahara die kreisenden Gedanken um Schuld und Verrat in der Seele betäuben kann.

In jenem Sommer führte ich eine Safari in die Wüste hinter dem Chott-Djerid. Meine Kunden traf ich in einem Straßencafé in dem kleinen Berberdorf Kebili. Es war ein junges französisches Ehepaar, wie ich den Reservierungsunterlagen entnahm. Sie kamen etwas zu spät zu dem verabredeten Treffpunkt, aber ich hatte es nicht eilig. Dieses Land und die Wüste gebieten keine Eile, solange man sich ihren Gesetzen fügt. Schon lange war ich aus Europa fort und hier auf Reisen, manchmal von der Erregung des Unbekannten, Unverstandenen gepackt, manchmal in den Reihen der stolzen und eitlen Araber wie ein Freund geborgen, manchmal allein, auch wenn das Alleinsein nicht immer einfach war.

So saß ich gedankenversunken da und genoss die Farben dieses Landes, das strahlende Weiß der Häuser und das Blau, das ich so sehr liebte, in allen Schattierungen, in seiner kraftvollen ruhenden Reinheit, teilweise von rotem und gelbem

Lehm geschmückt, so wie es auf den Malereien von August Macke zu sehen ist.

Ein Taxi hielt am Straßenrand und das französische Paar stieg aus. Wir begrüßten uns freundlich. Der Mann namens Pascal war hager, drahtig, wirkte auf den ersten Blick etwas unscheinbar, seine Augen aber sahen mir voller Erwartung und Spannung entgegen. Sein Lächeln beschränkte sich auf die schmalen Winkel seines Mundes.

Die Frau hieß Catherine. Sie hatte ein sonnenverbranntes Gesicht, kurze blonde Haare und bewegte sich auf aufreizende Art. Das Khaki-Kostüm stand ihr gut. Ihr Lachen war laut und herzlich und ihre Augen blitzten provozierend. Ich nahm mir vor, mich in Acht zu nehmen. Ich schmunzelte höflich und verstaute das Gepäck im Landrover.

Wir hatten Verpflegung und Wasser für drei Tage mitgenommen. Die Safari konnte beginnen. Sie führte uns tief hinein in das Gebiet der großen Erg. Hier gab es über hundert Meilen hinweg nur endlose Sanddünen. Wasserstellen waren rar. Nur selten begegnete man anderen Menschen. Der Wüstensand war fein wie Mehl und seine Farbe wechselte zwischen safrangelb und der bleichen fahlen Helligkeit von Stärke. Der Wüstenhimmel war wolkenlos und schien komplett von der riesigen gleißenden Sonne eingenommen zu sein. Die Hitze trieb die Thermometeranzeige auf stellenweise 50 Grad hoch. Ich zog meinen Hut tiefer in die Stirn und wischte mir mit dem Halstuch den Schweiß aus Gesicht und Nacken.

Sicher, die Wüste hat ihren Reiz. Aber der Reiz der Wüste ist nicht von kurzweiliger Art. Die Wüste ist ein schier unbegrenztes Stück Natur, vielleicht der Inbegriff von Natur überhaupt, von erdrückender Gleichförmigkeit, herausfordernd in ihrem Anspruch an den menschlichen Geist, sich selbst zu ertragen, sich selbst genug zu sein. Der Landrover quälte sich mühsam im Vierradantrieb durch den Sand. Ich musste die

Dünen schräg über die Luvseite ansteuern, um nicht in den lockeren pulvrigen Tiefen der Leeseite steckenzubleiben.

In den ersten Stunden unserer Fahrt fiel kaum ein Wort. Ich spürte aber, dass Catherine es nicht lange aushalten würde, ohne eine Unterhaltung zu beginnen. Ich betrachtete sie im Rückspiegel. Ihr ganzes Wesen bebte vor Erwartung - Erwartung, die darauf hoffte, es möge zwischen den Menschen im Wagen endlich etwas passieren, Erwartung, die von einer Körper und Geist erfassenden Erregung durchdrungen war.

Pascal wirkte ruhiger und besonnener in seiner Art. Seine seltenen Worte waren sorgfältig gewählt. Er schien mir ein aufmerksam beobachtender Mensch zu sein.

Ich wusste natürlich, dass ich vorsichtig mit meinen Kunden umzugehen hatte. Aber tief in meinem Inneren spürte ich bereits die aufkeimende Hingabe an ein bevorstehendes neues Abenteuer - ein Abenteuer, das für mich noch nicht in Worte zu fassen war, umso geheimnisvoller und gefährlicher jedoch, unwiderstehlich. Die Reifen wimmerten im heißen Sand.

„Was machen Sie sonst noch, wenn Sie nicht gerade auf Safari sind?", fragte mich Catherine.

„Ich bin Schriftsteller, ich schreibe Geschichten", antwortete ich.

„Über Ihre Safaris?"

„Hin und wieder, ja!"

„Sie sind wohl ein moderner Karl May, was?"

Catherine sprach mit scharf gewürzter Ironie und lachte herausfordernd. Etwas in ihr war wie ein gieriges Tier. Mein Herz klopfte. Ich gab ihr irgendeine freche Antwort und sah verstohlen zu Pascal. Er nickte bedächtig, zustimmend. Das Spiel war eröffnet. Wir lachten und scherzten miteinander. Wir wurden immer alberner. Worte sprühten in der Luft wie die Funken einer Schmiede. Ein Band wurde geschmiedet, unsichtbar, aber immer fester. Catherine war die Flamme im Mittelpunkt.

Tja, liebe Freunde, wie soll ich es euch sagen, sie machte mich die Hitze der Wüste vergessen. Ich betrachtete sie genauer, wandte meinen Kopf nach hinten. Ihre Augen blitzten immer noch frech. Ihre Lippen glänzten rot und waren leicht geöffnet, und ich stellte mir vor, wie es wäre, sie zu küssen. Der Lauf der Zeit schien bedeutungslos. Ich liebte die Safari und ich liebte das Leben.

Pascal saß in der Ecke des Wagens. Sein Gesichtsausdruck wirkte einerseits teilnahmsvoll, konzentriert und freundlich, andererseits aber auch beherrscht und starr. Vielleicht sah ich eine Maske vor mir, wie aus Pappmaché, nur die Augen waren lebendig, aber ebenso unergründlich. Ich sah Pascal an und gestand mir ein, dass ich immer weniger schlau aus ihm wurde.

Plötzlich ging ein heftiger Ruck durch den Landrover, begleitet von einem Geräusch, das so ähnlich klang, als wenn man mit einem Teppichklopfer auf eine staubige Matratze schlägt. Wir saßen fest! Ich hatte in den vergangenen Minuten nicht mehr richtig aufgepasst. Wir stiegen aus. Der Wagen hatte sich mit der Hinterachse tief in den Dünenkamm eingegraben. Ich holte die Klappspaten hervor. Catherine half mir sogleich dabei, den Sand unter dem Auto wegzuschaufeln. Wir lagen auf dem Bauch und arbeiteten uns langsam unter dem Wagen hindurch. Von Pascal sah ich nur noch seine Beine. Er fingerte irgendetwas am Gepäck herum, dann kam er trödelnd von der anderen Seite des Wagens heran und beugte sich zu uns herunter.

„Kann ich helfen?", bot er sich zögernd an. Ich spürte, dass er keine Lust dazu hatte, also dankte ich ihm verneinend.

Catherine arbeitete wie eine Besessene, als ginge es um Leben und Tod. Ihr Khaki-Kostüm war schweißdurchtränkt. Es machte mir Freude, ihr zuzusehen, und ich unterließ es, sie darauf hinzuweisen, dass diese kleine Panne keine ernsthafte

Gefahr für uns bedeutete. Ich hörte, wie Pascal gurgelnd aus der Wasserflasche trank. So ging es etwa 10 Minuten weiter.

Die Gefahr kam von unerwarteter Seite. Das leise schabende Geräusch, das hinter Catherines Füßen auf dem trockenen Sand zu hören war, wurde nicht von unseren Anstrengungen erzeugt. Mich fröstelte plötzlich. Der Schweiß auf meiner Stirn wurde schlagartig kalt. Ich hielt in meiner Arbeit inne. Pascal stand auf der anderen Seite, er konnte weder etwas sehen, noch rechtzeitig helfen.

„Was haben Sie?", fragte Catherine.

„Bewegen Sie sich nicht!", flüsterte ich ihr barsch ins Gesicht.

Alles war jetzt still, regungslos. Ich drehte meinen Kopf vorsichtig über die Schulter zurück, konnte aber nichts sehen, der Unterboden des Landrovers verdeckte den Blick. Also stemmte ich meine Arme in den Sand und schob mich langsam zurück. Fast hatte ich mich befreit, als mir die verkrampft daliegende Catherine voller Entsetzen zuflüsterte: „Etwas kriecht an meinen Beinen hoch!"

Ich bat sie, ruhig zu bleiben, hatte mich endlich weit genug unter dem Wagen hervor gearbeitet, um die Schlange zu erkennen, die sich auf Catherines sonnenverbrannter Haut emporwand. Es war eine Sandviper. Ein Biss und etwa sechs Stunden später trat der Tod ein, nachdem das Opfer zuvor von heftigem Fieber und Krämpfen geschüttelt wurde. Die Araber nannten die Sandviper den Führer zu Allah. Die Schlange bewegte sich in greifbarer Nähe vor meinem Gesicht. Ich hatte Angst. Aber wir konnten nicht ewig hier liegen bleiben. Schnell packte ich zu und erwischte die Viper mit festem Griff hinter dem Kopf, bevor sie beißen konnte. Dann stand ich rasch auf und schleuderte das Reptil viele Meter über die nächste Düne hinweg.

Pascal - ihn hatte ich fast vergessen - schnappte sich einen Klappspaten und rannte hinterher. „Ich werde das Vieh erschlagen!", sagte er.

„Seien Sie vorsichtig!", ermahnte ich.

Dann half ich Catherine unter dem Auto hervor. Sie zitterte. Unsere Blicke streiften sich. Ich umarmte sie. Es war ganz kameradschaftlich. Es schien ganz kurz.

Pascal war zurückgekehrt und ließ eine Autotür zuschnappen. Wir lösten uns, atmeten langsam und tief. Beruhigung trat ein. Aber etwas blieb übrig von der Angst. Pascal starrte geistesabwesend aus dem Autofenster.

Liebe Freunde, die Geschichte, die ich euch zu erzählen habe, hat eigentlich jetzt erst richtig begonnen. Die Safari ging weiter, immer tiefer in die Wüste hinein, immer näher auf ihren Höhepunkt zu.

Die Stunden bis zum Abend verliefen schweigsam. Die Sahara erglühte im roten Licht der untergehenden Sonne. In der Dämmerung erreichten wir eine kleine Oase. Ein paar Palmen wuchsen hier, vom hohen Grundwasserspiegel genährt. Eine Quelle gab es nicht, wir mussten mit dem Wasser haushalten. Catherine und Pascal schlugen ihr Zelt auf. Ich wollte auf dem Wagendach schlafen, so wie es meine Gewohnheit auf Safari ist. Wir grillten einige Fleischspieße über dem Feuer, tranken herben Wein. Der Himmel war voller Sterne. In unserem Lager kam aber keine rechte Stimmung auf. Schon bald wünschte uns Pascal eine gute Nacht und zog sich in das Zelt zurück.

Catherine saß mir gegenüber. Ihr Anlitz leuchtete im Schein des Feuers. Sie hatte etwas auf dem Herzen und wusste es nicht recht zu sagen. Sie kaute auf ihrer Unterlippe. Ich schmunzelte still vor mich hin und ich wusste, dass sie das verunsichern würde, diese Arroganz, mit der ein Besserwisser auf Worte verzichtet.

„Was amüsiert Sie so sehr?", fragte sie mich. Ich erwiderte nichts, lächelte weiter. Nach einer kurzen Zeit sagte ich nur: „Ich gehe auf den Hügel nach Sternschnuppen sehen."

Dort saß ich nun, meinen Rücken dem Lager zugewandt. Nach fünf Minuten war Catherine bei mir.

„Na, haben Sie schon eine Sternschnuppe beobachten können?" Ich nickte.

„Was haben Sie sich gewünscht?"

Wieder musste ich schmunzeln, unwillkürlich. Ich sah sie an. Die Nacht war sehr dunkel. Unsere Fingerspitzen fanden sich, wir streichelten vorsichtig unsere Arme, abwartend und fragend. Dann trafen sich unsere Münder. Unsere Küsse waren weich und tief. Unsere Hände wanderten über die sandige Haut des anderen. Catherine atmete heftig. Zwischen unseren Küssen mischten sich unsere Seufzer in den Nachtwind. Der Schirokko rauschte über uns hinweg. Wir sahen uns um, doch wir waren allein. Wir entkleideten uns notdürftig. Es musste schnell gehen. Pascal durfte nichts merken.

Wir schliefen miteinander, ungeduldig. Lust und Angst trieben uns an. Catherine wand sich unter mir. Ich drückte ihren Leib tief in den heißen Sand, denn die Nächte Nordafrikas sind kalt. Catherine gab sich her wie ein Opfer, als sei sie der Wüste todgeweihtes Eigentum. Wir waren wie ein heißer Stern, der mit feurigem Schweif in der Dunkelheit verendete.

Später rafften wir unsere Sachen zusammen. Wir strauchelten die Düne herunter, ohne Zeitgefühl. Wieder berührten sich unsere Fingerspitzen, diesmal zum Abschied. Catherine blickte verstört, sie entschwand in der Dunkelheit. Ich war allein. Es war wie in einem Film. Der Film unterhielt mich, aber das Drama berührte mich kaum. Müde kletterte ich auf das Dach des Landrovers. Ich schlief wie ein Stein.

Am nächsten Tag hielt sich Catherine von mir fern. Pascal setzte sich neben mich auf den Beifahrersitz. Er wurde mit einem Mal sehr gesprächig. Er wollte vieles über die Wüste wissen und ich gab ihm Auskunft, so gut ich konnte. Wir unterhielten uns vollkommen entspannt. Er hatte offenbar nichts bemerkt in der letzten Nacht. In den Pausen unserer Fahrt suchte ich die Nähe zu Catherine, unauffällig - sie entzog sich mir. Wir redeten kaum ein Wort miteinander und sie wich meinen Blicken aus.

Liebe Freunde, ich muss zugeben, ihre Unnahbarkeit verletzte mich. Nicht, dass ich von Verliebtheit sprechen will, oh, nein. Nur hatte ich gehofft, ein wenig länger ihr Beschützer sein zu dürfen und ein wenig mehr von der Süße dieses Abenteuers kosten zu können.

Aber stattdessen fasste Catherine ihren Mann bei der Hand. Dieser zartfühlende Händedruck, war dies eine Bitte um Verzeihung, war es eine Provokation, oder war es Ausdruck ihrer Zuneigung? Ich verstand es nicht. Pascal hatte die Rolle des Beschützers übernommen, mit sonnigem Gemüt, mit erfahrener Selbstverständlichkeit. Catherine schien mit sich und der Welt zufrieden. Sie zeigte sich in einer in sich selbst ruhenden Leichtigkeit, eine Leichtigkeit, die mir unerbittlich zu verstehen gab, dass man eine Frau letztlich nie besitzen konnte. In mir gärte die gekränkte Eitelkeit des Jägers. Die Luft der Wüste kochte!

„Ich möchte mich nochmal bedanken für das, was Sie für meine Frau getan haben", erklärte mir Pascal, als wir unser zweites Nachtlager errichtet hatten. Ich stutzte und suchte nach einer Zweideutigkeit in diesen Worten. Pascal sah mich aber vollkommen freundlich und offen an und so ging ich davon aus, dass er den Vorfall mit der Giftschlange meinte. Ich nickte bedächtig mit dem Kopf. „Können verdammt gefährlich werden, diese Biester."

„Ich weiß", entgegnete er.

„Noch etwas Tee?", bot Catherine mir an.

Sie beugte sich zu mir herüber. Ich roch ihr Parfüm, sie duftete nach Rosenholz. Angenehme Erinnerungen stiegen in mir auf.

„Du bist sicher müde, mein Liebling", sagte Pascal zu seiner Frau. Seine Augen blickten seltsam kalt und bestimmend. Catherine strich sich mit einer fahrigen Geste durchs Haar. „Ja, ich gehe besser schlafen", erwiderte sie. „Dann begleite ich dich zum Zelt", meinte Pascal.

Die beiden verschwanden und kurz darauf kehrte Pascal zurück. Er setzte sich zu mir ans Feuer. Ich wartete darauf, dass er die Unterhaltung fortsetzen würde, aber das geschah nicht. Gar nichts geschah, wenigstens eine ganze Zeitlang nicht. Ich spürte, dass wir beide warteten, aber ich wusste nicht worauf.

Gerade überlegte ich, ob Catherine wohl schon eingeschlafen sei, da ertönte ihr greller Schrei zu uns herüber. Pascal hob nur den Kopf und sah mich fragend an. Ich sprang auf, griff instinktiv nach einem glühenden Ast aus dem Lagerfeuer und stürmte zu dem Zelt hinüber. Pascal folgte mir.

Als ich die Planen bei Seite schob, bot sich mir ein Bild des Schreckens. Catherine kauerte heftig zitternd in der Ecke, vor ihr ringelte sich eine Schlange, wieder war es eine Sandviper, diesmal hatte sie zugebissen. An Catherines Schenkel glänzten zwei tiefe Bisswunden, sie entzündeten sich bereits. Mit dem Knüppel brach ich der Viper das Rückgrat. In Todeszuckungen verendete sie. Gelbliches Blut sickerte in den Sand. Es stank nach dem Unrat von Reptilien.

Catherine jammerte vor Schmerz und Angst. Ich band ihr das Bein ab, so gut ich konnte, und bat Pascal, das Lager abzubrechen. Wir mussten so schnell wie möglich die nächste Stadt erreichen. Touzeur lag dreihundert Meilen entfernt. Selbst wenn wir die Abkürzung durch den ausgetrockneten Salzsee nahmen, war es eigentlich ein aussichtsloses Unterfangen, für Catherine rechtzeitig das Serum zu bekommen. Und was sollte uns nun ein Handy nützen? In der Wüste war das Netz schlecht ausgebaut. Und der Weg eines Notarztes hierher zu uns war ja auch nicht schneller zu bewältigen.

Jetzt galt es, Angst und Panik zu vermeiden, nur an das Nächstliegende denken, nichts empfinden, nur handeln, wie eine Maschine das Richtige tun, das tun, was man tun konnte. Pascal verhielt sich kontrolliert. Im Stillen bezeugte ich ihm meinen Respekt.

Ich saß hinter dem Steuer des Landrovers. Die Hallogenscheinwerfer auf dem Dach des Wagens fraßen weite Flächen in die Wüstennacht. Die schwarze Unendlichkeit und die Stille der Wüste waren unterbrochen. Etwas Fremdes quälte sich hindurch. Das entsprach nicht dem Gesetz. Alles war disharmonisch.

Catherine lag in schwere Wolldecken eingehüllt auf dem Rücksitz. Der Schüttelfrost und das Fieber quälten sie. Sie stöhnte laut. Pascal saß vorne auf dem Beifahrersitz. Wie gelähmt starrte er stur geradeaus – nein, nicht wie gelähmt, sein Mund stand offen. Er wirkte eher wie betäubt, aber auf merkwürdige Weise gelöst. Diesmal hatte mich das Drama voll und ganz gepackt. Ich musste mich gegen den Irrsinn behaupten, das Geschehen lenken. Meine Nerven waren angespannt. Ich fuhr so schnell es ging.

In all dem Wirrwarr der Gefühle war ein leiser silbriger Ton, wie eine Ahnung, die mir all dies zu erklären versuchte, aber viel zu unscheinbar, viel zu weit entfernt, ohne Klarheit im Bewusstsein. Wie konnte das nur passieren, fragte ich mich immer wieder. Ich hätte die Schlafsäcke kontrollieren sollen. Europäische Reisende sind meist zu unerfahren, um das zu tun. Ich lachte mir selber schallend ins Gesicht!

Im Morgengrauen erreichten wir den ausgetrockneten Salzsee Chott-Djerid. Mit der freien Hand tastete ich nach Catherine. Ihre Stirn war glühend heiß. Blut lief ihr aus der Nase und aus den Ohren. Ich fühlte ihre Augenlider flattern und suchte ihren Blick im Rückspiegel. Sie sah mich an, erkannte mich und wandte sich gleichgültig ab. Ihre trockenen Lippen formten den Namen ihres Mannes.

Da erst begriff ich die tiefe Liebe, die Catherine für ihren Mann empfand. Da erst begriff ich die teuflische Getriebenheit, mit der sie mich erobern musste, das höllische Feuer und die Bosheit, die sich ihrem Glück entgegenstellten. Ich erschrak über diese ausgesprochen wahnsinnige Spielart des Lebens und fand keine Antwort darauf, ob diese Frau nur dumm oder wirklich verrückt gewesen war. Pascal saß neben mir. Er war still und rührte sich nicht.

Zehn Meilen vor der Stadt Touzeur bäumte sich Catherine ein letztes Mal auf und starb. Sie hatte fast acht Stunden durchgehalten. Pascal bedeckte sorgfältig den toten Körper seiner Frau. Fast bekundete er dem Leichnam eine Art von Zärtlichkeit, die ich ihn habe seiner lebenden Frau nie geben sehen.

Ich war erschüttert und kämpfte gegen die Tränen an, ohne zu wissen, aus welchem Grund genau ich trauern wollte. Vielleicht wollte meine Seele aufbegehren gegen ihre vollkommene Bedeutungslosigkeit, die sie in diesem Szenarium hatte. Über der salzigen Kruste des Chott-Djerid flimmerte eine ferne Fata Morgana. Die Wüste probt ihr eigenes Theater, und wer glaubt, darin ein Regisseur zu sein, vertrocknet unerhört im Sandsturm, machtlos und einsam.

Die Formalitäten bei den Behörden nahmen fast den ganzen Tag in Anspruch. Am frühen Abend erst trafen Pascal und ich in einem maurischen Café zusammen. Er ließ sich müde auf einen Stuhl niedersinken und streckte die Beine aus. Ich war bemüht, etwas Tröstendes zu sagen.

„Ich glaube, ich verstehe Sie", murmelte ich.

„Sie verstehen gar nichts!", erklärte er gelassen. Dann fügte er sinnend hinzu: „Es war nicht Ihre Schuld, dass Catherine sterben musste. Sie hatte ein großes Herz, darin hatten zu viele Männer Platz, zu viele Männer, zu viele Jahre schon."

Dann zerrte er ein Bündel aus seiner Jackentasche und warf es auf den Tisch. Es waren zwei derbe dicke Handschuhe und ein Beutel mit Schnürverschluss, gerade groß genug, um eine Viper darin gefangen zu halten. Die Sachen waren aus feinem Rinderleder gearbeitet, doch an ihnen haftete der Gestank vom Unrat eines Reptils. Pascal stand auf und ging davon. Ich sah ihn nie wieder.

Tja, liebe Freunde, hier endet die Geschichte. Noch lange Stunden saß ich damals allein in dem Café und dachte darüber nach, ob ich schuld an allem war. Und als ich mir wieder die Gleichgültigkeit in Catherines Gesicht ins Gedächtnis rief, die Gleichgültigkeit, mit der sie mir nach jener Nacht begegnete, da versiegte das Gefühl von Schuld und machte Platz für eine unbeschreibliche Wut. In meinem Hals saß ein Kloß und ich zerbiss den knirschenden Sand zwischen meinen Zähnen und spuckte ihn auf den blutroten Lehm.

Sidi-Bou-Said, Tunesien 1993

Die Blüte der Amaryllis
Nach einer Idee von Joseph Conrad

Die Amaryllis schnitt mit fast 15 Knoten durchs Wasser. Der Südwestmonsun trieb sie mit raumem Wind vor sich her die ostafrikanische Küste hinauf. Erik stand am Ruder und sah in die Takelage hinauf. Der Hauptmast war fast 30 Meter hoch - genauso lang wie der Rumpf. Die großen Gaffelsegel leuchteten in Türkis und waren mit roten Blütenblättern bemalt. Die Rahsegel an den Mastspitzen schimmerten in Orange. Wenn die Amaryllis bei klarem Wetter im Sonnenaufgang über die See glitt, sah es aus, als wären ihre Spitzen mit Kupfer geschmückt.

Erik arretierte das Ruder, sah auf seine Taschenuhr und überprüfte die Navigation. In einer Stunde würde er in Lamu sein. Und in Lamu wartete Sirah auf ihn. Er hoffte zumindest, dass Sirah auf ihn wartete. Er hatte sie bisher nur drei oder viermal bei seinen Geschäften in Lamu getroffen und kaum Gelegenheit gefunden, ein paar Worte mit ihr allein zu sprechen. Sirah war die Tochter einer einflussreichen indischen Familie. Sie hatten eine Handelsniederlassung in Lamu, aber auch in Malindi und Mombasa. Erik brachte ihnen bedruckte Baumwollstoffe aus Rhodesien und Malawi und die kunstvollen Skulpturen der Shona. Die Inder zahlten einen guten Preis dafür.

Erik nahm sich vor, diesmal Sirahs Vater zu fragen, ob er sie nicht einmal auf der Amaryllis herumführen dürfe. Schließlich hatte sie ihm zugeflüstert, wie gern sie doch mal auf einem so schönen Schiff mitfahren würde. Eine größere Freude hätte sie ihm kaum machen können. Vielleicht würde sie die Amaryllis lieben können, so wie er selbst sein Schiff liebte. Erik seufzte.

Er rief seinen Maat herbei und ließ ihn das Ruder übernehmen. Dann kletterte er mit dem Fernrohr in die Wanten hinauf und suchte den Horizont ab. Nach Westen zu war Land in Sicht, weiße Strände und Palmen. Er hatte das alles schon tausendmal gesehen, aber von Afrika würde er nie genug bekommen. 1930 war er nach Afrika gekommen. Fünf Jahre war das her. Afrika war seine Heimat geworden und die Amaryllis sein schwimmendes Zuhause. Nach und nach war sein ganzes Vermögen für das Schiff draufgegangen, aber das machte ihm nichts aus.

Erik schob sein Fernrohr zusammen und sah aus der Höhe auf sein Schiff herab. Die bunten bauschigen Segel der Amaryllis türmten sich wie die blühenden Fächer riesiger Dschungelpflanzen unter ihm auf. Die Segel waren weit nach Backbord gefiert, und der raume Kurs ließ das Schiff gerade und gleichmäßig über die Wellen rollen.

Erik dachte nach. Sirahs Eltern waren sehr reich. Ein Deutscher, der mit einem Segelschoner sein Geld verdiente, war ihnen wahrscheinlich nicht gut genug. Heutzutage gab es Dampfschiffe, und für die ganz Eiligen waren die kleinen stoffbespannten Doppeldecker da, die seit kurzem hier in der britischen Kolonie herumschwirrten. Erik hatte zwar noch genügend Frachtaufträge. Es blieb aber ein unsicheres Geschäft. Und letztlich gab es nur eines, was Sirahs Eltern überzeugen würde: Das waren ein paar ansehnliche Goldreserven.

Der Diamantenschmuggel bringt ´was ein, überlegte Erik. Aber die Zollbehörde war ihm ohnehin ständig auf den Fersen. Das Risiko lohnte sich nicht. Aber dann war da noch der Aufstand im Sudan. Als Fluchthelfer konnte man eine Menge Geld verdienen. Jetzt willst du Menschen schmuggeln, sagte er sich. Soweit ist es also mit dir gekommen. Er dachte an die Sklavenschiffe von Sansibar, an das schwarze Elfenbein, wie man die menschliche Fracht damals nannte. Er schüttelte sich. Das kannst du nicht tun, mein Junge, sagte er sich. Das kannst du einfach nicht tun. Erik ging zum Bug der Amaryllis und starrte in das schäumende türkisfarbene Wasser. Es war später Nachmittag. Der Wind wurde stärker, und die Wellen bekamen gischtende Kronen.

Lamu war eine sehr kleine Insel. Das Städtchen an der Hafenbucht war ursprünglich eine arabische Siedlung gewesen. Davon zeugten die alten Steinhäuser mit den Dachterrassen, den Innenhöfen und den verzierten Holztüren. Zwischen den Häusern war gerade so viel Platz, dass zwei Menschen oder ein bepackter Esel hindurchgingen. In Lamu war die Zeit seit hunderten von Jahren stehengeblieben. Und wenn es etwas gab, das Sirah allmählich um den Verstand brachte, dann war es dieser Stillstand der Zeit.

Sirahs Elternhaus war ein kleiner Palast. Es lag auf der Anhöhe am oberen Rand des Städtchens. Die großen Zimmer waren mit geschnitzten Möbeln, Teppichen, seidenen Vorhängen und silbernem Wandschmuck ausgestattet. Das Geschäft und die Lagerräume befanden sich im Erdgeschoss.

Sirah hockte auf der Dachterrasse und arbeitete lustlos an einer Stickerei. Sie kannte das alles um sich herum, aber sonst kannte sie nichts. Einmal nur hatte sie ihr Vater mit nach Mombasa genommen. Das war eine Welt, die ihr den Atem verschlug - die Schiffe, der große Markt, die Geschäfte mit den fremdländischen Waren, und sogar Autos hatte sie gesehen. In dieser Stadt hätte sie leben mögen. Da war so eine Ahnung in der Luft von den anderen Ländern, die es jenseits des Meeres gab, von Indien, Persien und Europa.

Leider hatte ihr Vater die meiste Zeit mit ihr bei den Hafenbehörden verplempert, bei diesem grauhaarigen dämlich grinsenden Joseph Marembe, der ihr mindestens zehnmal versicherte, dass er sich freue, ihre Bekanntschaft zu machen.

Leider nicht meinerseits, hätte sie ihm am liebsten geantwortet. Aber dazu war sie zu gut erzogen. Also hatte sie zum Fenster hinaus auf den Yachthafen gestarrt und geschwiegen. Und wenn sie etwas wirklich gut beherrschte, dann war das ihr eisiges Schweigen. Sirah warf ihre Stickerei in die Ecke und ging zur Brüstung der Dachterrasse hinüber. Sie konnte über die Dächer der anderen Häuser hinweg die Hafenbucht überschauen. Ihr Blick reichte bis zum benachbarten Manda Island hinüber.

Sie musste an den Deutschen denken, der ein paar Mal hier vorbei gekommen war. Der Deutsche und sein Schiff - das war etwas, das sie in geheimnisvoller Weise anzog. Sie hätte noch nicht zu sagen gewusst, ob sie sich in den Deutschen verliebt hatte. Aber er war ein Mann aus einer anderen Welt. Er ging, wohin es ihm gefiel. Und sein Schiff, die Amaryllis, das war ein Traum von Freiheit und Schönheit. Sirah beneidete ihn darum, dass er sich der Freiheit und Schönheit so einfach bediente.

Sirahs Gedanken wurden unterbrochen. Auf der Treppe waren Schritte und Worte zu hören. Ihr Vater und der Zollinspektor Marembe erschienen. Neuerdings schlich dieser alte graue Schakal schon in ihrem Haus herum und tat fast so, als gehöre er zur Familie. Sirah fragte sich, welchen Narren ihr Vater an diesem verstaubten Regierungsdiener gefressen haben mochte. Letzten Endes war Marembe doch nur ein niedriger Handlanger der britischen Krone. Die beiden erschienen ins Gespräch vertieft auf der Dachterrasse und bemerkten Sirah zunächst einmal nicht.

„Wissen Sie, diese Schmugglerschiffe, die aus dem Süden heraufkommen, machen mir das Leben schwer", bemerkte Marembe. „Ich verstehe schon, Sie nehmen Ihre Aufgabe sehr ernst", erwiderte Sirahs Vater.

Joseph Marembe lächelte zufrieden. „Auf mich und meine Leute kann man sich verlassen. Und es geschieht ja nur zum

Besten der braven Kaufmannsleute hier. Die Schmuggler machen aus dem seriösen Handel ein ganz übles Geschäft. Ich gehe sicher recht in der Annahme, dass Sie Ihre Waren nur bei Schiffern mit einwandfreiem Ruf einkaufen?"

Sirahs Vater zuckte gleichmütig mit den Achseln. „Von Schmugglern weiß ich nichts. Meine Lagerbestände sind alle ordentlich verbucht. Sie können selbstverständlich jederzeit alles überprüfen."

„Aber ich bitte Sie, das wird doch nicht nötig sein. Ich halte Sie für einen vertrauensvollen Mann und unsere Beziehung ist doch ganz freundschaftlicher Natur."

Sirah kam aus dem Schatten und räusperte sich. „Ah, Sirah, meine Tochter." Ihr Vater lächelte liebevoll. „Mr. Marembe, meine Tochter Sirah kennen Sie ja bereits."

Marembe schien plötzlich einen Kopf größer zu werden. Er kam näher heran. Seine Lippen zuckten, seine Augen rollten, und seine grauen borstigen Haare richteten sich stachelig auf. „Wie ich mich freue, Sie wiederzusehen, Sirah. Bitte leisten Sie uns doch ein wenig Gesellschaft." Es war also unvermeidbar, dass Sirah zusammen mit ihrem Vater und dem alten Joseph Marembe auf der Terrasse den Tee einnahm. „Es wäre schön, Sie wieder einmal in Mombasa begrüßen zu dürfen", säuselte Mr. Marembe weiter.

Sirah sah auf die Bucht hinaus und suchte nach einer geschickten Antwort. Aber in diesem Moment tauchten draußen auf dem Meer die bunten Segel der Amaryllis auf. Sirah stieß einen Schrei der Überraschung aus und war mit einem Satz an der Brüstung der Terrasse. Ihr Vater und Joseph Marembe folgten ihr. „Der Deutsche!", knurrte Marembe. „Zum Teufel mit ihm und seinem aufgedonnerten Kahn!"

„Ihre Polizeiboote sehen wohl nicht so hübsch aus", bemerkte Sirah.

Der Zollinspektor winkte verärgert ab. „Vor dem Deutschen müssen Sie sich in Acht nehmen. Das ist der Schlimmste von allen!" Ihr Vater sagte nichts dazu. Sie beobachteten, wie die Amaryllis schnell weiter nach Norden segelte und hinter Manda Island verschwand. „Anscheinend will er gar nicht hierher", brummte Mr. Marembe. Aber Sirah wusste es besser.

Auf dem Deck der Amaryllis war Eriks kleine Mannschaft versammelt. Die Einfahrt unter Wind in den kleinen Hafen von Lamu war etwas heikel, und bei dem auffallenden 30-Meter-Schoner war es auch immer ein kleines Schauspiel. Erik hoffte, dass Sirah ihn kommen sah.

Als das Schiff an der nördlichen Ecke von Manda vorbeiglitt, ließ Erik in Richtung Festland beidrehen. Die Amaryllis fuhr in die Meerenge ein. Der Monsun, der draußen so kräftig blies, fiel im Windschatten des Landes fast vollständig zusammen. Die großen Segel flatterten unschlüssig wie die Flügel eines tropischen Schmetterlings. Mit einem Mal tauchte das Schiff in die Bucht von Lamu ein. Der Monsun fegte wieder stark durch die südliche Hafeneinfahrt und brachte die Amaryllis hoch am Wind zu schneller Fahrt. Wie so oft lagen auch diesmal ein paar andere Yachten vor Lamu vor Anker und Erik musste in kurzen Augenblicken entscheiden, wo er seinen Schoner noch unterbringen konnte. Er sprang selbst ans Ruder, drehte weit nach steuerbord um die vier anderen Yachten herum. Gleichzeitig gab er das Kommando zum Segelbergen. Das war bei raumem Kurs keine leichte Sache, aber die Amaryllis musste unbedingt Fahrt wegkriegen, sonst würde sie gleich auf Grund laufen oder gar gegen die Hafenmole krachen. Die Mannschaft machte ihre Arbeit gut. Die Gaffeln fielen wie Klappmesser und die bunten Segel wurden in wenigen Augenblicken an die Bäume gefaltet. Erik drehte die Amaryllis mit dem letzten Schwung, den sie noch hatte, in den Wind und ließ ankern. Erik schnaufte erleichtert. Er wusste, dass er kaum noch einen Meter Wasser unter dem Kiel hatte.

Erik sah über das kleine arabische Städtchen von Lamu hinweg bis hinauf zu Sirahs Haus. Er glaubte, auf dem Dach des Hauses ein paar Leute zu sehen. Er winkte. Dann befahl er sein Landungsboot zu Wasser.

Eine halbe Stunde später war er oben vor den Toren des Hauses. Sirahs Vater begrüßte ihn. Sie gingen zusammen durch die weißgetünchten Flure. Eriks Blicke streiften suchend umher. Im grünen Innenhof traf er endlich auf Sirah. Sie strahlte ihn voller Freude an. Und sie war wunderschön. Ihre schmale Gestalt war in einen türkis- und rotgemusterten Sarong gekleidet. In ihren langen schwarzen Haaren trug sie orangefarbene Blüten. Sie war in den Farben der Amaryllis geschmückt. Das machte ihn glücklich und sprachlos. Er vergaß, ihren Gruß zu erwidern.

Sirahs herzliches Lachen verwandelte sich in ein verschmitztes Grinsen. „Nun Erik, ich hoffe doch, Sie haben daran gedacht, mir etwas Silberschmuck aus dem Süden mitzubringen. Das hatten Sie mir doch versprochen, nicht wahr?"

„Ich wette, er hat eine ganze Kiste davon heimlich auf seinem Kahn versteckt." Joseph Marembe kam missmutig die Treppe vom Dach herunter geschlendert.

Joseph Marembe - bei diesem Kerl klingelten sämtliche Alarmglocken in Eriks Hinterkopf. Was machte der alte Schakal nur hier? Erik hatte schon oft Marembes Herumschnüffeln auf der Amaryllis ertragen müssen. Er konnte sich praktisch nicht mehr an Mombasa vorbeiwagen, ohne dass Marembe und seine Leute auf ihrer Polizeibarkasse herangedampft kamen und alles auf den Kopf stellten. Sie hatten nie etwas gefunden. Aber je weniger es an der Amaryllis und ihrer Fracht auszusetzen gab, desto wütender schien Marembe zu werden. Und auch diesmal konnte Erik den kaum verhohlenen Hass in Marembes Augen spüren - in den alten grauen Augen, die aussahen, als seien sie mit einem Häutchen überzogen wie bei einem Reptil.

Erik blickte direkt in diese kalten Reptilienaugen, aber er suchte umsonst nach einer Schwäche oder Verwundbarkeit. Dieser Mann war hart. Er schien nur aus Horn und Schuppen zu bestehen.

Sirah ließ wieder ihre samtene Stimme vernehmen: „Erik, Sie bleiben doch sicher zum Abendessen. Er ist doch unser Gast, nicht wahr, Vater?" Ihr Vater hatte nichts dagegen. Und das war für Joseph Marembe ein deutliches Zeichen, dass er gefälligst seinen Mund zu halten hatte, in diesen vier Wänden jedenfalls.

Sirah hakte sich bei Erik unter und führte ihn zur Treppe. „Kommen Sie doch mit hinaus. Es ist stickig hier drin. Es riecht ja fast ein bisschen nach Verwesung, finden Sie nicht?" Erik sah im Vorübergehen, wie Marembes faltiges Gesicht sich vor Zorn zu einer scheußlichen Fratze verzog. Der Zollinspektor war aber still, nur sein Atem ging röchelnd, so als hätte er an einem verdorbenen Fisch herum zu würgen. In plötzlichem Übermut ergriff Erik Sirahs Hand und küsste sie leicht, während er Marembe mit einem schelmischen Seitenblick bedachte. Dann verschwand er mit Sirah zusammen hinauf auf das kühle Dach.

Eine Weile standen sie schweigend beieinander und beobachteten, wie die schnelle Dämmerung über die Bucht von Lamu fiel. Auf der Amaryllis unten im Hafen gingen die Positionslichter an. Nach einer viertel Stunde war es finstere Nacht. Sirah ruhte still und erwartungsvoll an Eriks Seite. Es war erregend und gleichzeitig beklemmend. Sie lehnte leicht ihren Kopf an seine Schulter. Er neigte sich zu ihr, konnte aber ihr dunkelhäutiges Gesicht nicht mehr erkennen, nur die Glut ihrer großen schimmernden Augen. Er fasste sich ein Herz: „Hör mal, Sirah, wann kommst du mich auf der Amaryllis besuchen?"

„Bald", sagte sie, „ich werde bestimmt bald kommen. Du bleibst doch sicher ein paar Tage, nicht wahr?"

Erik schluckte. Er hatte wochenlang auf See verbracht und wartete nun immer noch auf den Tag, an dem er mit Sirah allein sein durfte. Er suchte nach Worten, um ihr mitzuteilen, wie er fühlte, und er hoffte, dass sie ihn verstehen würde. „Weißt du Sirah, ich würde dich gerne mitnehmen - ich meine, wenn ich wieder weiter muss." Er hatte bei diesen Worten geradeaus in die Dunkelheit geblickt und wagte jetzt nur mit Mühe, ihr seinen Blick wieder zuzuwenden. Er glaubte, ihre Augen schimmerten noch stärker als vorher. Sirah sagte nichts, aber sie hob ihre Hand und streichelte sanft über sein Gesicht. Es lag viel Glück in dieser zarten Berührung.

Sein Herz tat einen lautlosen Sprung. Und mit einem Mal verlachte er innerlich alle Angst und Sorgen. Was konnte ihm so ein Spinner wie Joseph Marembe schon anhaben? Und was mochte das schon für ein Problem sein, ein bisschen Geld aufzutreiben? Wenn es sein musste, würde er mit der Amaryllis den Mond umsegeln und über Sirah das Gold der Sterne ausbreiten. So standen sie wieder eine Weile schweigend beieinander - Sirah in ihrer Ahnung von Ferne und Freiheit, und Erik in seinem Mut, der noch niemals so ernsthaft auf die Probe gestellt worden war.

Am nächsten Tag hatte Erik viel mit dem Löschen seiner Fracht zu tun. Die kleinen Dhows der Fischer fuhren unermüdlich zwischen der Amaryllis und der Hafenmole hin und her. Zu den Krämern und Gaststuben am Hafen brachte Erik Reis, Mais und Gewürze. Erik tat diese Arbeit immer recht gern. Er liebte die alten Hafenstädte - Malindi, Mombasa, Dar-Es-Salaam, in denen es nach Brackwasser und brennendem Müll roch, er liebte die Inseln - von einem Schleier aus Pfeffer und Zimt umweht - und er liebte auch den roten Staub der Steppe, der an den Geschmack von frisch geröstetem Kaffee erinnerte. Er liebte Afrika und er wollte nicht fort von hier.

Gegen Mittag schloss er seine Geschäfte mit Sirahs Vater ab. Der Kaufmann zeigte sich mit den Stoffen sehr zufrieden, und Erik erzielte einen guten Preis. Sirah bekam er nicht zu Gesicht. Wie er am Rande erfuhr, musste Sirah heute ihre Gastgeberpflichten gegenüber Joseph Marembe erfüllen und ihm im Haus und beim Rundgang durch Lamu Gesellschaft leisten. Der alte Drache ist also immer noch da, dachte Erik. Was will der nur hier? Er fand keine Antwort auf diese Frage.

Sehr viel später erst traf er Sirah allein im Städtchen, als sie gerade Gebäck einkaufte für den Nachmittagstee. Sie kam mit missmutigem Gesicht durch die engen Gassen. „Ich hab´ dich vermisst", sagte er ihr ohne Umschweife. Sirah lächelte kurz und senkte ihren Blick. „Du musst noch Geduld haben", flüsterte sie. „Meine Eltern geben heute Abend einen Empfang. Ich kann nicht fort."

Es schmerzte ihn. Nicht nur, dass sie ihn immer noch um Geduld bat, sondern auch dass der Klang ihrer Worte ihm zu verstehen gab, dass er nicht dabei sein sollte bei den Gästen in ihres Vaters Haus.

„Du wärest natürlich auch willkommen", fügte Sirah rasch hinzu. „Es ist nur so, dieser Marembe redet ständig schlecht von dir. Es ist besser, du gehst ihm eine Weile aus dem Weg. Ich werde ausrichten, dass du dich entschuldigen lässt, weil du mit deinen Kassenbüchern zu tun hast." „Ich bewundere dein diplomatisches Geschick", bemerkte Erik kühl. Sie starrte ihn mit einem rätselhaften Blick an. „Wir müssen jetzt vernünftig sein", sagte sie nur. Dann wandte sie sich um und eilte nach Hause.

Erik trottete zur Hafenmole. „Vernünftig sein", wiederholte er leise knurrend vor sich hin. Ja hielt sie ihn denn für einen kompletten Idioten? Er war so zornig wie selten. Auf der Amaryllis lief er ruhelos umher. Er hätte tatsächlich an den Kassenbüchern arbeiten müssen. Aber das kümmerte ihn kaum. Sollte sich der Zollinspektor nur ruhig über die schlampige Buchhaltung beschweren. Er würde ihm dafür glatt einen Tritt in den Hintern versetzen.

Er dachte an Sirah. Sie war so merkwürdig gewesen. Ob sie ihn überhaupt noch mochte? Nur der Teufel konnte wissen, was in so einer Frau eigentlich vorging. Warum machte er sich nur so verrückt? Er hatte doch schließlich seinen Stolz, oder nicht? Er konnte noch heute Abend Segel setzen lassen und einfach davonfahren. Noch reichte das Licht. Sein Schiff und das Meer - das war ihm doch genug. Er konnte jederzeit weg, jetzt gleich. Aber er zögerte.

Als es dann doch zu dunkel war, schickte er seine Mannschaft auf Landurlaub und schloss sich mit einer Flasche Whisky in seiner Kajüte ein. Er betrachtete die wertvolle Teakholzeinrichtung, das Tafelsilber, die glänzende Seide über dem persischen Bett. Für wen das alles? So eine bunte Puppenstube - wie lächerlich und wie unpassend für einen erwachsenen Mann und erfahrenen Skipper. Erik setzte sich hinter den Schreibtisch, nahm dann und wann einen Schluck aus der Flasche, brütete vor sich hin und wartete. Er wartete einfach darauf, dass die Qual vorübergehen mochte.

Er musste eingenickt sein, denn plötzlich schreckte er hoch. Draußen rief eine Stimme: „Skipper ahoi!" Seine Mannschaft konnte es nicht sein. Die würde ihn nicht rufen, wenn sie zurückkam. Erik eilte hinauf an Deck und beugte sich über die Reling. Unten in einem kleinen Boot saß Sirah. Hinter ihr hockte ein großer Schwarzer und hielt die Ruder.

„Ich bitte um Erlaubnis, an Bord kommen zu dürfen", sagte Sirah. In ihrer Stimme war ein glockenhelles Lachen. Erik war derart überrascht, dass er wieder nicht wusste, was er antworten sollte. Wortlos ließ er das Fallrep hinab. Sirah kletterte hinauf. Der Schwarze ruderte mit dem kleinen Boot davon.

Erik streckte Sirah seine Arme entgegen, hob sie hoch zu sich herauf auf die Decksplanken der Amaryllis. Sirah stand vor ihm und lächelte ihn warmherzig an. Er spürte ihren leichten biegsamen Körper, konnte sie nicht loslassen und zog sie ganz zu sich heran. Sie legte ihm die Arme um den Hals und barg ihren Kopf an seiner Brust. Er hielt sie ganz vorsichtig, als könnte sie zwischen seinen Händen zerbrechen. Er wagte es kaum, sie zu berühren, atmete nur den Duft ihrer nachtschwarzen Haare und küsste schließlich ganz leicht ihr Haupt. „Dass du gekommen bist, Sirah - ich hab' es kaum noch geglaubt."

Sie sah ihn an, gerührt von seiner Verzagtheit und seinem kindlichen Herzen, das so laut nach Liebe schrie. Sie wusste nun, dass sie ihn liebte, um seiner Schwäche willen. Der Abend in ihrem Elternhaus war schrecklich gewesen. Es hatte lange gedauert, ehe sie Marembes widerlichen Höflichkeiten endlich hatte entgehen können. Sie war deswegen gereizt gewesen und auch wütend, weil sie immer erst bitten musste, wenn sie einen Herzenswunsch hatte. „Das soll ein Ende haben", hatte sie sich gedacht, war heimlich aus dem Haus geschlichen und hatte sich zur Amaryllis hinüber rudern lassen.

Da war sie also nun, auf der Amaryllis und in den Armen dieses großen Mannes, der so frei und stark erschien und dabei so empfindsam war wie eine kleine Blüte. Sie strich über seine kräftigen Schultern. Er zitterte leicht. „Mein Lieber", flüsterte sie an seinem Hals. „Willst du mir nicht dein Schiff zeigen?"

Er fasste sie an der Hand und ging mit ihr über Deck. Er erklärte ihr vieles über Masten und Wanten, Gaffeln, Segel und Schoten und wie viele Knoten so ein Schoner machte. Sie verstand nicht alles davon. Sie war aber erstaunt, wie groß das Schiff war, wie sauber das helle Holz glänzte und wie ordentlich und aufgeräumt alles war. Auch sah sie, dass manche Luken und Streben mit Kupfer oder gar mit Elfenbein verziert waren, und sie erfreute sich an der Schönheit, die sich ihr da im Licht des Mondes und der Laternen auftat.

Sie lauschte Eriks Worten, überhörte ihren Sinn und war bewegt vom Klang seiner Stimme, wenn er die Vorzüge der

Amaryllis pries und mit der flachen Hand über die polierten Hölzer strich. Wenn er mich genauso wird lieben können, dann wird alles gut sein mit uns, sagte sie sich. Dann stiegen sie hinab unter Deck, besichtigten die Lagerräume, in denen Säcke voll Kaffee und Tee standen für Ägypten bestimmt, kamen an den Mannschaftsräumen vorbei und erreichten schließlich die Kapitänskajüte mit dem angrenzenden Schlafgemach. Sirah drehte sich um ihre eigene Achse. Alles war etwas kleiner hier als bei ihr Zuhause, aber auch hier gab es silberne Leuchter, Teppiche und wertvolle Stoffe, Brokat und chinesische Seide. Sirah blieb vor dem persischen Himmelbett stehen. „Es ist ein Palast", flüsterte sie.

Erik stand immer noch am Eingang seines Arbeitszimmers. „Es ist alles für dich. Ich möchte, dass du meine Frau wirst", hauchte er. Sie wandte sich um. Das Verstehen bebte in ihr. Sie verstand, wie er fühlte. Sein Schiff und sie selbst, das war eins in seinem Herzen. Dort stand er also, fünf Meter von ihr entfernt und hatte sie darum gebeten, seine Frau zu werden, schüchtern und mit rotem Kopf. Es schien fast so, als ob ihm das breite geschmückte Bett Angst einjagen würde. Er traute sich keinen Zentimeter heran.

„Ja", sagte Sirah. Alles in ihr jubelte dieses Ja. „Ja, ich will gern deine Frau werden."

Und gleich darauf fiel ihr wieder ein, was sie sich vorgenommen hatte. Das Warten und Bitten um ihre Herzenswünsche sollte ein Ende haben. Über die Entfernung zwischen den beiden Räumen hinweg suchte sie seinen Blick und heftete sich mit ihren Augen daran fest. Dann öffnete sie die Knöpfe ihres Kleides und ließ es langsam über die Schultern gleiten. Sie stand nackt vor ihm. Es war erregend, seine Blicke zu spüren. Aber er rührte sich immer noch nicht, und sie fürchtete schon, ihn erschreckt zu haben durch ihre Kühnheit. Sie seufzte. Was konnte sie tun? Sie schämte sich ihrer Nacktheit nicht, aber sich wieder anzuziehen wäre schmachvoll gewesen.

Da kam er plötzlich mit langen Schritten heran, umfasste sie stürmisch und küsste sie. Sein Kuss schmeckte gut. Sein Kuss war räuberisch. Sie landeten beide auf dem seidenen Bett. Dann begegneten sich wieder ihre Blicke. Wie zärtlich er plötzlich war. Sie erkannte, dass sie Macht über ihn hatte mit ihren Augen. Seine Hände streichelten sie. Sie erschauerte. Er neigte den Kopf herunter und bedeckte ihren Körper mit Küssen. Wie lieblich das war. Sie griff in seine blonden Locken.

Sie richteten sich halb auf und er befreite sich von seinem Hemd und seiner Hose. Dann klammerte sie sich mit Armen und Beinen an seinen großen muskulösen Körper. Ein Brennen breitete sich in ihr aus. Da waren Schmerz und Lust so nah beieinander. Das erstaunte sie. Sie hatte nicht geahnt, dass man für die Liebe brennen musste.

Sie griff wieder fest in seine lockigen Haare und blickte gleichzeitig in seine Augen. Seine Augen waren von einem reinen Blau. Ganz licht strahlten sie aus seinem sonnenverbrannten unrasierten Gesicht. Die Farbe seiner Augen war wie ein Edelsteinfeuer. Und dahinter sah sie seine Seele in Flammen stehen. Sie glaubte, im Blau seiner Augen verlorenzugehen. Und sie war glücklich, in ihrer gemeinsamen Liebe zu verbrennen.

Irgendwann später lagen sie still beieinander. Er hatte seinen Kopf auf ihren flachen Bauch gebettet. „Weißt du", sagte er leise, „wir müssen jetzt gut nachdenken, damit alles in Ordnung kommt." „Du meinst, wir sollen vernünftig sein?", neckte sie ihn. Er grub verspielt seine Zähne in ihren Bauch, bis sie jauchzte.

„Ich meine, ich werde deinem Vater viel Gold mitbringen, damit er mich als seinen rechten Schwiegersohn anerkennen wird. Aber dazu braucht's noch eine große Fahrt." Seine Stimme klang plötzlich düster. „Gleich morgen muss ich fort. Aber wenn du es einrichten kannst, dann warte auf mich, auf Sansibar, in einem Monat. Du darfst es nur niemandem sagen, dass ich sobald schon zurück sein werde. Versprich mir das. Alle werden denken, ich sei für ein viertel Jahr nach Ägypten unterwegs."

„Was hast du nur vor?", wollte sie wissen. „Du weißt es besser nicht", erwiderte er leise.

Ihr war nicht wohl bei solchen Geheimnissen. Aber sie wusste nur zu gut, dass ihr Vater auf den Wohlstand der Familie bedacht war, und Erik keine Chance haben würde, wenn er nicht als reicher Mann auftreten konnte. Vielleicht sollte ich jetzt und für immer auf der Amaryllis bleiben und mit Erik einfach davon segeln, überlegte sie. Aber dann wäre Erik ein geächteter Mann hier in Afrika. Vielleicht würde man ihn jagen, und wer weiß, ob ihrem Vater die Bekanntschaft zu Joseph Marembe nicht gerade recht käme bei einem solchen Spiel.

„Wir müssen noch Geduld haben", flüsterte Erik. Sie versanken in Zärtlichkeiten in der blumengeschmückten Kajüte der Amaryllis, in den Düften von Vanille und Orangen. Erst als es auf den Morgen zu ging, brachte Erik Sirah zur Hafenmole. Sie küssten sich im tiefen Schatten. Dann hastete Sirah zu ihrem Elternhaus zurück.

Ein erster orangefarbener Streifen tauchte im Osten auf. Sirah schlüpfte durch den Dienstboteneingang ins Haus. Alle schienen zu schlafen. Aber als Sirah gerade leise in ihrem Zimmer verschwinden wollte, hörte sie gedämpfte Stimmen. Sie fragte sich, wer außer ihr um diese Stunde noch wach sein mochte. Sie tastete sich langsam bis zum Innenhof vor, aber dort war niemand zu sehen. Die Stimmen kamen aus dem angrenzenden kleinen Teesalon. Es waren Joseph Marembe und ihr Vater, die sich dort unterhielten. „Dann ist es also abgemacht", sagte Marembe gerade. „Wenn der nächste Ramadan vorüber ist, geben Sie mir Ihre Tochter zur Braut!" Sirah erstarrte hinter der Tür.

„Vielleicht sollte ich sie vorher fragen, wie sie darüber denkt", meinte ihr Vater vorsichtig.

„Ach was, Sie haben sicher bemerkt, dass wir uns gut verstehen. Junge Menschen muss man führen können. Aber das brauche ich Ihnen sicher nicht zu sagen. Ein besorgter Familienvater wird wissen, was das Richtige für seine Tochter ist. Zudem soll es ihren geschäftlichen Beziehungen nicht schaden. Sie verstehen schon, ich werde ein Auge zudrücken, wenn der Deutsche seine zweifelhafte Fracht hier anbietet."

Ihr Vater räusperte sich verlegen. „Nun also gut, Mr. Marembe, Sie sollen Sirah zur Frau haben! Aber lassen Sie mir ein bisschen Zeit, ich will es ihr selbst sagen."

Sirah huschte in ihr Zimmer. Sie war vollkommen übermüdet, aber der Schrecken hielt sie wach. Zwei Stunden lag sie reglos im Bett. Sie hatte nicht geglaubt, dass es so schwer werden würde, ihr Glück zu finden. Sie wusste noch nicht, was sie tun sollte, aber vielleicht musste es etwas Furchtbares sein.

Am Vormittag stand sie auf und ging hinauf auf die Dachterrasse. Der Wind frischte auf. Auf der Amaryllis wurden Segel gesetzt. Das bunte Tuch entfaltete sich wie ein eigenes Himmelszelt im kleinen Hafen von Lamu. Sirah sah, wie das Schiff langsam aus der Hafeneinfahrt hinaus glitt und das offene Meer erreichte. Die Spitzen der Takelage schimmerten wie Kupfer. „Oder wie Gold", überlegte Sirah, „oder wie Feuer..."

Erik kam ein paar Wochen später vom Sudan zurück. Er hatte eine sudanesische Flüchtlingsfamilie unter Deck wohnen, eine alte Großmutter, Vater, Mutter und vier Kinder. Die Leute gehörten der Bevölkerungsgruppe der Kathmia an, die sich wegen der Auseinandersetzungen mit der Mahdi-Bruderschaft in Sicherheit bringen musste. Um unbemerkt und sicher in den Süden zu kommen, hatten sie ihm 20.000 Dollar in Gold mitgebracht. Das war ein kleines Vermögen, und es hatte sich gelohnt, dafür die Kaffee- und Teesäcke ins Meer zu werfen.

Erik kreuzte gegen den Wind nach Süden. Er musste darauf achten, der Küste nicht zu nahe zu kommen. Sein Ziel war Sansibar, und bis dahin wollte er den ostafrikanischen Behörden möglichst nicht unter die Augen geraten. Seine Passagiere mussten unter Deck bleiben. Die Amaryllis fuhr unter vollen Segeln hoch am Wind. Sie lag um fast 40 Grad auf der Seite. Erik war das der liebste Kurs. Da ließen sich die Kräfte von Wind und Strömung am besten spüren und das Gefühl für Bewegung und Schnelligkeit vertrieb ihm die Langeweile. Als sie weitab der Küste die Höhe von Lamu passierten, griff Erik zum Fernrohr und sah nach West. Aber dort war nichts außer einem Dunststreifen über dem Meer zu erkennen. Erik dachte an Sirah. Er hoffte, dass sie einen Weg gefunden hatte, nach Sansibar zu kommen.

Er ging in seine Kajüte und überprüfte die Navigation. Doch nach einer halben Stunde wurde er durch das Rufen seiner Männer wieder an Deck geholt. Steuerbord voraus in der Ferne war eine andere Yacht aufgetaucht. Erik fluchte vor sich hin. Das Boot fuhr unter englischer Flagge und hatte es offensichtlich darauf abgesehen, seinen Kurs zu kreuzen. Erik entschied, dass er eine höfliche Konversation mit einem anderen Skipper jetzt nicht gebrauchen konnte und gab Kommando, durch den Wind zu drehen. Die Amaryllis drehte nach Backbord. Für Augenblicke lag sie ruhig. Die Segel killten, schwangen herum und strafften sich wieder an dichtgeholten Schoten. Der Rumpf neigte sich zur anderen Seite. Die Mannschaft spazierte gelassen auf dem schrägen Deck umher. Erik ging selbst ans Ruder, drehte noch ein paar Zentimeter höher an den Wind und ließ noch ein weiteres Vorsegel setzen. Die Amaryllis pflügte mit 17 Knoten durchs Meer. Nach einer Stunde hatten sie die englische Yacht achteraus außer Sicht gelassen.

Erik war verärgert. Das Manöver würde ihn einen halben Tag kosten, und es war ihm nicht wohl dabei, dass die Amaryllis zu dieser Zeit von einem anderen Schiff gesichtet worden war. Die bunten Segel waren in den afrikanischen Gewässern unverwechselbar. Es konnte Gerede geben.

Die nächsten Tage war Erik mit seinem Schiff allein auf dem Meer. Erst als er die Höhe von Mombasa erreichte, begegneten ihm wieder andere Segler und auch Dampfschiffe. Hier kreuzten die Verbindungen zu den Seychellen und nach Indien. Erik hatte vorgehabt, direkt auf die Grenze nach Tansania zuzuhalten und dann Sansibar von Westen her anzulaufen. Aber die englische Yacht ging ihm nicht aus dem Sinn. Wenn Marembe davon erfahren haben sollte, dass er schon auf dem Rückweg nach Süden war, konnte er ihm mit seinen Dampfbarkassen an der Grenze eine Falle stellen.

Kurzentschlossen änderte Erik seinen Plan und ließ nach Osten drehen. Die Amaryllis fuhr jetzt im Tross mit einem anderen Handelsschoner und einem großen Passagierdampfer mit Kurs auf die Seychellen. Erik wollte Sansibar in weitem Bogen umrunden und sich dann von Osten über die Südspitze der Insel herantasten. Das würde ihn nochmal ein bis zwei Tage kosten, aber schließlich ging es um Sirah und um ihre gemeinsame Zukunft, und da wollte er jedes unnötige Risiko vermeiden.

Er ging ans Ruder. Er spürte, wie die Strömung gegen das Ruderblatt drückte und wie der Wind sein Schiff nach vorne trieb. Er sah hinauf in die Takelage. Die roten Blütenblätter auf den türkisfarbenen Segeln glühten in der Sonne. An Backbord querab stampfte der Passagierdampfer vorbei. Die Leute standen an der Reling und winkten ihm zu. „Das schönste Schiff und die schönste Frau sind mein", dachte Erik. Er war stolz, er war schrecklich stolz.

Joseph Marembe und Sirahs Vater unternahmen einen Spaziergang an der Hafenmole von Lamu. „Es steht alles sehr günstig. Meine Tochter ist eine verständnisvolle und aufmerksame junge Frau", erklärte Sirahs Vater. „Ich habe mit ihr gesprochen. Sie war nachdenklich, schien aber nicht abgeneigt zu sein. Sie ist für ein paar Tage zu ihrer Tante nach Sansibar gereist. Sie werden sehen, Mr. Marembe, wenn sie zurückkommt, dann läuft alles wie von selbst."

Joseph Marembe nickte gedankenversunken. Er war freilich nicht davon überzeugt, dass alles so glatt gehen sollte. Sirah war also nach Sansibar gereist. Da war doch etwas faul. Marembe erinnerte sich daran, was der Engländer erzählt hatte. Die Amaryllis war auf dem Rückweg nach Süden - so früh schon. Am Ende wollte sich Sirah vielleicht mit dem Deutschen treffen. Sie mochten vielleicht denken, er, Marembe, sei ein alter Narr. Aber er hatte ja Augen im Kopf und konnte sich manches zusammenreimen. Und er würde sich doch seine versprochene Braut nicht wegschnappen lassen. Dem Deutschen musste endlich das Handwerk gelegt werden. Bestimmt war da wieder eine heimliche Schmuggelei im Gange. Vielleicht waren Diamanten auf dem Schiff oder Gold oder Waffen?

Aber diesmal würde er ihn erwischen. Er würde mit seinen Dampfbarkassen die Grenze nach Tansania sperren. Der Schoner mochte so schnell sein, wie er wollte - gegen die Dampfbarkassen kam er nicht an. Dann würde sich schon ein Grund finden, den Deutschen in den Kerker zu werfen und ihn dort erschießen und verrotten zu lassen. Er hatte genug von dieser blauäugigen grinsenden Fratze. Und dem Gouverneur würde er die Geschichte schon irgendwie beibringen. Das war das geringste Problem. Und dann Sirah, ah, dieses junge heiße Blut. Er begehrte sie und sie würde Gehorsam lernen, das schwor er sich.

Zu Sirahs Vater gewandt sagte er: „Ich bin glücklich, dass unsere Familien bald zusammenfinden werden. Nun muss ich aber auch für eine Zeitlang fort. Meine Pflichten in Mombasa warten auf mich." Am nächsten Tag ließ sich Joseph Marembe mit dem Postflieger nach Süden bringen.

Erik setzte die Flüchtlinge an der dünnbesiedelten Ostküste von Sansibar ab. Er hatte sie wohlbehalten und ohne Zwischenfälle zum Ziel gebracht. „Das Gold ist gut verdient", dachte er.

Gleich, nachdem die Flüchtlinge in Sicherheit waren, nahm die Amaryllis wieder Fahrt auf und umsegelte die Südspitze der Insel. Allmählich war es mit Eriks Geduld vorbei. Sirah war ihm nahe, das fühlte er. Nicht im Mindesten zweifelte er daran, dass sie in der Stonetown von Sansibar auf ihn wartete und nach den farbenprächtigen Segeln der Amaryllis Ausschau hielt. Am Nachmittag endlich erreichte er die weiträumige Bucht vor dem Africa-House-Hotel und gab den Befehl zum Ankern. Einen Augenblick wunderte er sich über die Dampfbarkasse, die ebenfalls dort lag, aber sein Herz weigerte sich noch zu begreifen, was das zu bedeuten hatte. Er ließ sich an Land hinüber rudern.

Sirah stand am Strand. Sie trug den Sarong in den Farben der Amaryllis. Aber etwas an Sirahs Haltung befremdete Erik. Sie winkte ihm nicht. Sie stand steif mit gefalteten Händen vor ihrem Schoß, gefasst wie eine Todgeweihte. Als Eriks Ruderboot den Sand berührte, sprang er auf und wollte ihr entgegenstürzen. Aber sie hob abwehrend die Hände, kalt und ernst wie eine Hohepriesterin. „Marembe ist hier!", zischte sie ihm warnend zu.

Erik verharrte mitten in seiner Bewegung. Kaum hatte er Sirahs Worte vernommen, kam Marembe hinter ihr die Treppe des Hotels herunter. „Ah, Mister Erik, wie schön, Sie hier zu treffen!" Marembe trug Uniform und Tropenhelm. Er lächelte. Er lächelte so, wie Krokodile oder Schlangen lächeln können. In seinen Mundwinkeln bildeten sich kleine Schaumbläschen.

„Mister Erik, ich bin sehr glücklich, Ihnen eine große Neuigkeit persönlich mitteilen zu können. Sirah und ich werden bald heiraten!" Erik glaubte, nicht richtig verstanden zu haben. Allmählich erst kam das Begreifen, Sekunde um Sekunde, und genauso allmählich spürte Erik die Kraft aus seinem Körper weichen. Für Augenblicke verschwanden seine Sinneseindrücke hinter einer nebligen Wand. Er hatte Mühe, sich aufrecht zu halten. Er fühlte sich schwer und tot.

Marembe fasste Sirah am Arm. „Wir sollten Monsieur Erik einen Drink anbieten. Er sieht ja ganz erschöpft aus. Die Fahrt war wohl sehr anstrengend, Mister Erik, nicht wahr? Darf ich fragen, was Ihre Fracht ist? Ägyptischer Schmuck vielleicht? Nun ja, wir werden uns über ein bescheidenes Hochzeitsgeschenk sehr freuen, nicht wahr, meine Liebe? Nur nichts Großes, nur keine Umstände, ein kleines erlesenes Stück zum Andenken, das wäre sicher das Richtige."

Marembe lächelte erneut. Sie gingen hinauf zur Terrasse an die Bar. Marembe verließ sie dort entschuldigend. Er müsse nach seinen Leuten sehen. Erik war mit Sirah ein paar Minuten allein. Er starrte auf die untergehende Sonne, auf's Meer. Die Dunkelheit kam schnell. „Was hat das alles zu bedeuten?", brachte er mühsam hervor.

„Mein Vater hat das eingefädelt. Du musst Geduld haben, Liebster. Es kommt alles wieder in Ordnung. Ich brauche nur Zeit zum Nachdenken." Sirahs Stimme war flehentlich. Erik erwiderte nichts.

Marembe tauchte wieder auf, legte seine Hand auf Sirahs Rücken und schwadronierte munter drauflos über seine Zukunftspläne. Eine ganze Weile ging das so. Erik hörte nicht richtig hin. Seine Schwäche war einem weißglühenden Zorn gewichen. Ich bringe ihn einfach um!, dachte er. Auf der Stelle bring´ ich ihn um! Ich ramme ihm die abgebrochene Ginflasche zwischen die dürren Rippen, noch ehe er das nächste Wort von sich gibt.

Aber Eriks Gedanken wurden von einem lauten Schrei unterbrochen: „Da draußen brennt's! Da ist Feuer auf dem Schiff!" Die Leute auf der Terrasse stürzten nach vorn, um besser sehen zu können. Und noch ehe Erik sich einen Weg durch die Menge gebahnt hatte, wusste er, was los war. Die Amaryllis brannte! Erik schubste die Leute beiseite und klammerte sich ans Geländer. Auf dem Deck der Amaryllis war an drei oder vier Stellen Feuer ausgebrochen. Die Flammen leckten an den Masten hoch. Wie konnte das nur passieren? Die Großsegel waren gehisst und flatterten lose im Wind. Die Mannschaft schwamm im Wasser. Das brennende Schiff lag nur zweihundert Meter entfernt in der Bucht. Erik konnte alles genau erkennen. Der Schmerz stach ihn wie glühende Nadeln. Das Feuer hatte die Masten erfasst und sprang auf die Segel über.

„Da hat sich aber jemand einen wirklich bösen Scherz erlaubt", bemerkte Marembe glucksend.

Erik achtete nicht darauf. Er sah nur die brennende Amaryllis vor sich. Die Flammen schossen fauchend und lodernd in die Takelage hinauf. Die Masten brannten wie riesige Fackeln. Die Segel vergingen in sonnenhellem gleißenden Licht. Das Feuer vertrieb die Dämmerung. Die ganze Bucht war hell erleuchtet. Der Nachtwind peitschte die Flammen hoch. Für Augenblicke schien die Amaryllis nur aus einer einzigen hohen Feuersäule zu bestehen. Das Wasser spiegelte die Flammen wider und auch die Funken, die zu Tausenden über den Nachthimmel flogen. Es war wie der Ausbruch eines unterseeischen Vulkans. Das Schiff ging in einer gewaltigen grellen Blüte auf, die Blätter vom Sturm zerrissen.

Der Schmerz, den Erik fühlte, wurde immer heißer. Er wollte schreien, aber er konnte nicht atmen und brachte keinen Ton hervor. Die Amaryllis verging vor seinen Augen, und er wusste selbst nicht, ob er leben oder sterben würde.

Die fauchende Flammensäule fiel in sich zusammen. Zurück blieb ein feuriges Skelett - die Falle, die Wanten, die Masten, die noch glühten wie abgebrannte Wunderkerzen - die Konturen eines Schiffes, wie mit einem glühenden Messer in die Nachtluft gezeichnet. Dann brachen die glimmenden Masten, stürzten auf Deck oder ins Wasser. Der Rumpf brannte weiter, ein Torso, ein Sarg, der wie zur Bestattung in Flammen gebettet war. Irgendwann drang durch die Planken Wasser ein. Der Schiffsrumpf neigte sich und sank.

Das war der Moment, in dem der Schmerz einen Weg durch Eriks Kehle fand. Er schrie! Er schrie, wie er noch nie im Leben geschrien hatte. Er hörte sich selber schreien und wunderte sich über diese Laute, die wie die Laute eines Tieres waren. Aber dieses Empfinden verging wieder. All sein Fühlen verging, als die brennende Amaryllis in der See versank. Der Nachtwind wehte den Rauch ans Festland herüber, - ein bitterer Geschmack von Afrika. Erik lag zusammengekrümmt und schluchzend auf der Terrasse. Er zitterte. Er hatte die Augen geschlossen, und seine Zähne klapperten. Sirah kniete neben ihm.

„Wenn ich Ihnen nur helfen könnte", säuselte Marembe. „Aber Sie wissen ja, dass ich hier auf Sansibar nichts zu entscheiden habe. Nun ja, man wird die Räuberbande schon zu fassen kriegen - über kurz oder lang."

Marembe spuckte die letzten Worte nur so dahin. Er wandte sich um. „Ich sah brennende Schiffe vor Orions Sternen....", summte er leise. Mit ihm konnte man nicht Katz und Maus spielen, das sollte nur keiner vergessen. Er lachte in sich hinein, als er die Treppe hinunterging. In diesem Augenblick war es ihm egal, dass sich Sirah über den hilflosen Deutschen beugte. Mochte sie ihn ruhig ein letztes Mal bejammern. Er würde ihr bald Manieren beibringen.

Als Sirah mit ansehen musste, wie Erik seines Schiffes, seines Glücks, beraubt wurde, liebte sie ihn umso mehr. Im Moment konnte sie zwar nur ihren Arm um seine bebenden Schultern legen, aber nun wusste sie ganz sicher, was in der nächsten Zeit zu tun war. Dieses Wissen gab ihr Kraft.

Erik schien in seinem Leid versunken zu sein. Sirah brachte ihn bei indischen Freunden unter und regelte, dass man sich einstweilen um ihn kümmerte. Zwei Tage später folgte sie

Joseph Marembe nach Mombasa. Sie suchte ihn am späten Abend in seinem Büro auf. Er war allein, wie sie erwartet hatte, und kam strahlend mit ausgebreiteten Armen auf sie zu.

„Wie schön, dass du mich besuchst, liebste Sirah", krächzte er. Er wähnte sich als Sieger, sowohl in seinem Dienst als Zollinspektor als auch in Herzensdingen. Als er die Klinge blitzen sah, war es schon zu spät. Der Dolch durchtrennte ihm die Halsschlagader. Sirah schwang das scharfe Messer mit drei oder vier kräftigen Hieben hin und her. Marembe griff sich an den Hals. Er konnte nicht schreien. Sirah sprang rasch ein paar Schritte zurück. Marembe torkelte in Todeskrämpfen durch die Amtsstube. Er bekam seine Bewegungen nicht mehr unter Kontrolle und stürzte über den Stuhl, über den Schreibtisch. Seine Bewegungen wurden langsamer und schwächer. Ein Röcheln entwich seiner Kehle. Dann war Marembe am Ende. Er rührte sich nicht mehr. Seine Augen waren weit aufgerissen und mit einem gelblichen Schleier überzogen. Er sah aus wie ein zerquetschter Leguan. Sirah fasste kurz nach seinem Handgelenk und stellte fest, dass der Puls nicht mehr schlug. Dann verschwand sie rasch in den engen Gassen der Hafenstadt.

Ein Jahr später war das Schlimmste vergessen. Die Flucht hatte viele Wochen gedauert. Sirah war mit Erik auf einer Dhow nach Indien gesegelt. Mannschaft und Boot zu mieten, hatte sie ihre wenigen eigenen Ersparnisse gekostet. Aber in jenen Jahren wagten es nur noch wenige, den Seeweg nach Indien auf einer kleinen arabischen Dhow zurückzulegen. Das verwischte ihre Spuren und sie konnten vor Verfolgern sicher sein. Erik war es lange Zeit sehr schlecht gegangen und Indien war für sie beide so neu und fremd.

Mittlerweile lebten sie vom Betrieb einer kleinen Herberge, die sie in den Klippen am Golf von Bengalen gepachtet hatten. Erik verrichtete seine tägliche Arbeit, so wie es von einem Herbergsvater erwartet wurde. Er vernachlässigte seine

Pflichten nur selten. Aber manchmal beobachtete ihn Sirah, wie er verträumt im Hof herumstand und über irgendetwas angestrengt nachzudenken schien. Oder wie er stundenlang auf der Treppe hockte und in sich hinein lauschte, so, als sei er auf der Suche nach etwas Verlorenem, nach einer Bedeutung, nach einem Ziel. Dann hatte sie Angst um ihn.

Er sprach nie wieder ein Wort von der Amaryllis und er fuhr auch nie wieder zur See. Aber da waren die Nächte, in denen er nicht schlief und auf der Terrasse stand, mit dem Fernrohr in den Händen. Sein Auge verfolgte die dreieckigen Schatten, die über's mondbeglänzte Wasser wanderten, vom Wind nach Südwest getrieben, nach Lamu und Sansibar, zu den Gerüchen von Pfeffer und Zimt - nach Afrika. In solchen Nächten lag Sirah allein in dem großen Bett und fror...

Phuket, Thailand 1998

Der Brief

Alvarez befühlte den Brief in seiner Hosentasche. Der Brief machte ihn nachdenklich. Ich muss mit Maria darüber sprechen, dachte er. Er schritt eilig durch die engen Gassen von Havanna. Maria verkaufte Eis unten am Hafen. Es war heiß, und es waren viele Fremde in der Stadt. Manchmal brachte Maria recht viel Geld mit nach Hause.

Maria ist jetzt 15 Jahre alt, nächstes Jahr können wir heiraten, dachte Alvarez. Er ging über die Placia de Arma. In den Alleen dort trafen sie sich oft, abends, wenn es dunkel wurde. Alvarez dachte gerne an Maria. An den Brief mochte er jetzt nicht denken. Aber es half ja nichts. Er musste Maria von dem Brief erzählen. Alvarez bog in die Hafenstraße ein.

Hinter der Eistheke war niemand. Maria stand ein paar Meter weiter an ein Taxi gelehnt und unterhielt sich mit dem Fahrgast durch die heruntergekurbelte Scheibe. Alvarez konnte den Fahrgast nicht genau erkennen. Er sah nur, dass er gut gekleidet war. Vielleicht hat sie noch Wechselgeld von ihm zu kriegen, dachte Alvarez.

Als Maria ihn sah, winkte sie ihm und kam zu ihm herübergelaufen. Heute küsste sie ihn nicht. Sie ist sehr beschäftigt, glaubte Alvarez. Das Taxi wartete auf der anderen Straßenseite.

„Hallo Liebster, wie geht's?", sagte Maria. Maria trug ein neues weißes Kleid. Sie sah sehr schön darin aus.

„Ich muss dir etwas erzählen", erklärte Alvarez. „Ja, mein Lieber, sag mir nur immer alles, was du auf dem Herzen hast, sag's mir nur", erwiderte Maria. „Aber warte noch ein paar Minuten, willst du so lieb sein, ja? Der Herr dort in dem Taxi hat nach Rum gefragt. Ich zeig´ ihm schnell den Weg zu Carlos!"

„Wer ist denn Carlos?", wollte Alvarez wissen. „Du kennst Carlos nicht?", fragte Maria. „Den kennst Du doch. Carlos schmuggelt billigen Rum aus der Fabrik. Und wenn ich ihm einen Kunden bringe, dann krieg´ ich ein paar Dollar dafür." Ich werde mal eine tüchtige Frau haben, dachte Alvarez, als Maria mit dem fremden Mann davonfuhr.

Alvarez hockte sich auf die Hafenmauer und sah den großen Schiffen zu, die hinten in den Docks entladen wurden. Vielleicht wird es gut sein, wenn ich die Welt ein bisschen kennenlerne, meinte Alvarez. Er griff wieder nach dem Brief in seiner Tasche. Nur, was wird Maria dazu sagen? Nächstes Jahr, da wollten wir doch heiraten, grübelte er.

Es dauerte eine halbe Stunde, bis Maria wieder zurückkam. Sie stieg aus dem Taxi aus, und der Wagen brauste davon. Alvarez ging zu ihr hin. Er war sehr bedrückt. „Komm, lass uns zu den Alleen gehen", schlug er vor.

„Ja, das ist eine gute Idee", antwortete Maria. „Zu den Alleen, da gehe ich am liebsten mit dir hin. Und unterwegs, da kann ich noch etwas erledigen", fügte sie hinzu. Maria schloss die Eistheke ab und lächelte ihn vergnügt an.

Sie ist immer glücklich, dachte Alvarez. „Was musst du denn noch erledigen?", fragte er, als sie ein paar Schritte gegangen waren. Maria zeigte auf das Ambos Mundos, ein berühmtes Hotel in Havanna. Viele reiche Leute aus der ganzen Welt kamen dorthin.

„Gestern habe ich dort jemandem eine Kiste Zigarren verkauft", erklärte Maria. „Du weißt doch, von den guten, wie sie Franko unter seiner Bar versteckt. Ich muss jetzt noch mein Geld abholen." Schnell war sie in der Eingangshalle verschwunden. Alvarez blieb auf den Stufen stehen.

Ich muss es ihr bald sagen, dachte er. Wenn´s gesagt ist, wird es leichter sein. Der Brief hat alles verdorben, ging es ihm durch den Kopf. Aus der Nuevo-Bodega hörte er ein Radio plärren. Es waren Worte vom Presidente. Alvarez lehnte sich an die Mauer. Schräg gegenüber war die Placia de Arma. Manche Kinder bettelten bei den reichen Ausländern um Süßigkeiten. „Für die Gleichheit aller Menschen, für die Gleichheit aller Völker," plärrte es aus dem Radio, „für eine neue bessere Welt!"

Vielleicht hat der Brief doch nicht alles verdorben, grübelte Alvarez. Für eine neue bessere Welt - dafür kann man kämpfen. Alvarez versuchte, sich mit dem Gedanken vertraut zu machen. Maria kam wieder aus dem Hotel heraus. Sie war fast eine Stunde da drinnen gewesen. „Gab es Schwierigkeiten?", wollte Alvarez wissen.

Maria schüttelte den Kopf und gab ihm einen schnellen Kuss auf die Wange. „Komm, wir wollen weitergehen", sagte sie. Sie schlenderten über den Platz.

Alvarez nahm seinen ganzen Mut zusammen. „Wir können nächstes Jahr noch nicht heiraten", sagte er.

„Ach so", erwiderte Maria. Sie blickte zu den Alleen hinüber.

„Weißt du", meinte Alvarez, „ich muss fort von hier. Nur eine Zeit lang!" Er zog den Brief aus seiner Hosentasche. Maria achtete nicht darauf. Sie blickte weiter zu den Alleen hinüber. Es dunkelte langsam. Alvarez sah Maria traurig von der Seite an. Er konnte nicht weitersprechen.

Plötzlich wandte sich Maria zu ihm um. Sie lächelte vergnügt. „Das macht alles nichts", sagte sie. „Wir verschieben es halt. Vielleicht", so erklärte sie weiter, „sind wir noch nicht alt genug für die Liebe." Dieser Satz klang ziemlich vernünftig. Dann sagte sie: „Entschuldige mich einen Augenblick, mein Lieber. Da drüben steht jemand, mit dem ich dringend etwas besprechen muss." Maria löste sich von seinem Arm und lief leichtfüßig zu den Alleen hinüber.

Alvarez schaute ihr nach. Er hielt den Brief in den Händen, den Brief, der ihn zum Krieg nach Angola beorderte, zum Krieg für die Gleichheit aller Völker. Maria hatte nicht nach dem Brief gefragt. Alvarez sah, wie sich Maria von einem fremden Mann umarmen ließ. Vielleicht ist nichts dabei, überlegte Alvarez. Es wird ein guter Kunde von ihr sein. Alvarez wollte noch nicht darüber nachdenken, warum es ihm so weh tat, Maria mit dem hellhäutigen Fremden zu sehen.

Das mit der Liebe, das verschieben wir einfach, überlegte er. In Angola war schlimmer Krieg. Für eine neue bessere Welt kann ich kämpfen, ich bin jetzt 16 Jahre alt, sagte er sich.

Alvarez sah, wie der Fremde unter den Kolonaden Maria schon wieder zu umarmen versuchte. Für die Liebe sind wir noch nicht alt genug, hatte Maria gesagt. Alvarez steckte den Brief wieder sorgfältig in die Hosentasche und ging allein durch die Gassen davon. Das mit der Liebe, das verschieben wir einfach, hoffte er.

Havanna, Kuba, 1994

Hoch am Wind

Es war spät in der Nacht. Die meisten Bars hatten geschlossen. Nur wenige Menschen waren noch auf der Straße. John und Ramona hasteten an den Häuserreihen entlang. Beide trugen eine Tasche. Sie waren aufgeregt und hatten Angst. Aber niemand achtete auf sie. Und es gab nicht viel Licht in den schmalen Straßen. Das Land war sehr arm, und es musste an allem gespart werden. Manche Menschen, die hier wohnten, hungerten oder waren krank.

Unten an der Mündung des Flusses lagen einige Segelboote vertäut. Der Polizist, der normalerweise am Hafen Wache ging, musste in der nahegelegenen Tanzbar einen Streit schlichten. Zwei Burschen hatten dort wegen eines Mädchens eine Prügelei angefangen. John hatte das Mädchen gut bezahlt, vor Tagen schon, und sie konnte mit Männern umgehen, das wusste er. John kannte einige Mädchen auf dieser Insel - nur Ramona war etwas Besonderes, meinte er.

Ramona zitterte leicht wegen des Nachtwinds, der von der See hereinkam. John fasste nach ihrer Hand und sah sich nach ihr um. Sie lächelte ihn an. Ihre Zähne blitzten, und ihre Augen glänzten. Sonst konnte er nicht viel sehen von ihr. Ihre Haut war braun, und ihr krauses Haar war ganz dunkel. John holte noch einmal tief Luft und fasste sich ein Herz. Dann kletterte er schnell über die Reling des vordersten Bootes und zog Ramona hinter sich her. Sie mussten sich beeilen, denn länger als eine halbe Stunde würde der Polizist bestimmt nicht wegbleiben, glaubte John.

John kannte das Boot einigermaßen gut. Er hatte es sich in der letzten Zeit genau angesehen, immer wenn er auf seinem täglichen Spaziergang am Hafen vorbeikam, alleine natürlich.

Wenn ein Tourist sich ein Boot ansah, erweckte das kein Misstrauen. John kappte die Haltetaue. Der Rumpf glitt in die Strömung. Es war nur eine kleine Yacht, etwa 10 Meter lang, aber für einen Mann allein trotzdem nicht ganz leicht zu bedienen.

Ramona hatte vorher noch nie auf einem Boot gesessen. Den Bewohnern dieser Insel war es nicht erlaubt, eigene Boote zu haben - wegen der Fluchtgefahr! Ramona bekam daher keinen Schreck, als sich das Boot quer zur Strömung stellte.

John hatte mittlerweile die Schutzhüllen der Segel aufgeschnitten. Er ging nicht sehr sorgfältig mit dem Boot um. Es brauchte nur für diese eine Fahrt noch zu halten. Die Küste des Kontinents war nur etwa 200 Kilometer entfernt. John setzte in aller Eile das Großsegel straff durch und holte die Schot dicht. Dabei knallte das Segel im Wind. Viel zu laut, dachte er.

Aber jetzt schwang das Boot in Richtung offene See herum und nahm etwas Fahrt auf. John spürte den leichten Druck am Ruder und atmete leise auf. Dann zog er die Rollfock auf und brachte die Yacht hoch an den Wind. Das Boot neigte sich arg zur Seite und sprang mit dem Bug hart über die Brandungswellen. John lehnte sich zufrieden gegen den starken Druck des Ruders. Es war eine gute Yacht, und sie nahm schnell Fahrt auf. Die Segel waren jetzt prall und flatterten nicht mehr. Der Wind würde gegen Morgen über Ost nach Süd drehen, das hieß, sie brauchten keinen Kreuzkurs zu fahren und konnten strikt auf Nord-Nord-West zuhalten. Der Bootsrumpf hob und senkte sich gleichmäßig.

John spürte die feine Gischt in seinem Gesicht. Ich bin froh, dachte er. Bisher war alles ganz einfach gewesen. Er klemmte das Ruder fest und tastete sich zu Ramona hinüber, die sich etwas verkrampft an die Reling klammerte. Sie umarmten sich zögernd. Ich bin nicht wirklich bei ihr, dachte John.

Sie sagten nichts. Es gab nichts zu sagen und nichts zu tun, und die Angst kehrte wieder zurück. Der Polizist hatte sicher mittlerweile entdeckt, dass im Hafen ein Boot gestohlen war. Und er würde auch wissen, dass es dafür nur einen Grund geben konnte.

Schon oft hatten Inselbewohner versucht, außer Landes zu fliehen. Eigentlich waren für Fluchtversuche langjährige Gefängnisstrafen vorgesehen oder auch Arbeitslager in den Zuckerrohrplantagen. Die Fliehenden kehrten aber meist nicht lebend zurück. Und in Kanada wusste man, dass die Menschen dieser Insel auf ihren selbstgebastelten Flößen von Hubschraubern aus versenkt wurden, sobald man sie entdeckte. John hatte Ramona erzählt, was die Zeitungen im Ausland berichteten. Die Regierung war mächtig, und es war sehr gefährlich, sich ihr zu widersetzen.

Der Polizist in dem kleinen Hafenort würde aber mindestens zwei Stunden brauchen, um die Patrouillenboote in der großen Stadt zu informieren. Nachts wurde der Strom abgestellt, man konnte nicht telefonieren. Und ein Handynetz gab es nicht auf dieser Insel. Zwei Stunden Vorsprung, das musste unbedingt genügen, um aus der 12-Meilen-Zone herauszukommen.

John starrte in die Dunkelheit hinein. In seinem Leben hatte er noch nie etwas Verbotenes getan. In Kanada arbeitete er bei einer Versicherung. Er war nicht reich, fand er, aber er hatte ein kleines Appartement in Montreal und auch ein Auto und jedes Jahr konnte er in den Urlaub fahren, am liebsten in den Süden, denn in Kanada war es meist sehr kalt. Er hatte keine großen Sorgen. Jetzt willst du den Helden spielen, sagte er sich. Wegen Ramona!

Ramona sah ihn von der Seite an. Sie sah seine hellen Augen, die starr über das Meer blickten, und die gerunzelte Stirn. „Wirst du mich immer liebhaben?", flüsterte sie.

„Aber natürlich", antwortete er. Er sah sie nicht an.

„Wirst du mich immer ganz doll liebhaben?", wiederholte sie leise.

Er nickte stumm. Dann wandte er sich zur ihr und berührte ihr Gesicht. Er erinnerte sich an den Karneval. Das war vor drei Wochen. Da hatte er zum ersten Mal mit ihr getanzt. Sie tanzte gut, so wie die meisten Menschen auf den karibischen Inseln. John wusste gleich, dass er sich in sie verlieben würde. Seine Liebe kam schnell.

Aber dieses Mal soll es auch etwas Festes sein, hatte er sich gedacht. Er hatte sich oft mit Ramona getroffen. Es war immer schön mit ihr. Über Abschied hatten sie nie gesprochen, aber manchmal weinte sie. Dann hatte John eine Idee gehabt. Er war ein guter Segler. Auf den kanadischen Seen fuhr er manchmal zum Fischen hinaus. So war der Plan entstanden. „Ich werde dich mitnehmen, und wir bleiben zusammen", hatte er ihr versprochen.

Wir sind noch nicht sehr weit gekommen, überlegte John. Der Wind drehte leicht nach Ost, und John ließ die Schoten etwas ausfieren. Das Boot lag jetzt etwas ruhiger im Wasser. Einmal hörten sie das Knattern eines Hubschraubers. Sie blickten zum Himmel. Der Himmel war klar und leuchtend und voller Sterne. Das Fernglas hing neben dem Ruder, aber John und Ramona bewegten sich nicht von der Stelle. Sie sahen den Hubschrauber nicht, und das Knattern verschwand wieder in der Ferne. Er hatte wohl nicht nach ihnen gesucht.

John ließ Ramona allein an der Reling sitzen und ging ans Steuerruder hinüber. Er löste die Arretierung und griff fest nach den Speichen. Ramona sah, dass er eigentlich nichts Wichtiges zu tun hatte. John sah zur Mastspitze empor. Die Yacht, die sie gestohlen hatten, fuhr unter französischer Flagge. John beruhigte sich. Sie würden doch auf einen Touristen nicht schießen, dachte er sich.

Ich muss immer ganz nett zu ihm sein, nahm Ramona sich vor. Dann kann er mich wirklich liebhaben. Dann kann er mich hier fortbringen. Dann gibt es immer genug zu essen. Ich werde in einer schönen Wohnung leben, in einem modernen Land. Wenn er mich liebhat, dann muss er doch für mich sorgen, dachte sie sich. Ich muss nur immer richtig nett zu ihm sein. Manchmal dachte sie auch an die Patrouillenboote, an die Hubschrauber und an die Maschinengewehre der Soldaten. Dann strahlte sie John an. Es wird alles gut werden, meinte sie. Er ist ja ein guter Mann.

John sprach kein Wort. Er hatte schon seit über einer Stunde nichts mehr gesprochen. Er sah nur über das Meer. Wir sind allein auf dem Meer, dachte er. Die Frist des Vorsprungs war abgelaufen. John horchte in die Dunkelheit hinein. Er wusste, sie würden die Hoheitsgewässer der Insel bald verlassen haben.

Ramona kam zu ihm herüber. Sie umfasste seine Schultern und küsste ihn leicht auf den Nacken. Sein Körper war starr, und er blickte unverwandt geradeaus. Die, die hast du jetzt am Hals, dachte er sich.

Nach einer weiteren Stunde war sich John sicher, dass sie aus den Hoheitsgewässern der Insel längst heraus waren. Du solltest glücklich sein, dachte er. Bist du nicht glücklich?, fragte er sich. Es wird schwer werden mit ihr in Kanada. Ich muss ihr alles erklären. Das Geld wird nicht für beide reichen. Hoffentlich findet sie Arbeit. An den Karneval dachte er nicht mehr. Er sah Ramona an.

Warum sieht er mich so an, dachte Ramona. Er sieht mich an, als ob er Kummer hätte. Vielleicht war ich nicht richtig nett zu ihm? Er muss mich doch bestimmt richtig liebhaben. Er hat so viel Mut. Er kann mich gar nicht im Stich lassen. Das bringt er doch gar nicht fertig.

John sah ihre glänzenden Augen. Sie tat ihm sehr leid. Er wollte sie trösten und nahm ihre Hand. Es wird schon alles gut werden, glaubte Ramona.

Da hörten sie das Dröhnen der Patrouillenboote. Sie kamen schnell nah. Im Osten wurde der Himmel heller, und John konnte die spitz zulaufenden Rümpfe der Patrouillenboote und die starken Motoren sehen. Die Schnellboote kamen längsseits. An Deck standen mehrere Soldaten. Sie trugen Maschinengewehre. Sie schauten wortlos herüber. John und Ramona glaubten nicht mehr, dass die Soldaten außerhalb der Landesgrenze nicht schießen würden. Ramona war ganz bleich.

John ließ plötzlich ihre Hand los und stürzte verzweifelt mittschiffs zum Kajütendach. Ramona sah, wie er etwas aus seiner Hosentasche zerrte und schließlich seinen kanadischen Pass mit erhobener Hand hin und her schwenkte. Dabei schrie er etwas in der Sprache, die sie nicht verstand. Die Soldaten auf den Schnellbooten bewegten sich nicht und schauten nur stumm.

Die werden einen Fluchthelfer nicht leben lassen, dachte Ramona. Was für ein dummer Junge er ist. Er hat nicht gelernt, Angst auszuhalten.

John hörte nicht auf, mit seinem kanadischen Pass zu winken und rief immer noch verzweifelt und mit erhobenen Händen zu den Soldaten hinüber. Ramona kam es seltsam vor, dass er den Pass die ganze Zeit über griffbereit in seiner Hosentasche hatte. Was für ein dummer Junge er ist, dachte Ramona noch einmal.

Die Sonne kämpfte sich über den Horizont, und es gab besseres Licht. Da entsicherten die Soldaten ihre Gewehre und legten an ...

Varadero, Kuba 1994

Griechische Performance

Frank lebte schon ein paar Jahre in dem kleinen Dorf. Ein bisschen Griechisch hatte er mittlerweile gelernt. Die Leute an der Nordwestküste von Korfu waren mit seiner Erscheinung vertraut. Meistens grüßten sie ihn. Allerdings war ihnen der Gedanke ziemlich fremd, dass jemand nicht zu arbeiten brauchte und nur Bücher schrieb. Frank hatte den Dachboden von der Three-Brothers-Tavern gemietet. Als er sich vor längerer Zeit entschlossen hatte, auf dieser Insel zu leben, da musste es unbedingt dieses Dorf und dieses Haus sein, wegen der Aussicht.

Als er an diesem Tag erwachte, war es noch sehr früh. Verschlafen blickte er sich in seiner einfachen Behausung um. Viel gab es da nicht zu sehen. Ein Tisch, zwei Stühle, zwei Truhen mit Kleidungsstücken und sonstigem Kram, ein ziemlich großes Bücherregal, und natürlich das schmale Bett, auf dem er lag. Neben dem Kamin war noch ein kleiner Kanonenofen, der ihm im Winter über die schlimmste Kälte hinweghalf.

Du lebst so erbärmlich wie ein Tagelöhner im letzten Jahrhundert, sagte er sich. Seine Bücher waren nicht sehr bekannt. Von der Schreiberei konnte er gerade so leben. Aber es war ihm nicht wirklich nach Jammern zumute. Hier auf der Insel brauchte er nicht viel. Viele andere haben es nie so weit gebracht, sagte er sich manchmal zum Trost. Und er wusste, er war kein Hemingway.

Er dachte an Jeanne und Christoph, die heute hier eintreffen würden, und das erfüllte ihn mit Vorfreude. Der Bus, der von der Hauptstadt kam, erreichte den Strand unten in der Bucht aber immer erst am frühen Nachmittag. Es gibt eigentlich keinen Grund, so früh aufzustehen, überlegte er. Er konnte jedoch keine Ruhe mehr finden und ging die Treppe hinunter in den Schankraum der Taverne. Sophia machte dort sauber. „Kali Mera, Frank", grüßte sie ihn.

Er nickte ihr zu und verschwand auf dem Balkon. Der Balkon der Three-Brothers-Tavern war sein Lieblingsplatz. Dort fühlte er sich zu Hause. Er setzte sich auf den Balkon und war glücklich damit, den Tag zu vertrödeln. Frank musste weiter an Jeanne und Christoph denken. Ob sie mittlerweile glücklich geworden sind, fragte er sich. Oft geschrieben hatten sie nicht. Und aus den knappen Ansichtskarten ging nicht viel hervor. Im Grunde hasste er solche Überlegungen und verscheuchte sie deshalb aus seinem Kopf.

Was ihn in diesem Moment ganz und gar in Anspruch nahm, war das Licht. Er grüßte das Licht, heimlich nur, still und unbeweglich, aber er grüßte es morgens und abends. Jetzt, am frühen Morgen, tauchte es herauf aus einem tiefen weichen Grau. Es war wie eine Wolke aus Graphit, die Himmel und Erde verhüllte. Die Sonne war noch hinter dem Bergrücken verborgen. Sie schickte ihr Licht über die Kämme wie durch ein Sieb. Das Meer lag ausgebreitet tief unter den Felsen. Es war glatt wie ein seidenes Tuch. Das Meer war geduldig und wartete darauf, das Licht einzusaugen in seine feinen Poren. Über das Grau des Meeres kräuselte sich ein erwartungsvoller bläulicher Schauer hinweg. Als die Sonne wenige Minuten später über den Bergen stand, wurde alles mit kontrastreichen Farben überschüttet. Das Meer und das Land waren blau und grün, und die Luft schimmerte wie frühreife Oliven.

Frank atmete tief. Sophia kam zu ihm heraus und stellte ihm wortlos Kaffee und etwas Gebäck vor die Nase. Dann ließ sie ihn wieder allein. Er konnte alles überblicken von seinem Platz. Das Dorf lag auf einer hohen Klippe und erlaubte eine ungehinderte Fernsicht über das Ionische Meer. Vor Korfus

Nordwestküste lagen noch ein paar kleinere Inseln und Riffe im Wasser verstreut.

Frank sah den kleinen spitz zulaufenden Felsen mit dem Namen „Karawi" weit draußen im Meer. „Karawi" bedeutete „Segelschiff", und eine Legende wusste zu berichten, dass dies das zu Stein gewordene Phäakenschiff war, das Odysseus nach Hause gebracht hatte. Poseidon war erbost, dass die Phäaken es gewagt hatten, Odysseus´ Heimreise zu ermöglichen. Die Zauberschiffe der Phäaken galten allerdings als unsinkbar, und somit bestand Poseidons Rache darin, das Schiff mit der Mannschaft kurz vor der Rückkehr in den heimatlichen Hafen versteinern zu lassen.

Das Licht wechselte jetzt zu Gelb und allmählich zu einem hellen Blau. Es war immer noch weich und mild, und es durchdrang das Land und das Meer und die Seelen der Menschen, die dort zu Hause waren. Fast war das Licht wie ein feiner Stoff, den man atmen konnte.

Frank sah ganz fern am Horizont einen Dampfer vorüberziehen. Sicherlich kam der aus Italien und steuerte nun den Hafen von Korfu an. Es sind nur noch ein paar Stunden, dann werden sie hier sein, dachte er. Er trank seinen Kaffee und kaute auf einem weichen Brötchen herum.

Später steckte er sein Notizbuch ein und ging den Fußweg hinunter durch die Makkia und durch die Gärten bis zur Felsenbucht. Er erinnerte sich an die früheren Jahre, als er mit Christoph und den anderen durch Griechenland gezogen war, mit Rucksack und Schlafsack. Viele Hundert Kilometer waren sie getrampt, waren auf Berge und durch Schluchten gewandert, hatten ihren Schlafplatz in Büschen und am Strand gewählt. Dann irgendwann war Jeanne aufgetaucht. Es konnte nicht ewig so weitergehen, dachte Frank. Wir mussten erwachsen werden. Und Jeanne war ja eigentlich ganz nett. Am Anfang hatte er sie gemocht. Doch dann kamen die Jahre, in denen Christoph keine Zeit mehr hatte, und irgendwann hatten sie sich kaum noch etwas zu sagen gehabt.

Frank setzte sich auf den steinigen Boden. Er holte sein Notizbuch hervor und wollte ein paar Eintragungen für sein neues Buch machen. Die Gedanken liefen ihm davon. Er konnte sich kaum konzentrieren. Daher war er ganz froh, als die Zeit auf Mittag zuging. Er wanderte zurück zum Dorf und lieh sich den Pritschenwagen seines Hauswirts. Damit fuhr er an den Strand hinunter, wo es ein paar Hotels und Restaurants gab und die Bushaltestelle. Frank blieb im Wagen sitzen und wartete. Du darfst nicht zu viel erwarten, sagte er sich. Wenn sie kommen, bleib' ganz ruhig.

Als der Bus eintraf, erkannte er sie gleich hinter den Fenstern. Und er lief ihnen lachend entgegen, als sie übers Trittbrett auf die Straße stiegen. Das erste, was er sah, war Jeannes gerundeter Bauch. Sie war schwanger.

Die Begrüßung war freundlich. Frank ging auf Christoph zu und drückte ihn kurz und fest. Sie freuten sich beide. Jeannes Umarmung war verhalten. Frank wurde unsicher. Er stellte sich neben sie und umfasste kurz ihre Schultern.

„Sieht gut aus", sagte er und deutete auf ihren Bauch.

„Ist auch gut!", meinte sie, und in ihren Augen schimmerte eine Mischung aus Stolz und Entschlossenheit.

Der Pritschenwagen war nicht sehr groß. Christoph musste sich auf die Ladefläche zum Gepäck setzen. Jeanne stieg vorne bei Frank ein. „Schön, dass ihr da seid", sagte Frank. „Wir haben uns auch sehr auf den Urlaub gefreut", erklärte Jeanne. „War die Reise nicht zu beschwerlich für dich?", fragte Frank. Jeanne schüttelte lachend den Kopf. „Ich krieg´ ein Kind, ich bin ja nicht krank!"

Als sie oben im Dorf angekommen waren, zeigte ihnen Frank das Zimmer, das er für sie im Haus gegenüber der Three-Brothers-Tavern reserviert hatte. Christoph war völlig aufgekratzt und voller Tatendrang. „Endlich zurück bei den alten Griechen!", jubelte er und öffnete die Arme, als wollte er den Olymp umfassen. „Bringt mir 'nen Spaten und lasst uns ein paar Mauern ausgraben!" Christoph schielte zu Frank herüber.

Frank war froh, dass Christoph noch seinen alten überdrehten Humor hatte und ging gleich darauf ein: „Ich hab´ gestern noch extra für euch das trojanische Pferd verbuddelt, damit ihr zu Hause ´was zu erzählen habt." Das Lachen war noch verhalten, und die Worte tasteten sich vorsichtig durch die heiße Mittagsluft.

Die Männer wollten gleich wieder an den Strand. Als Jeanne das hörte, entschloss sie sich, mitzugehen, obwohl sie eigentlich daran gedacht hatte, sich etwas auszuruhen. Sie verbrachten also den Nachmittag am Meer. Sie badeten und sonnten sich, und sie scherzten miteinander.

Frank sah zu Christoph hinüber und ihre Blicke trafen sich. Unsicherheit war darin. Vielleicht wird alles so werden wie früher, überlegte Frank. Aber tief im Inneren glaubte er noch nicht daran. Wegen seiner Zweifel kam er sich fast ein bisschen mies vor.

Abends aßen sie zusammen auf dem Balkon. „Na, du Eremit, wie lebt es sich hier?", fragte Christoph. „Du meinst natürlich, wie ich es hier ohne Frau aushalte", gab Frank zurück. „Na klar, genau das meint er", mischte sich Jeanne ein und strahlte in Erwartung einer romantischen Liebesgeschichte.

„Wisst ihr, es ist das Licht", sagte Frank und deutete zum Himmel. Im selben Augenblick wusste er natürlich, wie albern das klang, und so fiel er in das Lachen der anderen mit ein.

„Am Ende ist es wohl gar der Heilige Geist, nicht wahr", bemerkte Jeanne prustend. „Und der kommt in Gestalt der hübschen Kellnerin jede Nacht über dich", gluckste Christoph. „Nein, nein," wehrte Frank ab, „es ist nicht so, wie ihr denkt."

„Ach, komm schon Frank, tu nicht so platonisch. So warst du früher nicht." Christoph blitzte ihn herausfordernd an.

Frank zuckte ergeben mit den Achseln und sagte nichts mehr dazu. Stattdessen ging er zum Gegenangriff über: „Und ihr, ihr macht jetzt ganz in Familie?" „Tja, das Leben ändert sich", erklärte Christoph vage.

Frank glaubte herauszuhören, dass Christophs Vorfreude nicht ganz ungetrübt war, und er spürte Jeannes verschnupften Blick von der Seite. „Scheint dich nicht gerade glücklich zu machen, dass wir Nachwuchs bekommen", sagte Jeanne. Sie sah enttäuscht aus, als sie Frank anblickte.

„Aber ich freue mich doch mit euch", erwiderte er, und alle wussten, dass das eine diplomatische Formulierung war. Frank ärgerte sich über sich selbst. Er hasste es, sich vorsichtig auszudrücken. „Wisst ihr, es ist nur so, für mich ist das so weit weg", fügte er hinzu.

Mittlerweile hatten sie ihren Fisch verzehrt und waren bei den Melonenscheiben angelangt. Eine Zeit lang redeten sie nichts, bis Christoph das Thema wieder aufnahm: „Könnte dir vielleicht auch nicht schaden. Ist `ne schöne Sache, für jemanden zu sorgen." Es klang ein bisschen einstudiert, fand Frank. Er winkte ab. „Ich bin ganz zufrieden, wie es bei mir läuft. Familie und so weiter, das macht doch nur Ärger. Dafür bin ich nicht geschaffen." Er dachte einen Augenblick nach und verspürte den Wunsch, noch ein bisschen deutlicher zu werden. „Wisst ihr noch, wie wir früher Haikus gedichtet haben?", fragte er.

„Lass nur hören", forderte Jeanne ihn auf.

Frank zitierte:

"Neue Rosen bringt
Unser lieb´ Neurosenkind
Psyche´s Blüte winkt"

Jeanne verzog das Gesicht. „Hast schon mal besser gedichtet", meinte sie. Frank lächelte zufrieden. Er wollte nichts mehr sagen, denn Jeannes Reaktion genügte ihm. Christoph lachte heiser. Es schien, als lägen ihm ein paar Worte auf der Zunge, aber er erstickte sie in seinem Bemühen, das Gespräch harmlos wirken zu lassen.

Frank sah ihm wieder in die dunkel glimmenden Augen. Ich darf es ihm nicht zu schwer machen, überlegte er. Wenn ich wirklich sein Freund bin, dann darf ich es ihm nicht zu schwer machen.

An diesem Abend hatten sie sich nicht mehr viel zu sagen. Jeanne und Christoph wünschten bald eine gute Nacht. Frank nickte ihnen gedankenverloren zu. Er wollte noch ein bisschen auf dem Balkon sitzenbleiben.

Christoph trottete hinter Jeanne die Treppe nach oben. Als sie in dem kleinen weißgekalkten Zimmer anlangten, warf er sich gleich der Länge nach auf's Bett und starrte an die Decke. Er starrte, als ob er träumte, und als ob er lieber ganz woanders wäre.

Dann betrachtete er seine Frau, wie sie sich auszog. Er sah ihr zerfurchtes faltiges Gesicht. Sie ist alt geworden, dachte er. In ihren sorgenvollen Falten waren alle Vorwürfe enthalten, die eine Frau einem Mann nur machen konnte. Er schluckte einen Anflug von Wut herunter. Dann sah er ihre strähnigen Haare. Als sie die Spange löste, fielen ihre Haare wirr auseinander wie Stroh. Sie knöpfte die dehnbare Latzhose auf und ließ die Träger fallen. Unter ihrem T-Shirt wölbte sich ihr dicker, schwerer Bauch hervor. Als sie die Hose auszog, sah er ihre schwabbeligen breiten Schenkel. Sie hatten die milchig-glänzende Farbe von Schafskäse. Ihre Hüften waren auseinander gegangen - wie ein Kleiderschrank, fand er. Christoph erschrak über seine eigenen boshaften Gedanken. Er wollte die weitere Entkleidungsprozedur nicht weiter beobachten und drehte sich auf die

Seite. Er konzentrierte sich auf das verblassende innere Bild der dunkelhaarigen weiblichen Schönheit, in die er sich damals verliebt hatte.

Als Jeanne sich schwer atmend zu ihm legte, stand er auf und tat so, als ob er ins Bad wollte. Einen Augenblick blieb er jedoch am Fenster stehen. Draußen, nur ein paar Meter weiter, sah er Frank auf dem Balkon sitzen. Aus der Taverne schien etwas Licht über ihn. Christoph sah, dass Frank lächelte und über das dunkle Meer blickte. Frank fuhr er sich mit der Hand durchs sonnengebleichte Haar und holte sein Notizbuch hervor. Er arbeitet an seinem Buch, glaubte Christoph. Er tut, was er will.

Christoph konnte nicht sehen, dass Frank nur drei Zeilen in sein Notizbuch gekritzelt hatte:

Meeres geboren
Geschichte im Fischerhaus
Früchte zum Nachtisch

Die nächsten Tage vergingen heiter und unbeschwert. Der Sommer in Korfu war heiß und farbig. Jeanne und Christoph fühlten sich immer wohler hier, und Frank war froh, dass sie sich alle gut verstanden.

Einmal hatte er ein kleines Fischerboot gemietet, mit dem sie den ganzen Tag vor der Küste rumschipperten und nach kleinen versteckten Buchten suchten. Abends waren sie von der Sonne und vom Schwimmen erschöpft. Christoph war am Ruder und dirigierte das Boot durch das türkisfarbene, spiegelnde Wasser. Es war ungewöhnlich, dass er das Steuer übernahm. Er sieht glücklich aus, dachte Frank, er macht einen Eindruck wie ein einheimischer Fischer.

Jeanne und Frank lagen über den Planken und genossen die milde Wärme der tiefstehenden Sonne. Alles war ruhig und von friedlicher Schwere. Da nahm Frank seinen Mut zusammen und sprach mit bedächtiger Stimme in die harmlose Stille hinein: „Christoph, wie wäre es mit einer Wanderung über die Berge. Vielleicht für zwei Tage, oder so?"

Christoph antwortete wieder mit seinem typischen erstickten Lacher. Freude und Gewissensbisse schwangen in diesem kehligen Laut. Er warf den Kopf nach hinten und suchte nach Worten. Jeanne kam ihm zuvor: „So so, und die werdende Mutter darf zu Hause bleiben und soll sich schonen, nicht wahr?" Jeannes Lächeln wirkte etwas angestrengt, aber sie war ehrlich bemüht, die Worte wie einen Scherz klingen zu lassen. Als Frank fragend zwischen beiden hin und herschaute, winkte sie ab und erklärte: „Meinetwegen, macht nur, ihr habt meinen Segen."

„Also gut, abgemacht", meinte Christoph. „Wo soll`s denn hingehen?" „Es gibt eine Route über die Berge zu einem Kloster, das ein paar Buchten weiter auf den Klippen liegt. Wenn wir uns gut aufführen, kriegen wir dort ein Quartier für die Nacht und können am nächsten Tag wieder zurück sein." Frank war froh. Fast tat ihm Jeanne ein bisschen leid. Er gab ihr einen flüchtigen Kuss auf die Wange.

Zwei Tage später standen die beiden Männer marschbereit auf dem kleinen Dorfplatz. Viel Gepäck hatten sie nicht, nur ein paar Vorräte und ein paar Wasserflaschen. Sie verabschiedeten sich von Jeanne. Christoph umarmte sie sehr liebevoll. Es war das erste Mal seit ihrem Eintreffen, dass Frank das so deutlich bemerkte. Dann gingen die Freunde einen schmalen Ziegenpfad entlang über die kargen steinigen Felder.

Jeanne sah ihnen nach, bis sie, ohne sich nochmal umzudrehen, unter den smaragdfarbenen Ölbäumen verschwunden waren. Sie seufzte, und sie dachte an die Zeit, als sie noch mit einem aufreizenden Lachen Unruhe und Misstrauen zwischen zwei Männern säen konnte. Dann ließ sie sich auf den Balkon nieder und blinzelte in die Sonne. Aber das Licht hatte ihr nicht viel zu sagen.

Frank und Christoph wanderten schon einige Stunden durch die korfiotischen Berge und hatten bisher nur wenig miteinander gesprochen. Mit jedem Schritt schien ein weiteres Stück alter Vertrautheit zurückzukehren, solcher Art von Vertrautheit, die auf allzu viele Worte verzichten kann. Trotzdem gab es noch ein paar Fragen, die sie sich jetzt zu stellen wagten. „Weißt du noch", sagte Frank, „von unserem Plan, eine gemeinsame Performance auszuarbeiten?"

Christoph nickte. „Dafür wird irgendwann mal wieder Zeit sein. Es ist im Moment einfach nicht dran. Du musst Geduld haben!" Frank freute sich, dass die Antwort nett gemeint war, aber er schluckte trotzdem. Christoph hatte früher mit Bildhauerei experimentiert, und Frank fand, dass er ein paar schöne Skulpturen zustande gebracht hatte. Freilich würde eine Familie davon nicht leben können. Vermutlich hat er sich wieder einen Job gesucht, dachte Frank, aber er fragte nicht danach.

Jeanne war Tanzlehrerin. Es ist komisch, überlegte Frank weiter. Ich habe nie etwas von ihren Choreographien gesehen. Der Tanz, das Bild und das Wort, das hätte ein gutes Kunstwerk werden können. Dann kam ihm ein neuer Einfall: Vielleicht lässt sich eine gute Geschichte darüber schreiben. Fast war es so, als hätte Christoph seine Gedanken erraten. „Was macht dein neues Buch?", fragte er.

Frank zuckte etwas gequält mit seinen Schultern. „Es wird in Frankreich handeln, in Avignon, vielleicht zur Zeit des Sommerfestivals. Du weißt schon, das ist ein guter Hintergrund. Und natürlich wird es um Abenteuer, Liebe und Eifersucht gehen. Ich überblicke nur noch nicht die Struktur des Konflikts, von einer Lösung ganz zu schweigen." „Das kriegste schon hin", meinte Christoph, und er war überzeugt davon.

Am Abend kurz vor Sonnenuntergang erreichten sie das Kloster. Frank liebte dieses Gemäuer. Die Kapelle war ziemlich klein, und innen war sie von einer bunten, fast kitschigen Schönheit. Wie immer zündete Frank eine Kerze an und warf ein paar Münzen in den bereitstehenden Kasten. Seitlich des Wohntrakts gab es eine Bibliothek. Hier hatte Frank schon einige Tage zugebracht und mit Hilfe von Wörterbüchern versucht, sich den Sinn manch alter Zeilen zu erschließen.

Die wenigen Mönche, die hier hausten, kannten Frank bereits und so war er auch heute mit seinem Freund willkommen. Der Abt freute sich über die mitgebrachten Geschenke, ein paar Gewürze, Tee und eine Flasche Anisschnaps. Sie setzen sich alle um die lange Tafel, teilten ihr Essen und tranken von dem scheußlichen bitteren Wein. Frank und Christoph tranken viel, und mit der Zeit schmeckte der Wein besser.

Christophs Stimme und sein Lachen wurden immer lauter. „Das ist ein Leben!", sagte er. „Das ist ein Leben!", sagte er immer wieder. Und er knuffte und drückte Frank, der an seiner Seite saß und ihm glücklich zuhörte. Über Jeanne sprachen sie nicht.

Spät in der Nacht gingen sie in die Kammer, die die Mönche für Gäste bereithielten. Es war dunkel und heiß. Sie legten sich auf ihre Schlafsäcke, ganz nah beieinander. Sie waren jetzt still und versuchten zu schlafen. Aber sie wälzten sich lange hin und her und kämpften gegen etwas, das sie nicht verstanden. Es ging auf den frühen Morgen zu, als Christoph leise fragte: „Schläfst du?"

„Nein", antwortete Frank.

Christoph holte tief Luft und dann flüsterte er leise weiter: „Weißt du, mit Jeanne, das ist nicht mehr so wie früher." „Das verstehe ich", erwiderte Frank.

Und auf einmal fassten sie sich an den Händen. Zuerst war es nur ein kräftiger Händedruck, dann lagen sie sich plötzlich in den Armen. Frank spürte, dass Christoph zitterte. Er strich ihm übers Haar. So ging es ein paar Minuten. Christophs Lippen tasteten über Franks Wange und suchten seinen Mund. Aber Frank schob seinen Freund von sich. „Hör mal, ich bin nicht schwul", sagte er zu Christoph. Es tat ihm leid.

„Ja, ich doch auch nicht!", erklärte Christoph energisch. Es trat eine kurze Pause ein. „Wie kannst du nur so was denken?", fügte er dann hinzu. Seine Stimme wurde laut und seine dunklen Augen glänzten. „Du bist vielleicht ein Blödmann!", schrie er Frank an. Dann stand er auf und raffte eilig seine Sachen zusammen. An der Kammertür drehte er sich nochmal um. „Mich siehst du nie wieder!" Er wischte sich eine Träne aus den Augen, bevor er durch die Tür verschwand.

Frank blieb allein im Dunklen zurück.

Christoph hastete aufgeregt durch das Morgengrauen. Im Kloster regte sich nichts. Das war gut so. Christoph nahm einen Fußweg, der ihn von den Klippen an die Küste hinunterführte. Nach zwei Kilometern stieß er auf ein Dorf. Dort machten sich die Fischer gerade bereit zur Ausfahrt. Er hatte Glück. Mit einem alten Mann wurde er handelseinig, und er ließ sich im Boot übers Meer zurückbringen bis zu dem Ort, in dem Jeanne auf ihn wartete. Sie wird sicher noch schlafen, dachte er. Und er wusste nicht, was er ihr sagen sollte. Aber er hatte es eilig, zu ihr zu kommen.

Als er am Strand angelangt war, erwachte die Straße dort eben zum Leben, und er erwischte ein Taxi, das ihn den Berg hinaufbrachte. Dann stürmte er in das kleine Zimmer und nahm seine verschlafene Frau in die Arme.

„Was ist los?", fragte sie. „Warum bist du schon zurück?"

Er antwortete nicht und hielt sie nur fest. Jeanne zitterte ein bisschen, aber sie war klug. „Habt ihr euch gestritten?", fragte sie. Es klang wie ein Angebot, aus einer Eingebung geboren.

Christoph überlegte nicht lange und nickte. „Ja, wir haben uns gestritten!", sagte er schnell. „Komm, lass uns packen. Wir nehmen den nächsten Dampfer nach Brindisi."

Eine Stunde später rumpelten sie im Bus über die Insel dem großen Hafen entgegen. Christoph strich Jeanne übers Haar. Ich werde Vater, ging es ihm durch den Sinn. Ja, das ist schon was. Ich werde Vater! Sie lächelte, und er fühlte sich sicherer und erleichtert.

Abends saß Frank auf der Terrasse der Three-Brothers-Tavern. Er war allein zurückgegangen. Der schmale Weg über die Berge war lang und einsam gewesen. Frank blickte in den Himmel und grüßte heimlich und still das Licht. Er dachte nach. Dann hatte er einen Einfall und holte sein Notizbuch hervor. Die Geschichte, die er schreiben wollte, wurde ihm klarer. Sophia kam kurz heraus und brachte ihm einen Brandy. Später, als das Licht immer schwächer wurde, sah er über das Ionische Meer. Er sah die Riffe, und er sah den Karawi-Felsen. Ganz fern am Horizont zog ein Dampfer vorbei in Richtung Italien. Zu Stein wurde er nicht.

Kalami, Durrell's Haus, Korfu, Griechenland 1995

Perlen im Sand

Der kleine Junge verließ das düstere Haus. Vorsichtig ging er durch den Garten. Erstaunt und etwas argwöhnisch atmete er die kalte klare Luft ein. Seine Freiheit erschien ihm ungewohnt. Seine Schritte führten ihn sehr behutsam an verwilderten Büschen und Gemüsebeeten vorbei, so, als fürchtete er, durch seine Unachtsamkeit etwas kaputt zu machen.

Der Junge war fünf Jahre alt, blonde Haarsträhnen hingen vom Wind zerzaust in seine Stirn herab. Die blauen Augen blickten nachdenklich, traurig, sie suchten etwas, streiften das alte graue Fachwerkhaus und die Lider verengten sich kurz und schreckhaft. Schließlich lief der Junge über den Acker davon. Er war in Eile, denn er sollte nicht zu lange fortbleiben, wie ihm die Mutter aufgetragen hatte.

Seine Mutter liebte er. Aber vielleicht nicht genug, dachte er. Sie schien oft betrübt zu sein. Im Dorf steckten die Leute ihre Köpfe zusammen, wenn die alleinstehende Frau mit ihrem Kind zum Einkaufen ging. In das verwitterte alte Fachwerkhaus kamen keine Nachbarn, keine Freunde zu Besuch.

„Du bist mein Großer", so sprach ihn oft die Mutter an. „Lass mich nicht im Stich." Und der kleine Junge duckte sich unter ihren vorwurfsvollen Blicken, wenn er versuchte, heimlich aus dem Fenster den spielenden Kindern auf der Straße zuzusehen.

Heute aber durfte er spielen gehen, nachdem er geduldig die langen Umarmungen ertragen hatte. Heute aber durfte er die salzige Seeluft im Gesicht spüren, und es war eine Erleichterung für ihn, als das innere Bild seiner Mutter mit ihren verweinten Augen vorübergehend verblasste. Der Junge rannte auf den Deich zu. Er rannte, durch den Willen getrieben, die kurze Zeit zu nutzen, die ihm geschenkt worden war.

Bleib nicht zu lange fort .
Die Möwen kreischten wie im Hohn.

In der Ferne auf dem Deich ließen andere Kinder ihre Drachen steigen. Der Junge zögerte, sich ihnen anzuschließen. Er selbst hatte keinen Drachen. Die Mutter kaufte ihm kein Spielzeug zum draußen Spielen. Er stand etwas unschlüssig auf der Deichkrone herum. Der Seewind raunte und pfiff in seinen Ohren.

Der Junge wandte sich ab und lief zum Strand hinunter. Noch war das braune Watt zu sehen. Der öliger Schlick roch faulig. Ein verwesender Fisch lag im trockenen Priel, von den Möwen die Augen herausgepickt. Über die geriffelte Fläche des dunklen Watts kroch leise das Meer heran. Die Krabbenlöcher schlossen sich gurgelnd. Die Flut war nah. Das Wasser ergriff schmatzend den toten Fisch.

Bleib nicht zu lange fort.
Die Möwen kreischten wie im Hohn.

Der kleine Junge wusste natürlich über Ebbe und Flut Bescheid. Das Mahnen der Mutter kam ihm wieder in den Sinn, ihre quälende Stimme, ihre Vorwürfe, ihre Angst. Ich werde ihr ein Geschenk mitbringen, dachte er sich, dann wird sie sich freuen. Er lief am Strand hin und her und suchte nach Muscheln. Aber hier spielten oft die Kinder - und am Strand gab es keine Muscheln mehr. Nur Matsch und Tang umhüllten seine kleinen Stiefel. Voller Tatendrang stapfte er weiter. Er war entschlossen, der Mutter einen Schatz zu bringen.

Plötzlich entdeckte der Junge auf der anderen Seite des Priels den hellen Schimmer von Perlmutt im grauen Schlick.

Mit seinen Stiefeln schritt er hastig durch das seichte Wasser des Priels. Er musste sich beeilen. Hinter ihm trieb der tote Fisch auf's Meer hinaus. Der Junge kniete im Matsch und ergriff freudig die hellen Muschelschalen. Mit seinen klammen kleinen Fingern wühlte er im nassen Sand und förderte immer größere und schönere Muschelschalen zutage. Das Wasser rann an seinen Hosen entlang in die Stiefel hinein. Wie sehr würde sich die Mutter über die Überraschung freuen.

Der Junge nahm eine große Muschel in die Hand, kleine Kieselsteine glitzerten darin, und er erinnerte sich an eine Geschichte von wertvollen Perlen, die auf dem Meeresgrund verborgen lagen. Seine Augen leuchteten, und die Kieselsteine in der Muschelschale leuchteten in seinen Augen, sie tanzten darin wie Irrlichter. Er stopfte den geborgenen Schatz in seine Hosentaschen und wandte sich um. Der Priel war bereits voll Wasser und versperrte ihm den Rückweg. Die Sandbank, auf der der Junge stand, war vom Festland abgeschnitten. Der kleine Junge erschrak.

Bleib nicht zu lange fort.
Die Möwen kreischten wie im Hohn.

Der Junge dachte kurz nach. Er musste den Schatz der Mutter bringen, auf jeden Fall. Er sprang beherzt ins kalte salzige Wasser der See. An der anderen Seite des Priels kletterte er wieder heraus. Er war über und über mit stinkendem Schlamm bedeckt. Der herbstliche Seewind fuhr pfeifend durch seine nassen Kleider. Der kleine Junge fror und zitterte.

Die Mutter würde sich freuen, dass er ihr zuliebe die Gefahr überstanden hatte, so sagte er sich hundertmal. Die Mutter würde sich freuen, dass er ihr Perlen brachte, so sagte er sich tausendmal. Seine Zuversicht kostete ihn Kraft. Der Junge erklomm den Deich. Sein Gesicht war verschmiert. Seine Fingernägel waren schmutzig, seine neue Hose stank und war zerrissen.

An dem alten Haus hinter dem Deich stand die Mutter vor der Tür. Sie rief nach ihrem Sohn. Als er zu ihr trat, hielten ihr seine klammen kleinen Hände die Muschelschalen mit den glänzenden Kieseln entgegen. Seine blauen Augen strahlten erwartungsvoll unter blonden Haarsträhnen, von schmierigen Algen verklebt.

Die Mutter erbleichte. Sie sah die zerrissenen Hosen, sie roch den Gestank und sah den Schmutz. Sie dachte an die Arbeit, an das verlorene Geld. Sie verfluchte die Dummheit ihres Kindes. Zorn stieg in ihr auf. Sie packte den kleinen Jungen am Arm, zerrte ihn wütend ins Haus. Die Muscheln fielen zu Boden, die Kiesel prasselten über die Dielen, verloren zwischen den Ritzen. Der kleine Junge wimmerte.

In dem alten Haus hinter dem Deich klatschten Schläge. Und als in blinder Wut die Mutter nach dem Feuerhaken griff, steigerte sich das kindliche Wimmern zum Entsetzensschrei. Ein Schrei, der Ausdruck jenes Grauens war, dass Welt und Leben nur Verderben bringen, dass jede Freude unter der Wucht des Bösen zu tausend kleinen Splittern zertrümmert wird und dass es für den Schmerz keinen Namen gibt.

Bleib nicht zu lange fort.
Die Möwen kreischten wie im Hohn.

Zeitlos ist der Seewind. In alle Ewigkeit würde er die Stimmen weitertragen, die Stimmen der Möwen, die Stimmen der Menschen. Manchmal war es Wimmern, Schreien, was er trug, manchmal war es auch Gelächter, das in den Lüften wiederkehrte, nach langen Jahren noch, wie die Gezeiten.

In einer alten Villa erklang solches Gelächter. Hinter den hohen Mauern saß ein Mann in einem Zimmer. Die Wände waren aus starkem Glas. Das Lachen strengte ihn an. Die blonden Strähnen seiner Haare waren verklebt. Mit seinen Armen und seinen Händen vollführte er große Kreise in der Luft, als sei er auf der Suche nach einem Schatz, den es auszugraben galt. Manchmal öffneten sich seine Hände, als boten sie wertvolle Perlen zum Geschenk. In seinen blauen Augen schimmerten die Irrlichter jener Welt, von der sein Gemüt überflutet war. Und die Schweißperlen aus seinen verklebten Haaren sammelten sich in der feurigen Narbe, die sich wie ein Haken durch seine geschlitzte Augenbraue zog. Die Villa hinter dem großen Park erbebte unter seinem Gelächter.

Durch das Tor ging eine alte gebeugte Frau davon. Die Leute auf der Straße steckten ihre Köpfe zusammen.

Bleib nicht zu lange fort.
Die Möwen kreischten wie im Hohn.

Dorum, Nordseeküste 1993

Aschermittwoch

Der Winter war kalt in diesem Jahr. Hinter der Stadt auf den Wiesen und Feldern lag noch Schnee. Die Häuserblöcke der Wohnsiedlung waren schmutzig und eintönig. Aber hinter vielen Fenstern blinkten Lampions und ringelten sich Girlanden. Manchmal, wenn irgendwo eine Haustür auf- und zuklappte, hörte man ein Radio trällern: - Am Aschermittwoch ist alles vorbei... Die Melodie schaukelte warmherzig über die Treppenstufen und berührte flüchtig die verrotteten Vorgärten mit den eingeknickten Zäunen. Dann erstarrte und verstummte sie in der Kälte und Trostlosigkeit der Straße.

Der Wind wirbelte die Reste von Luftschlangen, Konfetti und Zündplättchen durcheinander. In den blattlosen Zweigen einer Hecke klebten die Reste einer blauen Federboa. Die Plastikdaunen waren zerrissen und nass. Die trübe Sonne des frühen Nachmittags erhellte unentschlossen den schweren bewölkten Himmel.

Anita stapfte mit ihren roten Stiefeln durch den Schneematsch. Sie freute sich über das Muster der Stiefelabdrücke, die sie auf dem Gehweg hinterließ. Am Gully, vor dem Bordstein, blieb sie stehen. Aufmerksam beobachtete sie das Wasser des tauenden Schnees, das in einem schmalen Rinnsal in den Abfluss tropfte. Mit einigen Schneebällen baute sie einen kleinen Staudamm davor. Ihre Handschuhe durchweichten schnell, aber das störte sie nicht.

Bald aber wurde ihr dieses Spiel zu langweilig, und sie war daher ganz froh, als Marie von der anderen Straßenseite auf sie zukam. Marie hatte ebenso wie Anita Jacke und

Handschuhe an. Aber auf dem Kopf trug sie keine Mütze, sondern den Schleier aus Gardinenstoff, den sie tags zuvor auf dem Kinderfest schon so stolz herumgezeigt hatte. „Ich war die schönste Prinzessin, nicht wahr?", sagte Marie ganz unvermittelt.

Angeberin!, dachte Anita, aber sie erwiderte nichts. Nach einer kurzen nachdenklichen Pause fragte sie leise: „Was wollen wir machen?"

Marie schaute über die Straße hinunter bis zu dem matschigen Feldweg, der am Ende der Häuserblöcke den schmalen Durchgang zu den Schrebergärten bildete. Eine Zeit lang sprachen die beiden Mädchen kein Wort. Marie pflückte geistesabwesend die blauen Plastikfedern aus den Sträuchern.

Ich muss auf sie aufpassen, dachte Anita, sie ist erst 9 Jahre alt, und ich bin schon 10. Mutig übernahm Anita die Führung. „Wir können ja mal nachsehen, ob er da ist", sagte sie.

Erschrocken sah Marie sie an. „Wir dürfen doch nicht dorthin", meinte sie etwas kläglich.

Anita seufzte. Verstohlen wandte sie sich zu den Fenstern ihrer Wohnung um. Ihre Mutter stand hinter den Fensterscheiben und winkte verhalten. Anita setzte eine fröhliche Miene auf und winkte zurück. Dann hatte sie einen Einfall: „Wir machen einen kleinen Umweg und gehen an Gertruds Kiosk vorbei. Dann werden sie denken, wir wollten nur um Kaugummis betteln." Marie nickte stumm und ergeben. Dann gingen sie langsam los. Marie hielt ihren Schleier fest, der Wind zerrte daran, die blauen Federn fielen ihr aus der Hand, sie zeichneten wirbelnde Farbtupfer auf dem verbotenen Weg.

Gertruds Kiosk war geschlossen. Marie jammerte etwas enttäuscht, aber Anita war insgeheim froh. Niemand hat uns gesehen, dachte sie erleichtert. Dann fasste sie ihre Freundin an der Hand. Entschlossen zog sie sie mit sich zwischen den Mülltonnen hindurch und über einen schmalen Rasenstreifen hinweg, wo im Sommer Wäsche aufgehängt wurde. Dann huschten sie schnell an den Garagen vorbei und waren schließlich auf dem Feldweg angelangt. Die Häuser hatten sie nun hinter sich gelassen. Und als vor ihnen die Schrebergärten auftauchten, wurden ihre Schritte langsamer.

Anita sah vor sich hin. Mit ihren Füßen trat sie buntes Bonbonpapier in den Schneematsch, dann bückte sie sich nach einer schmalen rosafarbenen Stoffmaske. Das Gummiband war eingerissen. „Was ist?", fragte Marie. „Wollen wir nicht weiter?"

Anita zögerte mit einer Antwort. In diesem Augenblick sahen sie die alten Kunzes mit ihrem Dackel hinten am Wäldchen spazieren gehen. „Wir müssen uns verstecken", erklärte Anita, froh darüber, dass sie etwas zu sagen wusste. Sie duckten sich hinter dem Schrottauto, das hier nun schon seit Jahren vor sich hin rostete. „Wenn Du willst, können wir wieder nach Hause gehen", erklärte Marie gönnerhaft. Anita schüttelte den Kopf. „Du glaubst wohl, ich habe Angst?", sagte sie.

Als die Kunzes mit ihrem Hund außer Sicht waren, kamen die Mädchen aus ihrem Versteck hervor und gingen langsam weiter durch die Gärten. Auf einem der Grundstücke stand ein großer langer Bauwagen. Der Garten drum herum war dicht bewachsen mit Obstbäumen und Sträuchern. Der Winter ließ alles kahl und abgestorben erscheinen. Der Bauwagen hatte zwei Fenster. Sie waren von innen mit karierten Vorhängen geschmückt. Auf dem Dach rauchte ein schmaler Schornstein.

„Er ist hier!", sagte Anita. Die Mädchen blieben am Zaun stehen.

„Er wird uns doch nichts tun?", fragte Marie.

„Nein, nein", wehrte Anita ab. „Er hat uns doch lieb, das hat er doch gesagt. Und du weißt doch, wir durften mit seinen Puppen spielen!"

Marie erinnerte sich. Der Mann war lustig und freundlich gewesen. Vor ein paar Tagen hatten sie lange mit ihm zusammen gespielt. Er hatte Prinzessinnenpuppen mit hübschen Kleidern. Er hatte auch Jungen- und Mädchenpuppen, die man ausziehen konnte. Das war aufregend gewesen. Aber als Marie ihren Eltern davon erzählte, waren sie böse geworden und hatten ihr verboten, nochmal zu diesem Mann zu gehen.

Anita war sich unschlüssig, wie es jetzt weitergehen sollte. Sie traute sich nicht, laut zu rufen. Stattdessen summte sie die Melodie, die sie heute im Radio gehört hatte: - Am Aschermittwoch ist alles vorbei -. Die Kinder wiegten sich tänzelnd am Zaun und kicherten. Dann ging die Tür des Bauwagens auf.

„Hallo, Ihr Hübschen", rief der Mann. „Wie schön, dass Ihr mich wieder besuchen kommt." Der Mann war groß und breit. Er hieß Willie. Das wussten die Kinder. Er forderte sie auf hereinzukommen, und sie folgten ihm neugierig. „Was für einen schönen Schleier du hast", sagte er zu Marie. Sie strahlte.

Anita ärgerte sich ein bisschen, dass sie ihr Ballerina-Kleidchen vom Faschingsfest nicht dabei hatte. Das hätte dem Willie sicher auch gefallen, überlegte sie. Der Mann sah die beiden Kinder erwartungsvoll an. Seine Augen glänzten merkwürdig. Vielleicht ist er traurig, überlegte Anita. Die glänzenden Augen waren ihr unangenehm.

„Ich habe Tee für Euch", sagte Willie. Dann setzten sie sich auf die schmale Holzpritsche, ganz eng beieinander, und schlürften Tee.

„Wir wollen unseren Kleinen auch etwas abgeben, was meint Ihr?" Der Mann nickte den Kindern aufmunternd zu und sah sie lange und durchdringend an. Anita und Marie gingen zur Truhe und packten die Puppen aus. Begeistert wühlten die Mädchen in den Spielsachen herum. Willie sah ihnen ein paar Minuten zu. Dann ging er zu ihnen herüber und hockte sich zu ihnen auf den Boden. Mit seiner breiten Hand packte er die Prinzessinnenpuppe zwischen den Beinen und setzte sie sich auf sein Knie. Er hielt ihr die Teetasse an den kleinen rötlichen Mund und sagte: „Seht nur, wie es der kleinen Prinzessin schmeckt, genau wie Dir, liebe Marie." Das ist doch blöd, dachte Marie und sah weg. Sie hielt ihren Kopf über die Truhe gesenkt und kramte weiter darin herum, bis sie die Krokodilpuppe fand. Mit beiden Händen hielt sie dem Stofftier das Maul zu und sang:

„Du kannst mich nicht beißen, Du kannst mich nicht beißen!"

Wie albern sie ist, dachte Anita über ihre Freundin. Anita griff nach der Jungenpuppe und hielt sie Willie entgegen. „Wie heißt der denn eigentlich?", fragte sie. „Das ist das Hänschen", antwortete der Mann. „Hänschen braucht jetzt frische Windeln."

Willie knöpfte die Strampelhose der Puppe auf und zog sie aus. Er streichelte die Kunststoffrundungen und wickelte dann den Po der Puppe in ein Papiertaschentuch ein. Anita sah genau zu. Sie war sehr gespannt, wie das Spiel weitergehen würde. „Machst Du auch noch in die Hose, kleine Anita?", fragte Willie jetzt.

Sie sah ihn verständnislos und mit offenem Munde an. Ich bin doch kein Baby mehr, schoss es ihr durch den Kopf, aber sie war zu durcheinander, um ein Wort über ihre Lippen zu bringen. Der Mann lachte heiser und tonlos.

„Wir können ein Faschingsfest veranstalten", schlug er dann vor. Die Mädchen sahen ihn fragend an und sagten nichts. Gleich wird´s lustig, hoffte Anita. Sie schielte zu Marie hinüber und grinste ein bisschen. Es ist alles in Ordnung, wollte sie ihr zu verstehen geben.

„Ich verkleide mich zuerst", sagte Willie. Er zog sich schnell aus, bis er fast nichts mehr anhatte und holte dann aus einem kleinen Schrank ein paar komische Sachen hervor. Die Mädchen saßen ganz still beieinander und fassten sich an der Hand. Willie stülpte sich eine lange blonde Perücke über seinen Kopf und knipste sich große glänzende Ohrringe an. Dann bemalte er seine Lippen und seine Augenlider.

Gleich wird´s lustig, sagte sich Anita wieder.

Der Mann zog sich noch einen schwarzen spitzenbesetzten BH über. Seine schwabbelige haarige Brust spannte den zarten Stoff. Er sieht fast so aus wie Mami, staunte Marie.

Willie pfiff vergnügt vor sich hin, während er sich mit einer bunten flauschigen Federboa schmückte. Mit erhobenen Armen drehte er sich im Kreise und lachte froh und glücklich. Dann schob er den kleinen Tisch zur Seite und begann zu tanzen und zu singen. „Am Aschermittwoch ....", sang er, und seine Augen blitzten zu Anita herüber. Beim Tanzen wabbelte sein Bauch über seinem schmalen rosafarbenen Höschen. Er wiegte seine runden Hüften hin und her, und manchmal rang er keuchend nach Atem. Warum schwitzt er nur so, überlegte Anita. Er ist doch gar nicht so warm angezogen.

„Wie gefalle ich Euch?", säuselte Willie schnaufend und grinste breit. „Seht mich nur richtig an, meine Hübschen." Er drehte sich plump um seine eigene Achse und sang weiter. Die bunte Federboa umschmeichelte seine Haut. Marie sah angestrengt zu ihm empor und platzte dann plötzlich heraus:

„Willie, Deine Hose ist ganz dick!"

Willie lachte erstickt und wurde ganz rot im Gesicht.

„Da ist noch ein Püppchen drin", sagte er. „Wollt Ihr mal sehen?"

Anita zuckte zusammen vor Schreck. Angst durchflutete sie, und sie mochte dieses Spiel nicht mehr. „Wir müssen nach Hause", stammelte sie weinend. Marie sah auf den Boden. Einen Augenblick war es ganz still in der Bude. Dann nahm Anita ihre Freundin an der Hand und zusammen verließen sie eilig den Raum. Hinter ihnen ließ sich der verkleidete Mann erschöpft ins Sofa plumpsen.

Die beiden Mädchen gingen rasch den Weg entlang zurück zur Wohnsiedlung. Sie redeten nicht und trauten sich auch nicht, einander anzusehen. Marie hatte unterwegs ihren Schleier verloren, aber sie wollte nicht umkehren, um danach zu suchen. „Verkleiden ist doof", sagte sie nur. Dann trennten sie sich in ihrer heimatlichen Straße.

Als Anita nach Hause kam, merkte die Mutter gleich, dass etwas nicht stimmte. „Was war denn los?", fragte sie vorsichtig. Anita schaute verwirrt und grübelte angestrengt. „Wir haben Fasching gespielt", antwortete sie schließlich.

„Ach so", sagte die Mutter und lächelte verständnisvoll. „Heute ist doch schon Aschermittwoch. Sei nicht traurig deswegen."

Frankfurt/M. 1994

Wir haben Geister gespielt

Wir waren Kinder - zehn oder elf Jahre alt. Es war Sommer.
Die Ferien dauerten schon ein paar Wochen. Unsere Siedlung
lag etwas abseits vom Dorf, nicht weit vom großen Fluss entfernt. Wenn der Wind von Osten kam, mischte sich der faulige
brackige Atem des Stroms mit dem Geruch der reifenden Felder. Am liebsten spielten wir am Ufer eines toten Flussarms,
zwischen den Bäumen und dem Unterholz oder auf dem
schmalen Sandstreifen, der ans dunkelbraune Wasser grenzte.
Unsere Eltern erlaubten das nicht. Aber gestern hatten wir dort
Frösche gefangen und heute ein kleines Floß gebaut.

Jetzt saß ich zu Hause beim Abendessen. Es war noch hell.
Durch das geöffnete Fenster drangen die Stimmen meiner Kameraden, die sich auf der Straße versammelten. Draußen redeten sie von Captain Hook und von der Schatzinsel, während ich
meine Schmalzschnitte aß und meine Milch trank. Ich war ein
Gefangener unter den gütigen Augen meiner Eltern. Aber vielleicht würde ich bald erlöst sein. „Darf ich nochmal raus?",
fragte ich vorsichtig. Vater stand kopfschüttelnd auf und ging
ins Wohnzimmer, um die Nachrichten anzuschalten.

„Wo wollt ihr denn hin?", wollte meine Mutter wissen.

„Och, nur rüber zur Johanniswiese", sagte ich und sah aus
dem Fenster. „Wir holen Löwenzahn für Peters Kaninchen",
fügte ich noch rasch hinzu.

Mutter runzelte die Stirn, gab mir aber mit einem angedeu-
teten Kopfnicken ihr Einverständnis.

Ich nahm den Weg durch den Keller. Meine wichtigsten
Sachen lagen griffbereit auf der alten Kommode - mein
Schwert, Pfeil und Bogen und das selbst geflochtene Lasso.

Mein Taschenmesser hatte ich immer bei mir in der Jeans. Unsere Welt war abenteuerlich. Wir mussten gegen Piraten und Seeungeheuer kämpfen und auf einsamen Inseln überleben. Gut vorbereitet rannte ich nach draußen.

Peter, Wolfgang und Alex begrüßten mich aufgeregt. „Los geht's", sagte Peter und eilte vorneweg. Er spielte immer den Anführer - und das ärgerte mich. Wir rannten an der Johanniswiese vorbei und wandten uns den Bäumen und Büschen am Flussufer zu. Das späte Licht über den sommerlichen Feldern verblasste hier zu bräunlichen Schatten. Ein paar Krähen stiegen aus den Baumwipfeln auf. Wir kämpften uns durch das Dickicht, bis wir direkt am Wasser standen. Hier war es fast schon ein bisschen dämmrig, aber weiter draußen, wo sich der tote Flussarm mit dem großen Strom verband, glitzerte das Wasser silbrig und blau unter der tiefstehenden Sonne. Wir atmeten tief durch. Es war ein verheißungsvoller Moment. Wir schauten über den breiten Fluss und fühlten uns als Herren der Welt. Kurz darauf schlenderten wir über Sand und Kies zu unserem Floß hinüber.

„Was wollen wir spielen?", fragte Alex.

„Wir sind Wikinger und wir entdecken ein neues Land", verkündete Peter entschieden. Wir alle hatten am Sonntag den Film im Fernsehen gesehen. Am Schluss hatten sie den toten König auf einem Boot verbrannt. Wolfgang und Alex waren begeistert. Aber ich schwieg. Eine seltsame Stimmung hatte von mir Besitz ergriffen. Fast war es so, als würde ein Flüstern aus der Tiefe des Wassers mein Herz berühren.

„Was - schon wieder Wikinger? Das ist doch stinklangweilig!", erklärte ich mürrisch. Wolfgang und Alex machten lange Gesichter.

Peter sah mich ärgerlich und herausfordernd an. „Ach nee - das find'ste stinklangweilig? Haste vielleicht 'ne bessere

Idee?" Ich zögerte, so dass es bedeutsam erschien, was ich vorzuschlagen hatte. „Wir können doch Geister spielen", sagte ich.

Alex´ und Wolfgangs Gesichter leuchteten wieder auf. Peter schob seine Hände in die Hosentaschen. Er ließ seinen Blick nachdenklich zwischen dem Wasser und dem Unterholz hin- und herschweifen. Dann betrachtete er seine abgewetzten Schuhspitzen. „Aber in den Büschen musst *du* dich verkriechen", erklärte er dann. Ich begegnete dem ernsten Blick seiner Augen und zuckte möglichst gleichgültig mit den Achseln. Dann griff ich nach meinem Lasso und wickelte es in der Armbeuge auf.

Wolfgang und Alex sprangen aufgeregt herum und kletterten schließlich auf das kleine schwankende Floß. An den Seiten schwappte das Wasser hoch und die Halteleine spannte sich. Peter sah mich noch einmal an und nickte mir großmütig zu. Aber wir wussten beide, dass er diesmal verloren hatte. „Also dann", sagte er und schwang sich lässig auf einen umgestürzten Baumstamm.

Geister spielen war gerade groß in Mode. Obwohl dieses Spiel erst vor kurzem bei uns aufgekommen war, hatten wir doch schon eine gewisse Perfektion darin entwickelt. Geister spielen war nur in der Abenddämmerung angesagt. Denn mit der einsetzenden Dunkelheit veränderte sich unsere Welt. Wir verließen die glitzernde Südsee mit ihren lichtdurchfluteten Palmenhainen und wandten uns dem Hades und den Dämonen zu. Leicht war das nicht. Es war uns ernst mit der Angst und der Aufregung. Und wir hatten die Gruselcomics genau studiert, die wir uns dann und wann von unserem Taschengeld leisten konnten. Einer von uns musste sich in den Büschen verstecken. Die anderen blieben am breiten kiesigen Ufer zurück, schlichen nur langsam und vorsichtig an die Grenze des Unterholzes heran, bis der Geist dort an nicht vorhersehbarer Stelle mit unheimlichem Geheul hervorbrach und seine Opfer mit langen Fangseilen jagte. Das war heute meine Aufgabe.

Ich zwängte mich durch die dichten Sträucher und ließ mich auf alle Viere nieder. Es roch nach Moos und nach feuchter Erde. Von weiter vorn kam der Geruch von fauligem Schlick. Wenn Hochwasser war, hinterließ der Fluss dort einen kleinen sumpfigen Tümpel. In dem kleinen Wäldchen umfing mich eine stille kühle Dunkelheit. Ich fürchtete mich nicht wirklich. Ich kannte jeden Baum und jede Wurzel hier und hätte mich blindlings umhertasten können.

Aber etwas war anders heute. Ich setzte mich auf den weichen Boden und lauschte. Blätter raschelten im Wind, ein paar Äste knackten. In der Ferne hörte ich das Tuckern der großen Frachtkähne und die Wellen, die leise und rhythmisch an den Damm schlugen. Meine Augen hatten sich an das dämmrige Licht gewöhnt. Ich sah mich um und griff gedankenversunken in die hochgewachsenen Farne hinein, als wollte ich tauchen im feuchten Grün und dort ein Geheimnis erforschen. Da war nichts Besonderes. Und doch blieb der Eindruck, als käme da eine Botschaft aus dieser urtümlichen Welt. Ich wartete gebannt.

Am liebsten hätte ich mich dieser verträumten Stimmung weiter hingegeben, aber vom Ufer riefen sie schon: „Wo bleibt denn der Geist? Dämlicher Geist, blöder Geist!"

Ich stand auf und nahm den Umweg durch die Schwarzdornbüsche. Das war mühsam und damit rechneten sie nicht. Ich würde sie gleich vorne am Floß überfallen. Ich konzentrierte mich auf mein Vorhaben. Als ich unter den Dornen entlang robbte, hatte ich noch einen Einfall. Ich knotete das vordere Ende meines Lassos zu einem dicken Knäuel. Damit hatte ich mir eine Bolas zurecht gemacht, die ich mit Schwung um die

Füße meiner Opfer werfen konnte. Diesmal würde ich sie leicht erwischen. Ich war ihnen nahe.

Sie tasteten sich langsam über den steinigen Strand an die Baumgrenze heran. „Dahinten hab´ ich was gesehen", flüsterte Wolfgang und zeigte in die falsche Richtung.

Ich stürzte mit drohendem Gebrüll aus dem Unterholz. Peter, Alex und Wolfgang rannten wie die Hasen. Ihr Erschrecken war gleichermaßen echt und gespielt. Ich schleuderte mein Seil mit dem Knäuel nach ihnen und schnürte Wolfgangs Füße mitten im Sprung zusammen. Er fiel böse hin und jammerte und schrie. Fast tat er mir leid. Aber ich war ein Geist und ich schleifte ihn ein paar Meter auf das dunkle Dickicht zu, bis es mir zu anstrengend wurde und er sich schließlich selbst aus der Schlinge befreien konnte. Ich tauchte wieder unter den Schutz der Büsche und Bäume. Hinter mir gruselten sie sich wie die Verrückten.

Erneut kroch ich durch eine schattige Unterwelt. Zwischen dem Schilfrohr am Tümpel war da wieder dieses geheimnisvolle beklemmende Gefühl, das aus der Erde aufstieg und in meine Glieder kroch. Sekundenlang hielt ich inne. Seltsamerweise war dieses Gefühl beängstigend und vertraut zugleich. Ich genoss es fast.

Die Sonne war nur noch eine Ahnung am westlichen Himmel. Ihre Strahlen erreichten mich nicht. In der aufkommenden Nacht wurde ich mächtiger und das Böse erfüllte mein kindliches Herz. Auf lichtlosen Pfaden trieb ich dahin, fast wie ein Tier. Ich wühlte mit den Händen im Dreck und bestrich mein Gesicht mit schwarzer Erde. Und wieder sprang ich mit lautem Geheul aus dem Unterholz. Meine Opfer erstarrten im Angesicht eines Dämons, bevor sie schreiend davon stoben. Ich schickte ihnen ein gefährliches Knurren hinterher.

Weiter ging unser Spiel -
klopfende Herzen und rauschendes Blut,
Klauen, die aus dem Erdreich aufragten,
Nachtmahre, die aus Gräbern stiegen,
Helden in Bedrängnis,
trügerische Wege,
Ohnmacht und Rettung,
die Schreie von warmer Sommernacht ummantelt,
und dann auch die Lust,
magischen Mächten zu spotten,
unser Spiel war perfekt,
da wir das Spiel vergaßen...

Nach langer Zeit erst wurden wir ruhiger, versammelten uns am Ufer des Flusses, in den Gesichtern ein Zeichen von Frieden. Wir waren müde. Und wir wünschten uns, mit einem neuen Versprechen der Freundschaft nach Hause zu ziehen. Aber etwas trieb uns weiter - ein Flüstern vielleicht aus den bleigrauen Wellen des Stroms. „Dämlicher Geist, blöder Geist", sang Peter leise vor sich hin. Seine Augen blitzten mich an. Wolfgang und Alex lachten sich schief. Ich schwang drohend meine Bolas und Peter rannte grinsend davon. Ich verfolgte ihn zornig.

Kurz vor dem Floß erwischte ich ihn. Das Lassoknäuel geriet zwischen seine Füße. Er strauchelte über das Halteseil und drehte sich halb im Sturz. Sein Kopf krachte auf die Tannenstämme. Dann lag er ausgestreckt auf dem Floß. Hinter seinem Ohr sickerte Blut hervor.

Wir sahen ihn an, unsere Kehlen von kalter Faust gepackt. Da lag er zu unseren Füßen - starre Augen im Mondlicht und wächserne Haut, aufgebahrt auf schwankendem Totenbett. Das Halteseil hatte sich gelöst. Wir standen stumm und konnten uns nicht rühren.

Plötzlich versetzte Wolfgang dem Floß einen kräftigen Tritt. Es rutschte über die Steine, trieb langsam davon und trug den reglosen Körper mit sich fort. Wir schüttelten wütend die Fäuste - hilflos sonst. „Das hat er davon, - von seinem blöden Wikingerspiel", flüsterte Alex erregt.

Von weit hinten von der Johanniswiese drangen Stimmen heran. Die Mütter suchten nach ihren Kindern. Ihre Rufe wehten zwischen den Trauerweiden hindurch über den dunklen Strand auf das gekräuselte Wasser des großen Stroms hinaus...

Rüdesheim - Worms 2005

Krabats Flug

Eine Lagerfeuergeschichte für Jugendliche nach einer Idee von Otfried Preußler

Auf der Mühle war es Herbst geworden. Die Tage wurden kühler und der Wind pfiff laut zwischen den alten Gemäuern. Die ersten langen Regentage brachten den Bachlauf dazu, über das Ufer zu treten. Das große Mühlenrad drehte sich mühelos und schnell im kräftigen Wasserstrom. Das Rattern und Quietschen konnte man im ganzen Haus hören. Das Mahlen der schweren Steine, die vom Mühlenrad angetrieben wurden, knarzte im Gebälk.

Diese Geräusche waren den Jungen so vertraut, dass sie kaum noch darauf achteten. Sie saßen beim Abendessen und berichteten von ihren Erlebnissen des Tages. Krabat saß wie immer neben seinem besten Freund Josch. Die beiden verbrachten mehr Zeit miteinander als mit den anderen Jungen. Sie hatten heute mit viel Spaß und Fleiß Kartoffeln geerntet. Krabat war sehr stolz darauf, ein Lob des Meisters eingeheimst zu haben, denn das kam wahrlich nicht allzu oft vor. Aber auch die anderen Jungen trugen mit ihren kleinen Geschichten zur heiteren Atmosphäre des Abends bei: Janik hatte sich beim Apfelmus-Kochen die Finger verbrannt und Andrasch war in den Misthaufen gefallen. Selbst der alte Meister verzog sein griesgrämiges Gesicht zu einem kurzen Schmunzeln. Das Ganze hätte noch Stunden so weitergehen können, aber plötzlich trat im Hintergrund eine Stille ein, die alle verstummen ließ: Das Mühlenrad und die mahlenden Steine gaben keinen Laut mehr von sich!

Die Jungen schauten vor sich auf den Tisch und warteten ängstlich darauf, was der Meister nun sagen würde. „Wird wohl wieder so ein verdammter Ast sein, der im Bachlauf angeschwemmt wurde und jetzt im Mühlrad festgeklemmt ist", brummte der Meister vor sich hin. „Wir können uns doch morgen darum kümmern", hätte Krabat am liebsten vorgeschlagen, aber das wäre nicht klug gewesen. Der Meister war hier der Chef. Er wollte immer alles sofort erledigt haben und die Jungen hatten nur zu gehorchen und ihre Arbeit zu tun. Der Meister ließ seinen Blick in die Runde schweifen und gab schließlich seinen Befehl: „Josch, du wirst heute das Mühlenrad vom Ast befreien."

Josch erhob sich langsam und mit bleichem Gesicht von seinem Stuhl und ging nach draußen. Die anderen folgten ihm. Es war klar, dass Josch Angst hatte. Im Mühlenkanal herrschte jetzt nach den Regentagen eine reißende Strömung. Wer sich in die Strömung begab, musste höllisch aufpassen, nicht unter Wasser gedrückt und vom Mühlenrad erschlagen zu werden. Jetzt in der Dämmerung war alles noch schwieriger. Man konnte nicht mehr so richtig gut sehen und musste sich auf seinen Tastsinn verlassen.

Josch stieg also langsam ins Wasser des Mühlenkanals. Die anderen Jungen gaben ihm die Hand, damit er Halt hatte. Selbst in der Dämmerung konnte man sehen, dass Joschs Zähne vor Kälte klapperten. Er musste die Hände der Jungen loslassen, um nach dem großen Ast zu greifen, der sich im Mühlenrad verkeilt hatte. Josch zerrte mit aller Kraft daran – und tatsächlich, der Ast brach entzwei. Das große Rad ruckte an. Die anderen Jungen beugten sich weit über den Rand hinab, um Josch schnell aus dem Wasser herauszuziehen. Doch Josch verlor den Halt in der Strömung und tauchte unter. Die vielen Hände griffen ins Leere. Mit Entsetzen mussten die Jungen mit ansehen, wie die großen hölzernen Blätter des Mühlenrades Joschs

Körper erfassten und immer tiefer unters Wasser drückten und auf seinen Kopf schlugen. Das große Rad geriet kurz ins Stocken, drehte sich dann aber wieder frei und schnell.

Joschs Körper wurde auf der anderen Seite heraus gespült. Mit Stangen und Seilen konnten ihn die anderen Jungen schließlich aus dem Wassergraben herausziehen, aber alle sahen sofort, dass Josch tot war. Krabat konnte es nicht fassen. Er sank auf die Knie vor dem toten Körper seines besten Freundes und begann zu schluchzen. Der alte Meister fluchte ärgerlich vor sich hin.

Eine Stunde später lag der Leichnam in der Eingangshalle der Mühle aufgebahrt. Die anderen hatten sich im Kreis um ihn versammelt und hielten Kerzen in den Händen. Draußen war es Nacht geworden. Die Jungen warteten ab, was der Meister zu sagen hatte. Die Situation war schwierig. Gevatter Tod hatte sein Opfer bekommen. Einerseits würde das der Mühle Erfolg einbringen, andererseits verlangte der Fluch, dass immer sieben Jungen auf der Mühle arbeiteten. Jetzt waren es aber nur sechs. Krabat spürte, dass der Blick des Meisters auf ihm ruhte. Das bedeutete sicher nichts Gutes. „Krabat", begann der Meister schließlich, „du hast doch einen Bruder, nicht wahr?"

Krabat vermochte nicht, dem Meister ins Gesicht zu sehen. Was er da gehört hatte, war ungeheuerlich. Nachdem sein bester Freund nun tot war, sollte als nächstes sein Bruder mit dem Fluch belegt werden. Dieser Fluch besagte, dass man für den Rest seines Lebens auf der Mühle zu schuften hatte und sich in der Mitternachtsstunde in einen Raben verwandeln musste. Das war keinem Menschen zu wünschen.

„Ich werde deinen Bruder hierher holen", erklärte der Meister. „Dann sind wir wieder vollzählig und alles geht seinen gewohnten Gang." Der Meister nickte zufrieden. Er fügte noch hinzu: „Eigentlich solltest du doch froh sein, Krabat. Dein Bruder wird ein guter Ersatz für deinen Freund Josch sein."

Diese Worte klangen grausam in Krabats Ohren. Der Meister sattelte sein Pferd und ritt fort in die Dunkelheit. Im Morgengrauen würde er Krabats Heimatdorf erreicht haben.

Bis zur Mitternachtsstunde dauerte es nicht mehr lang. Die Jungen versammelten sich auf dem Heuboden und ließen sich vor der Luke nieder. Als die Zeit gekommen war, veränderten sich ihre Körper. Sie wurden kleiner, aber auch kräftiger und sehniger. Aus den Armen und Händen wurden starke Flügel und die Haut war bald mit einem dichten schwarzen Federkleid bedeckt. Die Vogelherzen schlugen schnell. Sechs Raben hockten nun auf dem Heuboden und krächzten laut und aufgeregt in Erwartung ihrer Freiheit, die ihnen kurzzeitig vergönnt war. Dann flogen sie mit wildem Rabengeschrei durch die Luke in den Nachthimmel hinaus.

Krabat drehte eine Runde über das Mühlengelände. Er wusste, für eine Stunde war er frei und konnte hinfliegen, wohin er wollte. In einer Stunde kam man allerdings nicht sehr weit. Und wer in einer Stunde nicht rechtzeitig zurück war, der würde nie wieder seine Menschengestalt erhalten, sondern für immer ein Rabe bleiben.

Krabat war wütend, dass der Meister ausgerechnet seinen Bruder dazu erwählt hatte, dieses schwere Schicksal zu teilen. Mit kräftigem Flügelschlag gewann Krabat an Höhe und konnte bald im Licht der Sterne und des Mondes den ganzen Wald überblicken, bis hin zu den weiten Stoppelfeldern. Diesen Weg musste der Meister auf seinem Pferd genommen haben. Während der Nachtwind ihn trug, blickte sich Krabat suchend nach den anderen Raben um, aber die waren nirgends zu entdecken. „Es hilft ja nichts", sagte sich Krabat, „ich muss was unternehmen. Meinen Bruder kriegt der Meister nicht." Krabat flog dem Meister hinterher, so schnell er konnte. Die Mitternachtsstunde war schon weit fortgeschritten und Krabat ahnte, dass er nicht rechtzeitig zurückkommen konnte. Im Moment war ihm das aber egal. Er wollte seinen Bruder retten, das war jetzt das Wichtigste, und der Meister - der konnte was erleben!

Dank seiner Rabenaugen konnte Krabat die Landschaft unter sich gut erkennen. Felder, Flüsse und Wälder wechselten sich ab. Es war immer noch dunkel, aber am Horizont tauchte ein erster heller Schimmer auf. Die anderen Raben waren mit Sicherheit längst zur Mühle zurückgekehrt, hatten sich in Menschen zurückverwandelt und schliefen jetzt in ihren Strohbetten. Krabat verdrängte diese Vorstellung aus seinen Gedanken und schoss pfeilschnell über den Himmel dahin. Es wurde langsam Tag. Die Sonne ging auf. Hinter der nächsten Hügelkette konnte Krabat sein Heimatdorf erkennen und er sah auch den Meister in seinem wehenden Umhang durch die Gassen reiten. Jetzt war Eile angesagt, denn ein einziger Zauberspruch, ins Angesicht des Bruders gesagt, würde den Fluch auslösen.

Krabat tauchte im Sturzflug vom Himmel herab. Der Meister wollte gerade vom Pferd absteigen und an die Haustür klopfen, da war Krabat zur Stelle. Er legte seinen Rabenkopf nach hinten, holte kräftig aus und stieß dem Meister seinen langen kräftigen Schnabel erst ins rechte und dann ins linke Auge. Der Meister brüllte vor Schmerz und trat und schlug um sich. Aber Krabat wich mit schnellem Flügelschlag geschickt aus. Der Meister hielt die Hände vors Gesicht und krümmte sich stöhnend auf dem Boden. Die Leute aus dem Dorf kamen herbeigelaufen. Sie verstanden sicher nicht, warum ein Rabe einen Menschen angegriffen hatte.

Krabat ließ sich auf einem Dachfirst nieder und betrachtete das Geschehen aus sicherer Entfernung. Auch sein Bruder war aus dem Haus gelaufen, um zu sehen, was draußen los war. Krabat freute sich, seinen Bruder wiederzusehen, auch wenn sein Bruder ihn umgekehrt natürlich nicht erkennen konnte. Jedenfalls konnte seinem Bruder jetzt kein Leid mehr geschehen, denn der Meister konnte nur dann seinen Zauberspruch anbringen, wenn er dem betreffenden Jungen auch ins Gesicht sehen konnte. Da er nun blind war, war seine Zauberkraft für immer gebrochen.

Krabat nickte mit seinem Rabenkopf seinem Bruder zu, ließ ein Krächzen ertönen, was Lebewohl heißen sollte, und erhob sich wieder in die Luft. Er flog noch zwei Runden über das Dorf und hielt dann auf die großen Wälder im Westen zu.

Ich kann nie wieder ein Mensch sein, dachte Krabat. Aber ein Rabe zu sein, ist auch nicht schlecht. Ich kann sehr schnell und sehr weit fliegen und vielleicht kann ich noch andere böse Zauberer besiegen.

Ruitscher Mühle, Eifel 2012

Stierspringer

Eine Lagerfeuergeschichte für Jugendliche nach Motiven aus der minoischen Mythologie

„Der, der dem Stier gebietet, der gebietet auch dem Volk. Das ist das Wichtigste an der Sache. Das musst du verstehen. Nur darum geht es!" Trakis hatte seine Worte mit so viel Nachdruck gesprochen, dass Rhea fast bereit war, ihm zu glauben. Rhea und Trakis saßen im Schatten der Olivenbäume und betrachteten die fünf kraftvollen Stiere, die hinter der steinernen Einfriedung grasten.

„Welcher von den Fünfen wird wohl ausgewählt werden, was glaubst du?" Rhea war neugierig, was Trakis sagen würde, obwohl sie im Grunde seine Antwort schon kannte.

„Natürlich werden sie den großen Schwarzen nehmen. Sieh dir nur seine Muskeln an und wie breit seine Hörner auseinander stehen."

Rhea war sich allerdings nicht so sicher, dass die Wahl auf den großen Schwarzen fallen würde. Am Rand der Weide stand ein etwas kleinerer Stier. Sein Fell war rötlich. Seine Hörner standen nicht ganz so weit auseinander, sie liefen aber sehr lang und spitz nach vorne zu. In seinen dunklen Augen war eine fast menschliche Aufmerksamkeit. Dieses Tier war gefährlich, das wusste Rhea, viel gefährlicher als der große Schwarze. Aber sie wollte es Trakis nicht sagen. Vielleicht hätte er sich darüber geärgert, dass Rhea seine Meinung nicht teilte. Rhea betrachtete ihren Freund verstohlen von der Seite. Trakis würde dieses Jahr bei den Stierspringern dabei sein. Und Rhea wusste nicht genau, ob sie stolz auf ihren Freund sein sollte oder um sein Leben zu fürchten hatte. Trakis war gerade

17 Jahre alt geworden, ein Jahr älter als sie selbst. Er wollte sicher als Mann und als Held verehrt werden.

„Ich will dir ein Geheimnis verraten", flüsterte er, „aber du darfst es niemandem sagen. Ist das klar?" Rhea nickte vorsichtig. Sie war beunruhigt durch seine Worte. „In der Nacht, wenn der Mond hoch am Himmel steht, komme ich hierher zurück zur Weide. Und dann werde ich das Stierspringen üben - bei dem großen Schwarzen. Dann kann beim Königsfest nichts mehr schiefgehen. Du wirst schon sehen!"

Jeder wusste, dass das Stierspringen nur mit den großen hölzernen Attrappen geübt werden durfte. Einen lebendigen Stier zu überspringen, war nur bei dem heiligen Ritual auf dem Königsfest erlaubt. Rheas Herz klopfte. Wenn das rauskam, was Trakis da vorhatte, konnte er für immer in den Kerkern verschwinden. Er würde sich aber kaum umstimmen lassen. Also nahm Rhea nur still und besorgt seine Hand und zog ihn fort von diesem Ort. Sie wollte die blöden Stiere nicht mehr sehen.

Sie wanderten zwischen den Olivenbäumen den Hang hinauf, bis sie den Ziegenpfad erreichten, der um den Berg herum führte. Von hier oben hatten sie eine fantastische Aussicht über die Bucht und auf den Palast. Der Palast war von Pinien und Palmen gesäumt. In den Gärten erhoben sich Zedern und Platanen. Das satte Grün der Bäume bildete einen schönen Kontrast zu dem glitzernden Blau des Meeres. Rhea liebte Kreta. Die Insel war ihr Zuhause. Aber sie wusste natürlich, dass es hinter dem Meer noch andere Länder gab, in denen andere Götter, andere Könige und andere Gesetze herrschten. Aus dem Hafen wehte der Wind verschiedene Gerüche heran - Pfeffer, Zimt und Rosenöl.

Rheas trübe Stimmung verflog, als sie das Palastgebäude betraten. Sie gehörte zu den wenigen Familien, die außer den Priesterinnen und dem König hier leben durften. Das war ein

Vorrecht der hohen Sippen, wie z.B. der Heiler, der Architekten, der Künstler und der Schreiber. Rheas Vater führte das königliche Archiv mit seinen unzähligen historischen Dokumenten. König Minos war ein erfahrener und weiser Mann. Er hatte in vielen Jahren dafür gesorgt, dass Kreta zu Frieden und Wohlstand gekommen war.

Im Innenhof des Palastes standen die lebensgroßen hölzernen Stierattrappen. Trakis gab Rhea einen scheuen Kuss auf die Wange. Er nahm Anlauf, hechtete auf die grob geschnitzten Hörner zu, stützte sich mit beiden Armen darauf ab und schwang seinen Körper in einem hohen Salto über den Rücken der Holzattrappe hinweg, bis er mit den Füßen am anderen Ende wieder sicher auf dem Boden aufkam. Ein paar Leute, die zufällig im Palasthof umherstanden, klatschten anerkennend Beifall. In diesem Moment war Rhea sehr stolz auf ihren Freund.

Am Abend spazierte Rhea mit ihrem Vater auf der Palastmauer an den Zinnen entlang. Unzählige Sterne schmückten den dunklen Himmel. Aber der Mond stand noch tief, es war noch früh am Abend. „Warum soll eigentlich dieses Jahr das Stierspringen stattfinden?", fragte Rhea ihren Vater. „Die ganzen Jahre davor hat doch keiner daran gedacht."

Rheas Vater sah sich verstohlen um. Dann antwortete er leise: „Man spricht nicht gern darüber hier im Palast. Und du solltest es auch nicht herumerzählen. Die Priesterinnen haben dieses Jahr das Stierspringen angeordnet, weil sie hoffen, dass der König dabei umkommt. König Minos ist klug und hat einen starken Willen. Er lässt sich von den Priesterinnen nichts gefallen. Aber er ist auch alt geworden. Wenn er beim Königsfest den Sprung versucht, wird der Stier ihn töten. Alle wissen das. Ein anderer Mann, ein jüngerer Mann, kann es schaffen. Dann wird es einen neuen jungen König geben. Er wird den Priesterinnen gehorchen und tun, was sie von ihm verlangen."

Rhea fühlte Empörung in sich aufsteigen. Aber sie hatte noch eine Frage: „Vater, glaubst du, dass Trakis der neue König werden kann?" „Wir müssen es abwarten. Ihr kennt euch seit eurer Kindheit und seid einander für die Hochzeit versprochen. Ob Trakis der neue König wird, ist vielleicht gar nicht so wichtig. Hauptsache ist doch, dass er überlebt. Das wünsche ich mir für dich, meine Tochter." Das alles machte Rhea sehr nachdenklich.

Ein paar Stunden später, als alle im Palast schliefen, schlich sich Rhea aus ihrem Zimmer heraus. Sie wollte unbedingt dabei sein, wenn Trakis mit dem großen schwarzen Stier den Sprung wagte. Wenn Trakis dabei verletzt werden würde, konnte er Hilfe gebrauchen. Rhea kämpfte sich zwischen Büschen und Bäumen hindurch, bis sie den Ziegenpfad erreichte. Der Mond stand schon sehr hoch. Orangefarben und riesig hing er am Himmel. Er verbreitete so viel Licht, dass die Farben aus den Schatten heraustraten, so, als dämmerte schon der Tag.

Rhea erreichte den Olivenhain und sah, dass Trakis schon auf der steinernen Mauer hockte und die Stiere beobachtete. Die Tiere verströmten einen strengen beißenden Geruch. Der große Schwarze schnaubte und scharrte mit den Hufen im Sand. Er hatte die Witterung von den Menschen aufgenommen. Rhea blieb zurück. Sie wollte Trakis bei seiner Konzentration nicht stören.

Ein paar Minuten vergingen. Rhea konnte sehen, wie sich Trakis und der Stier gegenseitig mit ihren Blicken erfassten. Plötzlich schnalzte Trakis dreimal mit der Zunge, ließ sich von der Steinmauer herabgleiten und rannte entschlossen auf den Stier zu. Der große Schwarze ließ ein kurzes heiseres Brüllen ertönen und bewegte sich nun auch mit dumpfem Hufschlag vorwärts auf Trakis zu - die breiten Hörner tief gesenkt. Rhea hielt den Atem an. Im richtigen Moment hechtete Trakis nach vorn und bekam die Hörner zu fassen. Er bog seinen Körper empor. Der Stier ruckte mit dem Kopf nach rechts. Trakis konnte diese abrupte Bewegung aber gut ausgleichen, indem er mit dem linken Ellbogen etwas einknickte und mit den hoch gestreckten Beinen die Balance wiederfand. Der Stier raste unter ihm hindurch. Nach vollendetem Salto landete Trakis sicher auf den Füßen und konnte sich auf dem anderen Ende der steinernen Umfriedung in Sicherheit bringen. Der Stier blieb verdutzt stehen, weil sein Gegner plötzlich verschwunden war.

Rhea war sehr erleichtert. Sie warf noch einen kurzen Blick auf den kleineren roten Stier mit den eng stehenden spitzen Hörnern. Der hatte das ganze Geschehen völlig reglos verfolgt. Dann begab sie sich eiligst auf den Heimweg. Sie wollte nicht, dass Trakis merkte, dass sie ihn heimlich beobachtet hatte.

Am nächsten Tag trafen sie sich im Innenhof. Trakis gab mächtig an: „Es ist alles kein Problem mehr. Ich weiß genau, wie der große Schwarze reagiert und wie ich mit ihm umgehen muss." Trakis´ Augen leuchteten vor Stolz. „Vergiss nicht, was ich dir gesagt habe. Der, der dem Stier gebietet, der gebietet auch dem Volk. In drei Tagen auf dem großen Fest werde ich König sein und du wirst meine Frau."

Rhea freute sich, dass Trakis sie bei seinen großen Plänen nicht vergessen hatte. Aber etwas in ihr wollte noch nicht so recht daran glauben, dass alles so einfach gehen würde. Einer plötzlichen Eingebung folgend, deutete sie auf die hölzernen Stierattrappen. „Trakis, bitte zeig mir, wie man den Stiersprung übt."

Trakis schaute sie überrascht an, zuckte dann aber gleichgültig mit den Achseln. „Also gut. Aber stell es dir bloß nicht zu einfach vor." Trakis nahm sie an der Hand und führte sie an die großen Holzfiguren heran. „Das Wichtigste ist der Hechtsprung nach vorn auf die Hörner zu. Den Schwung musst du nutzen, um dich kopfüber aufzurichten."

Rheas erster Versuch endete damit, dass sie am linken Holzhorn abrutschte und ziemlich unsanft auf der Schulter landete. Bei ihrem zweiten Versuch geriet der Salto zu kurz und sie schlug mit ihrem Hintern auf dem Holzgestell auf. Trakis lachte sich halbtot. „Du wirst es niemals lernen", sagte er prustend.

Am Abend unternahm Rhea wieder ihren gewohnten Spaziergang mit ihrem Vater. Und wieder hoffte sie, dass ihr Vater ihr bei ihren Fragen weiterhelfen konnte. „Warum machen eigentlich nur die Männer beim Stierspringen mit, um König zu werden? Warum nicht auch die Frauen?"

Ihr Vater dachte einen Augenblick nach und antwortete dann: „Die Frauen stehen unserer allerhaltenden Göttin sehr nah. Die Frauen können Priesterin werden und die Göttin vertreten. Die Männer müssen praktischer sein. Sie können König werden und das Volk vertreten. Von dem Zauber und dem Willen der Göttin verstehen sie nichts. Kreta wird schon seit vielen hundert Jahren immer zugleich von einer Priesterin und einem König regiert. So erfahren sowohl die Göttin als auch die Menschen gleichermaßen Respekt und Anerkennung."

Ihr Vater machte eine kleine Pause. „Allerdings", so fügte er dann hinzu, „ist in keiner Schrift die Rede davon, dass es den Frauen grundsätzlich verboten ist, beim Stierspringen mitzumachen. Im Grunde entscheidet ja der Stier, wen er leben lässt und wem er die Macht und die Kraft gibt, König zu werden."

In dieser Nacht schlich sich Rhea wieder aus ihrem Zimmer heraus. Diesmal folgte sie aber nicht dem Ziegenpfad, sondern ging geradewegs zum Innenhof und begann dort im hellen Mondlicht mit ihren Übungen auf den Holzattrappen. Es war ihr ziemlich egal, ob sie dabei vielleicht aus einem der vielen Palastfenster beobachtet wurde. In den Schriften stand nichts davon, dass es den Frauen verboten war. Wenn ihr Vater das sagte, war es bestimmt richtig so.

Also Anlauf nehmen, die Arme nach vorne im Sprung, hoch mit dem Körper in den Handstand, Überschlag und dann mit den Füßen wieder auf den Boden. Anfangs knickte sie zu früh ein und landete unsanft mit ihren Lendenwirbeln auf dem harten Holz. Nach und nach klappte es aber immer besser und nach einer Weile konnte sie den Sprung sehr geschickt vollführen.

Drei Tage später war der Palast voll von Menschen, die von der ganzen Insel herbeiströmten. Jeder wollte natürlich dabei sein, wenn beim Stiersprung der alte König in seinem Amt bestätigt wurde oder wenn es stattdessen einen neuen König geben sollte. Ein großer Teil des Innenhofes war von Palisaden abgegrenzt. Die Menschen drängelten sich dicht an dicht dahinter. Viele beugten sich aus den Fenstern der Palastwohnungen. Viele hockten aber auch auf den Mauern und auf den Dächern. Tausende Stimmen drangen wild durcheinander. Die Vormittagshitze konnte die aufgeregten Menschen nicht zum Schweigen bringen.

Auf der überdachten Tribüne an der Stirnseite des Innenhofes stand die Hohepriesterin, prachtvoll in weiße Seide gekleidet, ihr Haar mit goldenen Schlangen geschmückt. Rhea konnte das alles vom Balkon ihrer Palastwohnung erkennen. Sie hatte bisher noch nicht viel mit der Hohepriesterin zu tun gehabt, aber nach den Worten ihres Vaters kam sie ihr wie eine machtgierige, herrschsüchtige Frau vor.

Die Priesterin hob jetzt ihre Hand. Die Fanfaren ertönten. Sofort waren alle Menschen still. Der alte König Minos trat durch ein Tor in den Innenhof. Er trug Hemd und Hose in der königlichen Farbe Blau. Seine Haltung war aufrecht und stolz.

Nichts verriet, dass er Todesangst haben mochte. Ein ehrfurchtvolles Raunen ging durch die Menge.

Ein anderes Tor öffnete sich und ein Stier kam herein getrampelt. Rhea erschrak. Es war nicht der große Schwarze, wie Trakis erhofft hatte. Es war der mit dem rötlichen Fell und den eng stehenden langen Hörnern. Trakis stand unten im Hof dicht hinter den Palisaden. Er wirkte genauso überrascht und erschrocken. Seine Übungen mit dem großen Schwarzen würden ihm jetzt nichts mehr nützen. Aber Rhea konnte sich im Moment nicht sehr viele Gedanken um Trakis machen.

Der rote Stier griff den König an. Ein lautes „Ooooh" ging durch die Menge. Der König sprang nach vorne auf den Stier zu, bekam überraschend sicher die Hörner zu fassen, schaffte es aber nicht, sich im Handstand aufzurichten. Er fiel zurück auf die Knie. Der Stier durchbohrte mit beiden Hörnern seinen Brustkorb. Die Menschen schrien auf. Viele klagten verzweifelt.

Der alte König war tot. Die Menschen hatten ihn sehr gemocht. Die Fanfaren schickten eine traurige Melodie über alle Köpfe hinweg. Ein paar Wärter trugen den toten König aus dem Innenhof hinaus, während andere den Stier mit roten Tüchern ablenkten.

Rhea fühlte sich den Tränen nahe. Sie spürte, dass es gemein gewesen war, den alten König diesem Ritual auszusetzen. Sie sah hinüber zur Tribüne, auf der die Hohepriesterin erneut ihre Hände hob und die Fanfaren erschallen ließ.

Trakis kletterte nun über die Palisaden und sprang hinunter in die Arena. Die Menschen ließen ein vielstimmiges „Aaaah" ertönen. Sie schienen große Hoffnungen in den jungen Mann zu setzen, - kein Wunder, denn mit seinen langen dunklen Haaren und seinem kräftigen Körper schien er dem Götterhimmel selbst entstiegen zu sein. Rhea war sehr stolz und dennoch hatte sie auch große Angst um ihn.

Die Menschen verstummten. Es war plötzlich unglaublich still. Jeder konnte hören, dass Trakis dreimal kräftig mit der Zunge schnalzte, um den Stier zu reizen. Der Rote trampelte los. Rhea hielt den Atem an. Trakis hechtete auf den Stier zu, seine Hände umschlossen die Hörner, sein Körper schnellte hoch und setzte zum Salto an. Aber der Rote schwang seinen Kopf hin und her. Trakis konnte die Bewegung mit seinen Armen nicht ausgleichen. Er geriet aus dem Gleichgewicht und stürzte an der Flanke des Tieres herunter. Der Stier erwischte ihn noch mit dem Hinterhuf an der Seite. Wahrscheinlich waren mehrere von Trakis′ Rippen gebrochen. Ein bestürztes „Oooh" kam über die Lippen der vielen Menschen. Und auch Rhea konnte einen Aufschrei nicht unterdrücken. Trakis schleppte sich mühsam durch den Staub.

Der rote Stier hatte am anderen Ende der Palisade kehrt gemacht, blieb aber stehen, betrachtete seinen menschlichen Gegner aus etwa zehn Meter Entfernung und ließ ein ärgerliches Schnauben ertönen.

Da gab es für Rhea kein Halten mehr. Sie ließ sich flink an der Balkonbrüstung heruntergleiten und kämpfte sich entschlossen mit ihren Ellbogen einen Weg durch die Menge. Die aufgebrachten Rufe ihres Vaters ignorierte sie. Rhea kletterte über die Palisaden und sprang in den Innenhof. Die Menge brach in Ausrufe des Erstaunens aus. Die Hohepriesterin schnellte aus ihrem Sessel empor, als hätte sie ein Skorpion gestochen. Eine Frau in der Arena? Das hatte es ja noch nie gegeben.

Rhea lenkte die Aufmerksamkeit des Stieres auf sich, indem sie nun selbst mit der Zunge schnalzte. Trakis hockte zusammengekrümmt am Palisadenrand und schaute ihr fassungslos zu. Der Rote sah Rhea aus dunkel glänzenden Augen an. Ihrer beider Blicke verschränkten sich ineinander. Rhea war fast zumute, als könne sie in Gedanken mit dem Tier sprechen. Du musst deinen Kopf ruhig halten, dachte sie ganz stark. Du musst deinen Kopf unbedingt ganz ruhig halten, verstehst du?

Rhea rannte los, auf den Stier zu. Der Stier setzte sich kurz darauf in Bewegung und kam Rhea in gemächlichem Tempo entgegen. Du und ich, wir könnten doch Freunde sein, dachte Rhea ganz stark. Dann schwang sie sich auf seine Hörner. Der Rote hielt seinen Kopf völlig ruhig. Rhea stemmte sich mit ihren Armen hoch, vollführte einen vollendeten Salto über dem Rücken des Stieres, landete mit den Füßen auf dem Boden und hatte sofort festen Stand.

Die Menschen johlten und applaudierten vor Begeisterung. „Bravo, bravo", riefen sie. „Bravo für unsere neue Königin." Rhea sah die Freude im Gesicht der vielen Menschen - und sie sah aber auch den Ärger im Gesicht der Hohepriesterin. Rhea hob den Arm und alle waren still.

Rhea wandte sich dem Stier zu, sah ihm wieder direkt in die dunklen Augen und sandte ihm ihre Gedanken zu. Komm her, mein Freund, wir müssen nicht kämpfen. Wir wollen den Leuten nur unser Spiel zeigen. Der Stier trottete langsam heran und blieb vor ihr stehen. Rhea nahm ein zweites Mal Anlauf, stützte sich mit den Händen auf den Hörnern ab und sprang im Salto über den Stier hinweg. Diesmal hatte sich der Rote nicht einen Millimeter bewegt, so, als hätte er genau verstanden, was von ihm erwartet wurde. „Bravo, bravo für unsere neue Königin", jubelten die Menschen erneut.

Rhea legte ihren Arm um den heißen Nacken des Stieres. Das Tier verhielt sich völlig ruhig. Sie sah hinüber zu Trakis, aber der senkte seinen Blick. Er schämt sich, dachte Rhea, weil ich es besser gemacht habe als er. Sie sah hinauf zur Tribüne, aber die Hohepriesterin war schon in ihre Gemächer verschwunden.

Das Jubeln der Menschen wollte kein Ende nehmen. Aber Königin zu sein, das würde nicht einfach sein. Das wusste Rhea jetzt. Sie streichelte das rötliche Fell des Stieres. Er schnaubte leise. Vielleicht würde er jetzt ihr einziger Freund sein, für lange Zeit.

Kreta, Griechenland 2013

Die Tränen der Pallas Athene

...aus dem gleichnamigen Romanmanuskript

...Als er die französische Grenze überquerte, war es etwa vier Uhr nachmittags. Das trübe Novemberlicht verschwand hinter dem wolkenschweren Himmel. Die Dunkelheit kroch langsam über die bewaldeten Hügel. Auf der Straße war nicht viel los. Das überraschte ihn nicht. Er bewegte sich in einer abgeschiedenen Gegend auf einer schmalen Landstraße. Und im Radio hatten sie für den kommenden Abend schwere Schneefälle gemeldet. Er war schon ein paar Stunden unterwegs. Die letzten Kilometer hatten ihn durch den Pfälzer Wald geführt. Der Wald und die Hügel standen sehr dicht. Fast unheimlich, dachte er.

Die Straße hinter der Grenze nach Frankreich hatte nicht mehr so viele Kurven. Sie führte durch ein Tal. Die Hügel mit den winterstarren Bäumen wichen in neblige Höhen zurück. Der Grund des Tales war von Ackerflächen und Weidezäunen bedeckt. Irgendwann führte die Straße an einem Teich vorbei. Die Scheinwerfer des Autos erhellten nur wenig die feuchte schwarzglänzende Fahrbahn, die fast übergangslos das Gestade des kleinen Sees berührte. Er bremste vorsichtig und schaltete runter. Hinter dem Teich gab er wieder mehr Gas. Mach´ dich nicht verrückt, sagte er sich. Du kennst dich hier aus.

Die Straße führte durch kleine Ortschaften, die seltsame Namen trugen - ein Gemisch aus Deutsch und Französisch, so wie es hier im nördlichen Elsass üblich war. In den Dörfern gingen die ersten Lichter an.

Er entspannte sich und legte eine CD ein. Dann summte er die Melodie mit, von den Dire Straits „Brothers in Arms". Im langsamen Takt wiegte er den Kopf hin und her und strich sacht mit den Fingern übers Lenkrad.

...These mist covered mountains are home for me now...

Bald war es draußen ganz dunkel. Da ging es ihm richtig gut. Er liebte es, im Dunkeln zu fahren. Die Hügel und die Wälder rückten jetzt wieder dicht an die Straße heran. Auf den Bergen könntest du jetzt die Sandsteinburgen erkennen, wenn es hell wäre, überlegte er.

...But my home is the lowlands and always will be...

Ganz kurz dachte er an die Zeiten, als er mit seinen Freunden durch diese Gegend gewandert war und in den Burgruinen am Lagerfeuer übernachtet hatte. Aber dann begnügte er sich wieder mit diesem Gefühl des Alleinseins, mit der traurig schönen Einsamkeit, die ihn durch den Tunnel der Nacht trug.

...Someday you'll return to your valleys and your arms...

Alles ist richtig jetzt in diesem Augenblick, meinte er. Der Tunnel der Nacht, das ist meine Welt. Er lächelte. Die Musik rieselte durch seinen Körper. Draußen vor der Windschutzscheibe seines Wagens wirbelten die ersten Schneeflocken. Die Welt war fremd und kalt. Er gähnte. Es ist nicht mehr weit bis Bitche. Dann hast du´s bald geschafft, dachte er.

...And you'll no longer burn to be brothers in arms...

Mit der rechten Hand tastete er auf dem Rücksitz umher, bis er auf die Plastiktüte stieß und den harten Gegenstand darin fühlte. Ein Schauer ergriff ihn. Schnell zog er die Hand wieder zurück. „Bald ist´s ausgestanden", murmelte er vor sich hin.

Er musste sich jetzt sehr auf die Straße konzentrieren. Der Schneeschauer wurde stärker, und ein matschiger grauer Film belegte die Fahrbahn. Das Auto hatte seine beste Zeit längst hinter sich. Die Scheibenwischer quietschten mühsam über das Glas. In den Ecken der Scheibe sammelte sich der zusammengeschobene Schnee und fror fest durch den eisigen Fahrtwind. Irgendwo zog die Kälte auch in den Innenraum des Fahrzeugs. Die Heizung funktionierte nicht richtig. Das Lied war zu Ende und er schaltete den CD-Player aus. Es könnte alles anders sein, dachte er.

Natürlich war ihm jetzt wieder danach zumute, von Sonne und Meer zu träumen, und er fluchte, denn die Träume waren bitter. Ich hätte damals zu Hause bleiben sollen, dachte er. Dann wäre überhaupt nichts passiert.

Er knirschte mit den Zähnen und starrte stur über das Lenkrad hinweg in die Dunkelheit und suchte nach Wegweisern. Irgendwann tauchte ein Schild auf und ließ ihn wissen, dass er bis Bitche noch drei Kilometer zurückzulegen hatte. Dann kamen kurz darauf die ersten Straßenlaternen in Sicht. Die große alte Festungsmauer war von Scheinwerfern angestrahlt. Unter den Wirbeln des fallenden Schnees wurde das braune schwere Gemäuer von weißen krustigen Rändern geschmückt. Er hatte kaum ein Auge dafür. Er war müde.

Aber er wusste, dass es noch 'was zu tun gab heute Abend. Also suchte er nach einem Bistro, um einen Kaffee zu trinken. Auf dem Kundenparkplatz einer kleinen Sparkasse stellte er den Wagen ab und hastete dann mit hochgeschlagenem Jackenkragen über den Gehweg bis zu einem schmalen Haus, an dem ein beleuchtetes Schild mit einer Bier-Reklame angebracht war. Innen war es warm, und die Menschen dort starrten ihn überrascht an.

Die glotzen, als hätte ich eine Spiralnase, ging es ihm durch den Sinn. Er brummte ein undeutliches „Bon Soir" und steuerte auf die Theke zu.

An der Bar bediente eine alte runzelige Frau. Sie war mehr als einen Kopf kleiner als er. Ihre grauen Haare waren glatt nach hinten gekämmt und wurden von einer Spange zusammengehalten. Ihre faltigen Wangen hingen kraftlos nach unten, aber ihre stahlblauen Augen blickten scharf und streng. Ihr zusammengekniffener Mund öffnete sich nicht. Sie blickte den Neuankömmling nur fragend an. Er bestellte Kaffee, und die Alte schlurfte nach hinten in die Küche.

Im Spiegel des Flaschenregals konnte er die anderen Leute beobachten, die hier in die Kneipe gekommen waren. Es waren nur vier alte Männer. Sie saßen dicht gedrängt um ein kleines Tischchen herum und spielten Karten. Die Männer nahmen keine Notiz mehr von ihm. Sie waren in ihr Spiel vertieft und schlürften hin und wieder aus ihren Biergläsern. Die sehen alle hier aus, als wären sie noch nie aus dieser Bude rausgekommen, dachte er. Die Zeit ist hier stehengeblieben.

Unwillkürlich glitt sein Blick über eine abgegriffene Tageszeitung, die auf einem der Barhocker lag. Auf dem oberen Rand des Papiers war das Datum gedruckt, der 22.11.1985. Er atmete tief durch und lächelte vor sich hin. Scheint so, als wäre noch alles in Ordnung, sagte er sich.

Die Alte kam aus der Küche zurück und stellte ihm eine große Schale Kaffee vor die Nase. Das Gebräu schwappte ein bisschen über den Rand, und ein paar Tropfen sammelten sich in der Untertasse. Er blickte die Alte mit gerunzelter Stirn an, sagte aber nichts. Hier wird nichts gesprochen, stellte er insgeheim fest. Dann schlürfte er seinen Kaffee und versuchte durch die Fenster des Bistros etwas von draußen zu erkennen. Es hatte aufgehört zu schneien, aber sonst sah er nichts. Es wirkte alles sehr tot.

Früher gings rund hier, fiel ihm plötzlich ein. Bitche war eine alte Garnisonstadt, und die Maginotlinie mit ihren Bunkeranlagen verlief hier entlang. An den Krieg dachte er nicht, das war vor seiner Zeit gewesen. Aber in der hügeligen Landschaft hatte er früher manche Ferientage verbracht und die unterirdischen Gänge ausgekundschaftet. Manchmal war es gefährlich gewesen, erinnerte er sich. Diese Gedanken machten ihn wieder munter. Er warf ein paar Münzen auf den Tisch, ohne nach dem Preis für den Kaffee zu fragen und verschwand grußlos durch die Tür nach draußen. Müde war er nicht mehr.

Es war sehr kalt, und der gefrorene Schneematsch knirschte unter seinen Sohlen. Als er das Auto erreicht hatte, warf er zuerst einen Blick auf den Rücksitz. Gut, es war noch da. Jetzt aber los. Er wurde plötzlich sehr ungeduldig. Der Motor heulte auf und im Rückwärtsgang ließ er die alte Kiste aus der Parklücke schliddern. Du hast es nun lange genug aufgeschoben, knurrte er vor sich hin. Jetzt heißt's handeln und nicht mehr überlegen.

Ganz tief in ihm erwachte der Zorn. Und als er den Vorwärtsgang einschob und über die eisglatte Fahrbahn davon schoss, hatte die Wut längst alle seine Gedanken überschwemmt. Er kannte sich nicht mehr. Der Wagen schlingerte in den Kurven. Der Lärm des heulenden Motors hallte von der Festungsmauer wider. Und das Getriebe krachte beim Schalten. Er hatte das Gaspedal durchgetreten und hielt auf den Verkehrskreisel am Ende der Stadt zu. Dahinter begann die Landstraße, die zu den Bunkern führte, das wusste er noch.

Er spürte nur diese Wut in sich, sonst spürte er nichts mehr. Und er flog durch den Tunnel der Nacht, durch die Nacht, die nur ihm gehörte. Es waren keine anderen Fahrzeuge unterwegs.

Als er die Gestalt am Verkehrskreisel sah, war es zu spät. Für einen Sekundenbruchteil blinzelte er und begriff die Situation mit geschärften Sinnen. Auch wenn er jetzt eine Vollbremsung machte, konnte er nicht sicher sein, der Gestalt dort vorne auszuweichen. Der Wagen würde unkontrolliert über die vereiste Fahrbahn rutschen. Diese Gestalt, sie war so plötzlich aufgetaucht, so plötzlich eingedrungen in seinen Rausch der Wut. Was ging ihn diese Gestalt überhaupt an?

Einen Sekundenbruchteil dauerte es nur, dass er dies dachte, dann ergab er sich wieder der Wut, die ihm die Einsicht und das Denken nahm. Er drückte den Fuß fest aufs Gaspedal und steuerte stur geradeaus.

Die Gestalt sprang zurück, als sie das Auto kommen sah, aber sie wurde vom Kotflügel erfasst. Der Aufprall erzeugte einen metallisch-dumpfen Ton. Der Körper wurde über den Gehweg geschleudert, purzelte die Böschung hinunter und blieb mit verdrehten Gliedmaßen im Straßengraben liegen.

Der Wagen drehte sich einmal um die eigene Achse auf der breiten überfrorenen Fahrbahn. Dann fädelte er sich in die Landstraße ein und verschwand in der Dunkelheit.

Er keuchte hinter dem Steuer. Nur mühsam konnte er sich beruhigen. Nach einer viertel Stunde ging es ihm besser. Er hatte jemanden überfahren, na und? Wer sich ihm in den Weg stellte, war selbst dran schuld.

Er atmete langsamer und fuhr auch vorsichtiger. Dann erreichte er den kleinen Rastplatz am Waldrand und stoppte dort. Schnell griff er nach seiner Taschenlampe und nach der Plastiktüte auf dem Rücksitz und klemmte sie sich unter den Arm. Er warf die Autotür zu, eilte zwischen den Bäumen hindurch und hastete dann über ein leicht ansteigendes Feld. Der Kegel seiner Taschenlampe wies ihm den Weg. Schnee quoll zwischen seinen Hosenbeinen in seine Schuhe hinein, aber das störte ihn nicht. Als er in der milchigen Dunkelheit schattenhaft den gedrungenen Bau des Bunkers erkannte, seufzte er zufrieden. An den Unfall dachte er nicht mehr.

Die letzten Meter bis zum Bunker führten recht steil nach oben. Der Schnee war kalt und tief. Sein Leuchten war wie eine warnende abwehrende Wand. Es half alles nichts, er musste dorthin, je schneller desto besser. Auf dem Hang kam er ins Rutschen und fiel der Länge nach hin. Er fluchte. Der Plastikbeutel war ihm davon gerollt, aber mit der Taschenlampe fand er ihn bald wieder. Gott sei Dank. Als er den glatten Hang hinaufstieg, war er vorsichtiger.

Das Bunkergebäude war nicht sehr groß. Vielleicht sechzig oder siebzig Quadratmeter, dachte er. Die grauen Betonwände konnte man aus der Ferne kaum von der Landschaft unterscheiden. Und das Dach war mit Gras bewachsen. Das wusste er alles noch von früher. Es hatte sich nichts verändert. In den Bunkerwänden gab es hin und wieder ein paar Schießscharten. Das eiserne Tor war an den Rändern zugemauert, und die Schließkante der beiden Torflügel war verschweißt.

Er lächelte. Sie wollen nicht, dass man hier reinkommt, dachte er. Das hatte seinen Grund. Die Bunkeranlagen an der Maginotlinie reichten über hundert Meter tief und verzweigten sich unterirdisch zu kilometerlangen Gängen. Er umrundete das Gebäude und erreichte den Mauerschacht, der seitlich des Bunkergebäudes etwa vier Meter tief in die Erde hinab reichte. Er ließ das Licht der Taschenlampe darüber gleiten. Vom Rand des Schachtes hing eine Rolle Maschendraht herunter. Der Schacht war recht breit. Auf dem Grund lagen eine verrostete Regentonne und ein paar Bretter umher. Hier war seit Jahren keiner mehr, überlegte er.

Einen Augenblick zögerte er, dann atmete er tief durch und ließ den Plastikbeutel hinunterfallen. Es schepperte ein bisschen, als der harte Gegenstand in dem Beutel gegen die Regentonne stieß.

Er kniete sich hin und griff mit den Händen in den Maschendraht. Die Taschenlampe hatte er zwischen die Zähne gepresst. Er kletterte vorsichtig hinab. Es kam ihm schwieriger vor als damals, als er mit den Anderen hier war und das Gerümpel herbeigeschafft hatte, um den Abstieg in den Schacht zu ermöglichen. Der Draht war sehr kalt und schnitt in seine Hände. Schließlich gelang es ihm aber doch, hinunter zu kommen. Den letzten Meter ließ er sich einfach fallen. Die Plastiktüte hob er wieder auf und legte sie auf einem der Bretter bereit.

Nun untersuchte er das Gitter, das ihm als letztes Hindernis den Weg in das Lüftungssystem des Bunkers versperrte. Es war nur notdürftig in das Mauerwerk eingefügt und mit einem Wasserrohr festgeklemmt. Die Schrauben, die das Gitter an den Kanten befestigen sollten, waren verrostet und verbogen. Er zerrte das Wasserrohr weg und trat dann ein paar Mal gegen das Gitter, bis es knirschend nach innen nachgab.

Jetzt packte er die Plastiktüte und zwängte sich durch die schmale Öffnung in das Lüftungssystem des Bunkers. Er wusste, er musste etwa zwei Körperlängen auf dem Bauch nach vorne rutschen, bis er die Bruchstelle der Wandverkleidung ertasten konnte. Innerlich triumphierend stieß er die Blechplatte aus den Fugen. Sie fiel mit Getöse in den vollkommen dunklen Vorraum dahinter. Selbst das beste System hat seine Schwachstelle, überlegte er. Etwas an diesem Gedanken war ihm unangenehm, und er konzentrierte sich rasch wieder auf sein Vorhaben. Aus seiner liegenden Haltung beleuchtete er den Vorraum im Inneren des Bunkers. Es gab nicht viel zu sehen. Ein paar Maschinenteile lagen in der Ecke gestapelt, und ein paar eiserne Stühle standen herum. Alles wirkte sauber und recht ordentlich, so, als sei der Bunker gestern erst verlassen worden. An den Wänden führten Kabelstränge entlang. Strom gibt es hier nicht mehr, fiel ihm ein.

Im hinteren Teil des Vorraums war das eiserne Treppengeländer zu erkennen und die ersten Stufen, die in die Tiefe hinab führten. Er seufzte zufrieden und kletterte aus dem Lüftungsschacht in den dunklen Raum hinunter. Die Plastiktüte mit dem harten Gegenstand hatte er jetzt wieder unter den Arm geklemmt. Die Luft im Bunker schmeckte schal, aber es war viel wärmer hier drinnen als draußen in der Winterlandschaft.

Er steuerte schnurstracks auf die Treppe zu und begann mit dem Abstieg. Langsam setzte er einen Fuß vor den anderen. Die Treppe war recht breit. Sie endete alle fünfzehn Stufen in einem Absatz, machte einen Knick nach rechts und schraubte sich so immer weiter hinunter. In der Mitte der Treppenabsätze entstand ein schwarzer Schacht. Der Kegel der Taschenlampe konnte keinen Grund erfassen. Die Wände waren grau verputzt, sie reflektierten nur wenig Licht. Außer Kabelsträngen, Treppenstufen und Eisengeländern gab es nichts zu sehen. Und außer den Schritten auf den Betonabsätzen war nichts zu hören.

Das ist eine angemessene Gruft, dachte er. Dann lauschte er auf den rhythmischen Hall seiner Schritte. Er wusste nicht, wie lange er schon diese Treppe hinabstieg. Es kam ihm sehr lange vor. Es ist immer länger, als man es in Erinnerung hat, meinte er. Er spielte mit dem Rhythmus seiner Schritte, ging schneller und betonte jetzt beim Auftreten den linken Fuß. - Tap-Tapp - Tap-Tapp - Tap-Tapp- klang es durch den Bunker.

Das amüsierte ihn. Er ging noch schneller, und das Tap-Tapp seiner Schritte wurde lauter. Schneller und immer schneller lief er die Treppe hinunter. Schließlich streifte er sich die Griffe der Plastiktüte übers Handgelenk und fasste die Taschenlampe mit der linken Hand. Mit der rechten griff er nach dem Treppengeländer und strich beim Abwärtslaufen über den kalten glatten Stahl. Er war jetzt sehr schnell. Seine Füße hatten sich geradezu verselbständigt, und die Schritte halten in ungebrochener prasselnder Reihenfolge zwischen den Mauern. -Tap-Tap-Tap-Tap-Tap-Tap-Tap-.

Bei den Treppenabsätzen griff er fest an die Geländerstange und zog sich mit Schwung in die Kurve. Der schwarze Schacht war berauschend in seiner Unendlichkeit und schien gierig nach ihm zu schnappen. Die Geschwindigkeit, mit der er seine Füße abwärts lenkte, erregte ihn, und in kurzen Augenblicken durchliefen ihn abwechselnd Angst und Wut und Freude und wieder Angst vor der Wut und wieder Wut über die Freude und wieder Freude über diese wahnsinnige Angst, die ihn beben ließ vor Leidenschaft.

Beim nächsten Treppenabsatz übersprang er die letzten drei Stufen und griff mit der Rechten wieder fest ins Geländer, um sicheren Halt für die Drehung zu finden. Als die Fliehkraft seines Körpers an der Stange riss, löste sich ein Teil des Gerüsts aus den brüchigen Scharnieren. Er rutschte ab, kam aus dem Gleichgewicht und wurde durch die Wucht seiner Geschwindigkeit gegen die Mauer geworfen. Der plötzliche Schmerz an seiner Schulter holte ihn aus dem Tunnel seiner Gefühle. Er prallte von der Wand zurück und sah Treppe und Mauern und den tiefen Schacht auf sich zukommen. Seine Seele wurde eisig und sein Denken war mit einem Male scharf und klar. Du musst vernünftig bleiben, Junge, sagte er sich selbst. Zieh den Kopf ein und roll dich über die Schulter ab, so wie du´s früher mal gelernt hast!

Er überschlug sich ein paar Mal. Die harten Kanten der Stufen drückten ihm ins Kreuz. Die Taschenlampe polterte über den rauen Stein und sauste hinunter in den Schacht, irgendwo schlug sie auf und verlosch. Er stoppte seinen Sturz schließlich mit gespreizten Beinen und stemmte sich im Dunkeln gegen die Wand. Das erste, was er bemerkte, war, dass sich die Plastiktüte um seinen Arm verheddert hatte und nicht verloren gegangen war. Bevor ihm die Schmerzen so richtig zu Bewusstsein kamen, vergaß er sie schon wieder.

Er fühlte den Gegenstand in der Plastiktüte und rappelte sich auf. Es war stockdunkel um ihn herum. Undeutlich bemerkte er, dass er an Kopf und Armen blutete. Dann tastete er nach einem Feuerzeug in der Hosentasche und zündete es an. Es spendete nur mäßiges Licht, aber es wies ihm den restlichen Weg bis zur untersten Ebene des Bunkers, wo mehrere Gänge sternförmig auseinanderliefen. Die Gliedmaßen wollten ihm nicht so recht gehorchen, aber er schleppte sich langsam durch einen der Gänge hindurch in die Richtung, in der seiner Erinnerung nach der Generatorenraum war. Die Taschenlampe konnte er auf die Schnelle nicht wiederfinden, aber das war nicht so wichtig jetzt. Das Feuerzeug in seinen Händen wurde heiß. Er musste es löschen und eine Weile abkühlen lassen, ehe er es erneut anzünden und weitergehen konnte.

Dann erreichte er den Generatorenraum. Die wichtigsten Anlagen waren längst ausgebaut und abtransportiert worden. Einige Metallgerüste standen noch herum, Schienen und Winden, eine großflächige Schalttafel mit Knöpfen, Reglern und Messinstrumenten, eine Pritsche mit verstaubten Decken, einige Ölkanister. Unter großen Anstrengungen riss er eine der alten Decken in Stofffetzen und tränkte sie mit Öl. In einem Emaille-Eimer ließ er sie dann langsam abfackeln und hatte das Problem der Beleuchtung fürs erste gelöst. Aber es rußte stark, und er musste husten.

Lange wird das nicht gutgehen, dachte er. Ich muss mich beeilen. Er sah sich jetzt genauer in dem alten Generatorenraum um. In der hintersten Ecke gab es eine geöffnete Falltür, die den Blick auf das darunterliegende elektrische Verteilernetz freigab. Er nickte bedächtig.

Dann kniete er sich auf den Boden und nahm vorsichtig und widerwillig das Schmuckkästchen aus der Tüte. Es war aus schwerem dunklen Holz und nach orientalischer Art mit Messingverzierungen beschlagen. Er strich sacht darüber hinweg und schluckte. Und noch einmal musste er sich mit seinem Willen zwingen und das verzierte Kästchen öffnen.

„Einmal nur noch will ich dich betrachten", murmelte er, „und dann sollst du für immer vergessen sein, für mich und für die Welt!"

Er griff in das Kästchen und holte die Perlen heraus. Sie glänzten hell in seinen Händen. Er fasste die Enden des Schmuckstücks und zog es auseinander. Breit und funkelnd lag das Collier auf seinen schmutzigen Knien. Das Collier hatte die Form zweier Augen. Unzählige Perlen waren dazu aneinandergereiht. Ihr heller elfenbeinfarbener Ton veränderte sich am unteren Rand der Augen in einen fließenden rosafarbenen Schimmer.

„Die Tränen der Pallas Athene", murmelte er. „Ich verfluche dich, Göttin!"

Und plötzlich stieg ihm wieder der Zorn in den Kopf wie schwerer südländischer Wein, und er brüllte aus Leibeskräften durch die Trostlosigkeit der unterirdischen Gänge:

„Ich verfluche dich, Göttin! Ich verfluche dich und deine Tränen und deine traurige Weisheit!"

Dann stopfte er die Tränen der Pallas Athene zurück in das hölzerne Kästchen und ließ es in eine große leere Ölkanne plumpsen. Er richtete sich auf und warf die Kanne hinunter in das Verteilerverlies. Der Falltür gab er einen Tritt und sie fiel krachend zu. Mit letzten Kräften stemmte er sich gegen ein

Regal, das mit stählernen Ersatzteilen beladen war, bis es kippte und mit lautem Getöse die Falltür unter sich begrub.

Dann wurde ihm schwindelig. Er taumelte, fiel zu Boden und verlor das Bewusstsein. Das rußende unstete Licht verlosch…

Wiesbaden 1995

Le Piano Rouge

Ich saß in dieser Bar - so wie jeden Freitag. Ich hatte zumindest das Gefühl, dass es Freitag war. Genau wusste ich es nicht. Es war auch nicht weiter wichtig. Auf jeden Fall war ich gerne hier. Die Kellerbar war gut besucht. Die Gäste saßen auf breiten Sofas und gepolsterten Stühlen. Die Ziegelsteinwände waren mit Wandteppichen und Spiegeln dekoriert. Lichterketten und Deckenstrahler tauchten das ganze Gewölbe in ein warmes Rot. Das Personal bewegte sich flink zwischen den lachenden und schwatzenden Gästen hin und her. Gläser und Geschirr klirrten. Es duftete nach Pasta, Kräutern und würzigem Käse.

Wie immer hatte ich meinen Platz auf dem Plüschsofa in der Nähe der Bühne. Diese Ecke war durch Truhen, Vasen und künstliche Pflanzen vom übrigen Gewölbe etwas abgetrennt. Hier waren die Wände mit Seidentapeten verkleidet und ein großer Kristallleuchter verlieh dem Ganzen eine festliche Atmosphäre.

Noch war die Bühne leer - bis auf das Piano natürlich. Es war ein wunderschöner alter Bechstein-Flügel. Und das Besondere an diesem Instrument waren seine Intarsien. Der Flügel war über und über mit roten rankenden Rosen geschmückt. Im ersten Moment war es verwirrend. Auf manchen Betrachter mochte es sogar kitschig wirken. Ein solches Aussehen war für einen Flügel schließlich sehr ungewöhnlich. Irgendeine geheimnisvolle Geschichte schien sich dahinter zu verbergen. Immerhin war der Name dieser Kellerbar darauf abgestimmt: Le Piano Rouge.

Die Kellnerin brachte mir Wodka und Wasser. Bevor sie wieder verschwand, bedachte sie mich mit einem strengen

Blick. Aber das kannte ich schon. Sie konnte einfach nicht anders schauen. Ich zündete mir eine Zigarette an, nahm einen tiefen Zug und blickte den Rauchschwaden nach, die sich unter der Decke verteilten. Zusammen mit den anderen Gästen verharrte ich in erwartungsfroher Spannung.

Lange mussten wir uns nicht gedulden. Der Vorhang des Backstage-Bereichs teilte sich und Agnieszka trat auf die Bühne. Anhaltender Beifall machte mir deutlich, dass sie der Liebling der Stammgäste war. Es versetzte mir einen Stich. Von den anderen Leuten wollte ich gar nichts wissen. Ich sah nur zu Agnieszka nach vorn und ließ mich ganz von meiner Bewunderung treiben.

Agnieszka hatte eine schmale zartgliedrige Figur. Heute trug sie eine ärmellose bernsteinfarbene Bluse. Ihre Schultern wirkten fast knochig. Und dennoch war Agnieszka eine Schönheit. Ihre Stupsnase und ihre Grübchen verliehen ihrem Gesicht etwas Freches und Spöttisches und das wurde auch noch von ihren kurzen dunklen Haaren betont.

Sie setzte sich an den Flügel, konzentrierte sich und spielte eine langsame Tonfolge - vereinzelte Klangtropfen im Raum auf der Suche nach ihrer Melodie. Agnieszka begann mit ihrem ersten Lied: „You might need somebody". Ihre Stimme war zunächst nur ein dünner silbriger Strahl, der sich im Halbdunkeln der Bar verlor. Allmählich wurde ihre Stimme fester und ausdrucksstärker, obwohl sie sehr hell war und beinahe kindlich wirkte. Das Lied tastete sich zwischen den stoffbespannten Wänden in den Raum hinein, während die sparsamen Pianoläufe über die Zuhörer rieselten. Ich war begeistert, wie immer.

Mit kurzen sanften Übergängen stimmte Agnieszka ihre weiteren Songs an. Die meisten kannte ich schon. Aber auch heute Abend waren zwei oder drei Lieder dabei, die sie zum ersten Mal darbot. Ich glaubte, in solchen Momenten ließ sie ihren Blick besonders lange auf mir ruhen. Sie spielte und sang für mich. Da war ich mir sicher. Ich trank meinen Wodka aus und suchte nach Mut in meinem Herzen.

Nach etwa einer Stunde kam Agnieszka hinter dem Flügel hervor, schenkte dem Publikum ein schüchternes Lächeln und kündigte eine Pause an. Ich erhob mich entschlossen, trat zur Bühne hin und bat sie, an meinem Tisch Platz zu nehmen. Sie nickte. Ihr jugendliches Gesicht wirkte plötzlich wissend und alt. Sie nahm meine dargebotene Hand und ließ sich von mir an den Tisch führen. Natürlich bestellte ich Champagner. „Ich heiße Frank", stellte ich mich vor, „ich bin sehr beeindruckt von dir."

„Ich weiß", antwortete sie nur. Sie bemühte sich um ein Lächeln. Aber ihr Gesicht war plötzlich leblos, eine Maske mit starren Augen und brüchiger Haut. Ich war verunsichert und für einen kurzen Moment schlich sich ein Gefühl der Angst in meine Brust. Agnieszka rückte näher zu mir. Sie lehnte ihren Kopf an meine Schulter. Ich spürte ihre zarte reizende Gestalt an meiner Seite. Alles war gut. Wir tranken Champagner und schwiegen. Ich stammelte ein paar leere Worte, um eine Unterhaltung zu beginnen.

Agnieszka sah zu mir auf und legte mir ihren Zeigefinger auf meine Lippen. „Sei still!", befahl sie mir. „Ich muss weitermachen. Ich gehöre nicht dir allein!" Ihre Strenge verletzte mich. In ihrem Wesen war plötzlich eine überraschende Kraft. Agnieszka beugte sich zu mir und küsste mich leicht. Es hätte versöhnlich sein können. Aber dieser Kuss war kalt und spöttisch. Dann entzog sie sich mir und die Welt um mich herum löste sich auf in einem blendenden Weiß...

Ich saß in dieser Bar - so wie jeden Freitag. Ich hatte zumindest das Gefühl, dass es Freitag war. Genau wusste ich es nicht. Auf jeden Fall saß ich auf meinem Stammplatz direkt an der Bühne. Die Kellnerin brachte mir Wodka und Wasser.

Ich blies der Zigarettenrauch an die Decke und starrte gedankenverloren auf den alten Flügel, der seitlich auf der Bühne stand. Das Piano war mit einem roten Muster überzogen. Rote Rosen rankten sich über das ganze Instrument und verdeckten fast vollständig das einstmals schwarze Holz. Ich ahnte, dass eine geheimnisvolle Geschichte mit diesem Flügel verbunden war. Etwas Erschreckendes war daran, aber meine Gedanken wurden abgelenkt, als Agnieszka endlich die Bühne betrat.

Sie verneigte sich tief vor dem applaudierenden Publikum. Aber mich persönlich schien sie dieses Mal keines Blickes zu würdigen. Vielleicht schätzte ich es falsch ein und tat ihr Unrecht. Agnieszka setzte sich an den Flügel. Heute startete sie ihr Programm mit „Love is stronger than pride". Ihre Stimme war gleichermaßen weich und klar.

Ich nahm einen tiefen Zug aus dem Wodka-Glas und ließ meinen Blick durch den rot beleuchteten Kellerraum schweifen. Die anderen Gäste starrten gebannt nach vorne auf die Sängerin. Etwas abseits, nahe des Eingangs, hatte sich eine Gruppe amerikanischer Touristen versammelt. An meinem Nachbartisch saß ein altes Paar. Beide wirkten gedankenversunken. Die grauhaarige Dame rührte unschlüssig in ihrem Dessert und ihr Begleiter spielte bedächtig an seiner Krawatte herum. Sie beteten Agnieszka an, genau wie ich. Ihre Stimme und die Piano-Klänge verschmolzen zu einem seidenen fließenden Teppich.

Irgendwie muss ich es hinkriegen, dass sie sich mit mir verabredet, dachte ich. Ich überlegte, was ich ihr bieten konnte. Sie zum Essen einzuladen kam mir so banal und lächerlich vor. Vielleicht ein Ausflug in die Berge oder ans Meer – aber davon könnte sie sich bedrängt fühlen. Mir würde schon noch das Richtige einfallen. Ich würde es langsam angehen lassen. Schließlich kam ich ja oft hierher und Agnieszka kannte mich.

Ich betrachtete Agnieszkas spitzbübisches Profil, ihre kleine kecke Nase und ihre langen Wimpern. Agnieszka und ich – wir waren für einander bestimmt. Das war überhaupt keine Frage. Noch nie hatte ich ein solches Gefühl der Gewissheit verspürt.

In der Pause verschwand sie gleich hinter der Bühne. Ich war enttäuscht und ärgerte mich. Agnieszka wusste doch bestimmt, dass ich auf sie wartete, da war ich mir sicher. Für Sekunden verblasste alles um mich herum. Es war eine Art Schwindelgefühl, das meine Sinne betäubte. Die Welt um mich herum verlor ihre Farbe und auch das Piano erschien mir plötzlich ganz schwarz und verstaubt.

Es wird alles gut, sagte ich mir. Ich konzentrierte mich auf meine Zuneigung, die ich für Agnieszka empfand. Es mochte gute Gründe geben, weshalb sie sich zurückgezogen hatte. Vielleicht gab es irgendwas mit der Geschäftsleitung zu besprechen oder sie brauchte einfach nur ein bisschen Ruhe. Den zweiten Teil ihres Auftritts erlebte ich ziemlich ungeduldig. Nach einer weiteren Stunde kam endlich das Lied, das sie gewohnheitsmäßig immer zum Abschluss sang: „Somewhere" aus der West-Side-Story. Danach erhob sie sich, kam hinter dem rot gemusterten Piano hervor und genoss ihren Applaus.

Ich versuchte, dem Blick ihrer Augen zu begegnen. Ganz kurz gelang es mir und ich glaubte, ein Aufblitzen darin zu erkennen. Ich stemmte mich aus dem Sofa hoch und schritt langsam auf die Bühne zu. Diesmal würde sie mir nicht entwischen. Aber bevor ich ihr meine Arme entgegen strecken konnte, drängelte sich jemand anderes an mir vorbei. Ein gewaltiger Strauß roter Rosen nahm mir die Sicht und ein donnernder Bass mit amerikanischem Akzent übertönte alle umstehenden Gäste: „I love you, Baby."

Ein großer breitschultriger Cowboy hatte mir einen Strich durch die Rechnung gemacht. Aber dass dieser stinkreiche Texaner mit den Goldklunkern an den Fingern hier die große Show abzog, war nicht einmal das Schlimmste. Dass Agnieszka ihn aber dafür mit dem allerglückseligsten Lächeln anstrahlte, war unfassbar für mich. Sie nahm die Rosen an, konnte sie kaum mit ihren dünnen Ärmchen umfassen, und errötete leicht. In die dritte oder vierte Reihe zurückgedrängt konnte ich einfach nur hilflos zusehen. Es tat weh, aber es machte mich auch wütend.

Der breitschultrige Amerikaner hob sie von der Bühne herunter. Sie grinste ihn dümmlich an. Sie war wirklich noch ein Kind, das war mir jetzt klar. Agnieszka befreite sich kurz aus den starken Armen ihres neuen Beschützers, schob sich an den Gästen vorbei - und kam auf mich zu. Ich wusste nicht, was ich tun sollte und stand einfach nur ziemlich steif da. Als sie vor mir stand, zuckte sie mit den Achseln, küsste mich kurz auf die Wange und flüsterte schnell in mein Ohr: „Du brauchst doch nicht eifersüchtig zu sein."

Dann wandte sie sich ab und verschwand mit ihrem Cowboy und seiner grölenden Clique nach draußen. Die Welt um mich herum löste sich auf in einem blendenden Weiß...

Ich saß in dieser Bar, so wie jeden Freitag. Ich hatte zumindest das Gefühl, dass es Freitag war. Genau wusste ich es nicht. Die Bar war heute besonders voll. Auch der texanische Cowboy und seine Jungs waren wieder da. Das störte mich. Sie saßen drei Tische weiter und ich beobachtete ihr großspuriges Gehabe. Dieser Typ gab mit dröhnender Stimme irgendeine Schote zum Besten. Er endete mit brüllenden Gelächter, in das seine Kameraden lauthals einstimmten. Er trampelte auf meinen Träumen von Liebe und Zärtlichkeit herum.

Mein Blick fiel auf den rotgemusterten Flügel. Ich atmete tief durch und suchte nach Zuversicht in meinem Herzen. Früher oder später musste es Agnieszka schließlich klar werden, dass dieser Cowboy nicht der Richtige für sie war. Sie brauchte jemanden, der Verständnis für ihr Talent und ihre Sensibilität hatte, - jemanden wie mich. Ich konnte ihr die Augen öffnen. Ich musste sie nur für einen Moment allein erwischen.

Nach einer knappen Stunde kam Agnieszka auf die Bühne und setzte sich an das rote Piano. Der Texaner stieß einen schrillen Pfiff aus. Meine Kopfhaut zog sich zusammen und Agnieszkas glückliches verlegenes Lächeln erzeugte einen dumpfen Schmerz in meiner Brust. Ich wurde wütend. Wie konnte Agnieszka nur so dumm und einfältig sein? Ihr Gesang und ihr Piano-Spiel waren so grandios wie immer. Das musste ich mir eingestehen. Dennoch hatte ich diesmal keine rechte Freude an ihrem Auftritt. In jeder Bewegung ihrer Schultern und in jeder Neigung ihres Kopfes erkannte ich ein kaum verhohlenes Glücklichsein und eine Koketterie, die nicht für mich bestimmt war. Die Wut in mir wuchs.

Ich winkte die Kellnerin heran. Sie sah mich mit hochgezogenen Augenbrauen an und führte sich auf, als wäre sie meine große Schwester, die auf mich aufpassen musste. Dass ich heute schon zu viel Wodka hatte, wusste ich schließlich selbst. Ich deutete mit einer energischen Handbewegung an, dass ich noch ein Glas wollte. Das Zeug rann meine Kehle hinab wie lauwarmer Tee. Ich wartete darauf, dass der Wodka meine Nerven beruhigte und versuchte, mich zu entspannen.

Bis zur Pause ging alles gut. Und auch als Agnieszka hinter dem Piano hervorkam und sich vorne auf der Bühne verneigte, hatte ich mich gut im Griff. Schließlich kam es darauf an, dass ich mich nicht genauso daneben benahm wie dieser texanische Kuhhirte. Also blieb ich an meinem Tisch und applaudierte verhalten. Ich war mir ziemlich sicher, dass Agnieszka mir einen kurzen Blick und ein dankbares Lächeln schenkte. Das machte mir Mut. Der Cowboy orderte eine Lokalrunde Bier.

Das alte Ehepaar am Nachbartisch kicherte. Beide nickten mit ihren Köpfen. Sie schienen sich über irgendeine Sache völlig einig zu sein, auch wenn ich sie noch nie ein Wort miteinander hatte reden sehen. Die alte Dame rührte unschlüssig in ihrem Eisbecher und der alte Herr fummelte wieder an seiner Krawatte herum.

Ich lenkte meinen Blick zur Bühne und konzentrierte mich darauf, mir eine Strategie einfallen zu lassen, denn heute Abend musste ich unbedingt mit ihr allein sprechen, da kam überhaupt nichts anderes in Frage. Ich hätte ihr Rosen schenken können, so wie der Cowboy es tat, aber natürlich wäre das einfallslos gewesen. Ich würde sie zum Champagner einladen. Das konnte sie unmöglich ablehnen. So unhöflich konnte sie gar nicht sein. Schließlich hatten wir bei Champagner das erste Mal miteinander gesprochen.

Agnieszka setzte ihr Programm fort. Zuversichtlich lauschte ich ihren Liedern, ihrer Musik. In ihren musikalischen Darbietungen war stets eine bestimmte Abfolge emotionaler Intensitäten erkennbar - zuerst etwas Suchendes, dann etwas Aufforderndes, schließlich ein unsicheres Schwanken, das einen traurigen Abschied einleitete. Und auch diesmal war ich mir sicher: Niemand verstand ihre Musik so gut wie ich. Ich bestellte ein Flasche Bollinger in einem Eiskühler. Damit war ich rechtzeitig vorbereitet. Als Agnieszkas letztes Lied verklang, nahm ich die Flasche und die beiden Gläser zur Hand und eilte nach vorne, noch ehe der Applaus einsetzte. Ich winkte ihr mit den Gläsern zu, hielt die Flasche hoch, und deutete mit einem Kopfnicken zu meinem Tisch hinüber.

Agnieszka schritt hoheitsvoll nach vorne, bedachte mich mit einem missmutigen ärgerlichen Blick und verneigte sich vor dem Publikum. Ich rief ihren Namen, schwenkte die Flasche, aber Agnieszka wandte ihren Kopf hilfesuchend zur Seite. Und schon war der Cowboy zur Stelle, drängte mich ab und überreichte Agnieszka einen Arm voller Rosen. Sie barg ihren Kopf in den roten samtigen Blüten und ihre Wangen glühten vor Freude.

Das war alles zu viel für mich. Ich spürte noch, wie mich Schmerz, Verzweiflung und Wut überkamen. Was dann geschah, war wie eine Abfolge von Bildern, die in nüchterner Weise ein Ereignis dokumentierten, ohne dass sich wirklich wusste, was ich dabei empfand.

Ich kämpfte mir meinen Weg zurück nach vorn. Da war eine Kraft in mir, die ich zuvor nicht gekannt hatte. Mein eigenes Brüllen und Schreien ertönte in meinen Ohren. Ich versetzte dem breitschultrigen Typen einen Stoß, der ihn zur Seite wanken ließ. Mit einem Satz war ich auf der Bühne. Ich zerschlug die Champagnerflasche auf einem der großen Lautsprecher. Agnieszka schrie. Die Rosen wirbelten durch die Luft. Agnieszka wich zurück, bis ihr das Piano im Rücken Einhalt gebot. Am Rande wunderte ich mich darüber, dass das Piano plötzlich schwarz war, genauso schwarz wie jedes andere herkömmliche Piano.

Ich blickte in Agnieszkas große angstgeweitete Augen. Ich würde diese Dummheit vernichten! Ich würde diese Einfältigkeit ausrotten! Ich schlug mit der zersplitterten Flasche zu. Immer wieder schlug ich zu! Hinter mir war Geschrei und unzählige Arme versuchten, mich zu halten, aber ich schüttelte sie ab und schlug weiter zu. Agnieszkas Gesicht sah ich nicht mehr. Ich sah nur noch das Piano, ein schwarzes Piano, aber über und über kunstvoll mit frischem Blut bemalt. Und an den langen feuchten Schlieren klebten rote Rosenblütenblätter...

Eine Sekunde gehörte mir allein. Eine Sekunde, in der ich die ganze Situation vergaß und nur die ungewöhnliche Schönheit dieses Musikinstruments betrachten konnte: Ein Piano, dessen ganzer Korpus mit roten rankenden Rosen verziert war. Aber dann schlich sich gleich das Gefühl ein, dass sich etwas Grauenvolles dahinter verbarg, und es wurde plötzlich sehr hell um mich herum. Grelles weißes Licht blendete mich und ich schloss die Augen.

Nach einer Weile ließ die Helligkeit etwas nach, aber ich hielt die Augen noch geschlossen. Die Klänge eines Pianos tasteten sich aus der Ferne an mich heran. Etwas ängstlich öffnete ich die Augen. Ich wusste nicht, wo ich mich befand. Eine große Wiese breitete sich vor mir aus. Vereinzelt waren Blumenbeete zu sehen. Es roch nach frisch gemähtem Rasen. Etwas weiter weg standen hohe alte Bäume. Ich selbst saß im Schatten eines efeu-umrankten Gebäudes auf einer Bank. Woher die Piano-Klänge kamen, konnte ich nicht genau ausmachen.

Am Rande der Wiese entdeckte ich das alte Pärchen. Es saß sich an einem Gartentisch gegenüber. Die alte Dame hatte ihre Hände in ihr Dessertschälchen gepresst und malte dann mit ihren puddingverklebten Fingern breite braune Streifen auf die Tischplatte. Der alte Herr zerrte an seiner Krawatte herum. Er zog immer fester, bis er in Atemnot geriet. Schnell kam eine weißgekleidete Frau heran. Ich erkannte die dunkelhaarige Kellnerin mit dem besorgten Blick. Sie eilte auf den alten Herrn zu und lockerte den Krawattenknoten.

„Aber Herr Waszinsky, wie oft habe ich Ihnen gesagt, dass Sie das nicht machen sollen." Sie schien kurz zu überlegen, ob sie ihm die Krawatte nicht ganz abnehmen sollte. Aber Herr Waszinsky funkelte sie trotzig an, und so unterließ sie es.

Da fiel ihr Blick auf mich - ihr nachdenklicher und besorgter Blick, den ich von all den Abenden in der Kellerbar kannte. „Ich bringe Ihnen gleich ein Glas Wasser und Ihre Medizin." In ihrer Stimme schwang Anteilnahme mit. Automatisch bedankte ich mich.

Eine tiefe laute Stimme hinter meinem Rücken ließ mich erschrocken zusammenzucken: „Ich begleite Sie schon mal in den Park!" Ich sprang auf und wandte mich um. Der breitschultrige Cowboy stand dort, in einen weißen Kittel gekleidet, die Fäuste in die Seiten gestemmt. Er probierte ein kameradschaftliches Lächeln aus. „Na, Sie werden doch keine Angst vor mir haben, oder?"

Entschlossen fasste er mich unter dem Arm. Etwas widerwillig ließ ich mich von ihm über die Wiese in den Garten führen. Die Piano-Klänge wurden deutlicher. Ich erkannte die Melodie von „Somewhere" und dann sah ich sie: Agnieszka! Sie saß am Piano und spielte. Ihre zerbrechliche zarte Gestalt wiegte sich langsam im Takt. Agnieszka und das Piano standen mitten in einem blühenden Rosengarten. Es war unbeschreiblich schön.

Der Cowboy betrachtete mich forschend von der Seite. „Na, hören wir heute wieder Musik?" Ich antwortete ihm nicht. Er konnte Agnieszka nicht sehen und nicht spielen hören. Das hatte ich schon gewusst, bevor er seine Worte an mich richtete. Die dunkelhaarige Schwester war eben zu uns gestoßen. Sie brummte ihrem Kollegen ins Ohr: „Du sollst ihn doch nicht ärgern."

Es war mir einerlei. Ich gab mich ganz der Musik hin. Agnieszka machte eine Pause, lächelte mich an und kam zu mir herüber. Ich wollte nur eines von ihr wissen: „Bist du ein Geist oder bin ich krank?" Sie zuckte mit den Achseln, grinste frech und gab mir einen sanften Kuss auf die Wange, bevor sie durch den Rosengarten zurück zu ihrem Piano ging.

Mein breitschultriger Begleiter blätterte gelangweilt in einer Zeitschrift. Ab und an sah er auf seine Armbanduhr. Anscheinend wünschte er sich den Feierabend herbei. Die Schwester hatte ein Tablett mit ein paar Pillen und einem Glas Wasser abgestellt. Wodka war hier anscheinend nicht zu bekommen.

Agnieszkas helle klare Stimme klang weit durch den Park: „Somewhere I`ll find a place to forgive you, somewhere..." Ich schloss die Augen. Ich war müde.

Es war Freitag Abend. Zumindest hatte ich so eine Ahnung, dass es Freitag sein musste. Genau wusste ich es nicht. Ich saß in dieser Kellerbar und bestellte einen Wodka. Mein Blick glitt über den rotgemusterten Flügel auf der Bühne und ich wartete auf Agnieszka...

Le Piano rouge, Krakau, Polen April 2007

Morgenland nachts

...aus dem gleichnamigen Romanmanuskript

...Die nächste Station unseres Filmteams war Jaisalmer. Mr. Dalman Singh schwärmte von dieser Stadt wegen des fantastischen Lichts, das für die Aufnahmen sehr wichtig war. Allerdings gab es dort auch noch Anderes zu entdecken.

Jaisalmer lag in der Wüste in der Nähe der pakistanischen Grenze. Die kilometerlange Festung war fünfhundert Jahre alt und bis heute intakt. In der Stadt gab es viele palastähnliche alte Kaufmannshäuser, die reich mit Ornamenten verziert waren. In den engen Gassen herrschte buntes Treiben. Ganz überraschend verzauberte mich die Stadt:

Häuser mit verschachtelten Innenhöfen - Treppen und Ballustraden - die Traufen mit Blumen und Vögeln aus Stein geschmückt - die Mauern eine ewige Burg gegen Sandstürme und Wüstenmagie - auf den Märkten Drachenfrüchte, bunte Bohnen und Reis - Säcke voll Safran, Curry und Zimt - garendes Essen auf den Dächern - ein Raunen geheimnisvoller Geschichten - lachende Menschen, Schönheit und Reichtum - und ich als braunhäutige Frau erträumt, in leuchtende Stoffe gekleidet, in Brokat und mit Silber und Gold besetzt - und vor den Toren der Stadt die Prinzen der wilden Stämme, die rauben und morden, erstreiten, was sie begehren, und für eine Frau keine Kamele verschwenden würden. Wenn ich nur wollte, könnte ich wieder zu mir kommen.

„Lisa, du bist nicht von dieser Welt", flüsterte eine Stimme mir zu. Ich wandte mich um und brauchte einen Moment, um das Gesicht zu erkennen. Miss Rupa sah mich mit ihren dunklen Augen an. Ich wusste nichts zu antworten. Was wollte diese

Frau von mir? Warum verfolgte sie mich? In ihren Augen war etwas Wissendes. Es ängstigte mich. Ich sagte nichts. Ich wartete ab. Miss Rupa lächelte vorsichtig. Ihr faltiges Gesicht strahlte Kraft und Sicherheit aus. Es weckte plötzlich das Bedürfnis in mir, ihr zu vertrauen.

„Willst du nicht mit mir kommen?", fragte sie. „Ich möchte dir etwas zeigen." Sie wartete meine Antwort nicht ab und ging leichten Schrittes voran zwischen Händlern, zerlumpten Kindern und Rucksacktouristen hindurch. Ich hatte Mühe, ihr zu folgen. Dann und wann verschwand ihre kleine Gestalt in der Menge. Ich blieb ihr auf den Fersen. Irgendetwas trieb mich an - vielleicht der Gedanke, etwas zu entdecken, dem ich Bedeutung beimessen konnte, und das mich wieder mit dem Leben und der Zukunft verband.

Wir durchschritten das Tor eines großen Kaufmannshauses, eines dieser alten prächtigen Hawelis. Im Innenhof war es heiß. Das trockene Wüstenklima ließ meine Lippen aufspringen. Meine Haut wurde trocken und rau – nicht gerade gut für eine junge Tänzerin, die in einem Bollywood-Film mitspielen sollte.

Irgendwo aus dem hinteren Gebäudetrakt erklang Musik. Solche Musik, wie ich sie in Indien oft gehört hatte - Sitarklänge, das Schnarren kleiner Blasinstrumente, blechernes Scheppern eines Schlagzeugs. Wirre zerfetzte Töne, die über Dächer und Balkone fielen, von den Reihen gemeißelter Steinfiguren gekämmt und gesiebt, unverstanden aber eindrucksvoll über meine Seele tastend.

Wir folgten den Klängen und kamen in einen großen Raum. Unverglaste Fensteröffnungen nach allen Seiten. Die Decke ein einziges Spiegelmosaik. In der Mitte des Raumes hockten drei Musikanten, die konzentriert in ihr Spiel vertieft waren. Ein weißhaariger alter Mann saß vor ihnen, spärlich in weißes Leinen gekleidet. Fast schien es, dass er schlief. Nur die sanfte Bewegung seiner fleckigen schmalen Finger verriet, dass er der komplizierten Komposition des Konzertes folgte.

Miss Rupa bedeutete mir, mich zu setzen. Wir ließen uns auf ein paar Kissen in der Ecke nieder. Die Musik fraß sich in meinen Kopf. Es schmerzte. Es erinnerte mich an den Tag des Ganesh-Festivals, als ich mit Mr. Nasher durch die Straßen gezogen war. Nach einigen Minuten war der Schmerz aber vorüber. Das Stakkato der Klänge floss durch meine Nervenbahnen. Die Takte trieben mein Herz. Die schrillen schnarrenden Töne der Bläser betäubten meine Gedanken. Ich wusste nicht, was ich hier sollte. Doch, ich wusste es. Die Musik in mir war mein Dasein. Meine Ängste verflüchtigten sich.

Ich ließ meinen Kopf an Miss Rupas Schulter sinken. Sie legte ihre Arme um mich und hielt mich fest. Ich kann nicht sagen, dass es mir gut ging. Ich kann nur sagen, dass diese Frage keine Rolle mehr spielte.

Es gab eine kurze Pause. Die drei Musikanten verschwanden und ein einzelner Musiker erschien. Er nahm auf dem Boden Platz und brachte eine große Sitar in Stellung. Der alte Guru wechselte ein paar leise Worte mit ihm. Dann begannen die Saiten der Sitar zu klingen. Fast zehn Minuten erklang die selbe Folge von vier einzelnen Tönen. Treppenstufen, die in einen anderen Kosmos führten. Zeitlosigkeit, mit der man Lichtjahre überwindet. Dann kam ein fünfter Ton hinzu, öffnete die Tür zu einem neuen Weg, dem vorhergehenden so ähnlich und doch so weit von ihm entfernt.

Nach einer Stunde rieselten Klangfarben durch den Raum. Die Sitar erzeugte beinahe die Fülle eines Orchesters. Die Stimmen vielfältig und akzentuiert. Eine Geschichte vielleicht oder ein Theaterstück. Melodien wie lang geflüsterte Sätze. Die Schwingungen der Saiten das Bühnenbild - Schleier und Teppiche, weiches Licht. Der Guru nickte zufrieden.

Sehr spät verließen wir das Haus. „Hast du verstanden?", fragte Miss Rupa.

„Ich glaube", murmelte ich.

Sie ließ mich allein in der dunklen Stadt. Ich betrat ein Dachrestaurant. Das Bier wurde in einer Teekanne serviert, damit die Polizei nichts merkte. Über den Mauern und Palästen blähte sich ein orangefarbener Mond. Eine Welt wie eine Ausstellung. Eine Puppe darin, die weinen und lachen kann, perfekt und gleichgültig...

Die Musik veränderte mich. Ich spürte meine Wunden nicht mehr. Ich war ruhiger geworden. Die Musik in Indien war anders als die Musik, die ich bisher kannte. In der Fülle der Klänge war entweder ein entsetzliches Wirrwarr oder eine zermürbende Gleichförmigkeit. Ich ahnte eine Ordnung der Schöpfung, die ich noch nicht begriff.

Ich begann Bücher darüber zu lesen. Es faszinierte mich. In den Abbildungen entdeckte ich Sarasvati. Im vedischen Zeitalter war Sarasvati eine Flussgöttin. Später wurde sie als Göttin der Musik verehrt. Sie galt als Brahmas Tochter und als seine Geliebte. Das befremdete mich, aber ich hätte sie mir als Freundin gewünscht. Der Hinduismus wurde mir vertrauter. In den Geschichten der Göttinnen und Götter war die Kenntnis des Menschseins. Akzeptanz und Unabänderlichkeit kamen zusammen. Diese Aussichtslosigkeit – wie enttäuschend.

Ich tastete nach meinem Amulett. Ich hatte noch nicht verstanden, welche Rolle Lakhsmi in meinem Leben spielte. Ich überlegte, ob ich das Amulett weglegen sollte, aber das durfte ich nicht. Es bewahrte etwas für mich. Erinnerungen und Schuld waren darin gebannt. Ich trug es stets mit mir herum.

Wir waren noch immer in Jaisalmer - seit Wochen schon. Mr. Dalman Singh kam aus seiner Begeisterung gar nicht heraus. Er war ein Herrscher in dieser Stadt, manchmal streng, manchmal großherzig. Die Filmaufnahmen würden aber bald abgeschlossen sein.

Einmal verbrachten wir drei Tage in der Wüste. Wir schliefen in Nomadenzelten. Für die Tanzszenen musste eine niedrige Plattform aus Brettern errichtet werden, denn im Sand fanden unsere schnellen Schritte keinen Halt. Die Kameraleute hatten Mühe, den richtigen Winkel zu finden, damit man im Film die Bretter nicht sah. Nachts brüllte der alte Tiger in seinem Käfig. Dann und wann roch es nach dem Blut einer geschlachteten Ziege.

Manchmal träumte ich von meiner Mutter. Schwere Träume waren das. Sie demütigte mich mit ihrem Spott, und ich wagte nicht, dagegen aufzubegehren. Auch im Traum wusste ich, dass ich etwas getan hatte, das nicht wieder gut zu machen war. Es kam vor, dass ich dann mitten in der Nacht erwachte.

Ich vermisste nicht meine Mutter, aber ich war wie ein Kind, das Liebe vermisst. Wahrhaft kindisch war das. Ich wünschte, der Geist meiner ermordeten Mutter würde mir verzeihen und mir obendrein meinen Vater als Gefährten überlassen. Du bist doch krank, sagte ich mir.

Miss Rupa saß abends mit mir am Feuer. Sie redete kaum drei Sätze. Aber sie hatte so eine Art, mich mit ihrer Kraft zu führen, die mir gut tat. Ich fragte sie nach Sarasvati. „Vergiss Sarasvati!", antwortete Miss Rupa und spuckte ins Feuer. „Sie ist ohne Macht."

Ich dachte nach. „Sie haben mir viel über Musik und Tanz beigebracht, Miss Rupa." Ich machte eine Pause. „Und ich glaube, ich habe die Macht und die Stärke Shivas verstanden." Ich sah zu den Sternen hinauf und suchte erneut nach Worten. „In den Büchern habe ich von Sarasvati gelesen. Ich kann nicht sagen, dass das eine Begegnung war, aber ich hoffe, ihr eines Tages nah zu sein. Der Name Sarasvati verspricht mir das

Gefühl, inmitten der Schöpfung zu sein. Wie sollte sie da keine Macht haben?"

Zu spät fiel mir auf, dass ich schon so verrückt daherredete, wie meine Mutter es früher tat. Miss Rupa sah mich verächtlich an. „Ihr deutschen Frauen seid doch alle nicht ganz richtig im Kopf. Und von den Göttern versteht ihr gar nichts, absolut gar nichts!" Miss Rupa stand auf und ging gesenkten Hauptes zu ihrem Zelt. Beklommen sah ich ihr nach. Ich verstand nicht, warum ich sie so gekränkt haben mochte.

Der Mord an meiner Mutter lag weit über ein Jahr zurück. Ich suchte nach Reue in mir. Ich bereute es nicht. Ich war bereit, meine Schuld zu tragen. Auch wenn ich meinen Vater so sehr vermisste, dass es weh tat. Es belastete mich, ihn so sehr zu lieben. Vielleicht wäre es einfacher gewesen, wenn ich gewusst hätte, dass es ihm gut ging. Ich versuchte streng mit mir zu sein: Vielleicht hat er eine andere Frau gefunden, sagte ich mir. Willst du die auch noch umbringen? Es gab Zeiten, da konnte ich realistisch und vernünftig sein. Ich war über zwanzig. Ich wollte meinen Weg allein finden.

Die Aufnahmen in der Wüste waren beendet. Wir fuhren zurück in die Stadt. Miss Rupa ging mir ein paar Tage aus dem Weg. Ich nahm meine Studien in der Bibliothek wieder auf und verschlang alles, was ich in englischer Sprache über indische Musik finden konnte.

Eines Nachmittags kam ich bei meinen Streifzügen durch die Stadt an dem Haus vorbei, in dem ich mit Miss Rupa den Musikern gelauscht hatte. Ich ging hinein. Im Spiegelsaal fand ich überraschenderweise eine moderne technische Anlage bestehend aus Synthesizer, Verstärker und Lautsprechern vor. Ein schmächtiger junger Mann hantierte mit Kabeln und Steckverbindungen herum. Er blickte verwirrt drein, als er mich kommen sah. Aber der Guru, der schon auf seinem Kissen bereit saß, lud mich nickend und lächelnd ein, zu bleiben.

Der junge Mann ließ ein wummerndes Crescendo ertönen. Es wurde von spitzen Obertönen begleitet. Ich war sofort von diesem Stück gefangen. Ein stürmischer Ozean erfüllte den Raum. Ferne und unauslotbare Tiefe in mir - so fremd in dieser Wüstenstadt. So gern wäre ich davon getrieben und ertrunken.

Bedauerlicherweise gab der Guru das Zeichen, das Spiel zu unterbrechen. Die beiden Männer unterhielten sich in einem der vielen indischen Dialekte, die ich nicht verstand. Nach ein paar Minuten ging es weiter. Das Stück war nun langsamer, das Thema erschien komplexer. Mir gefiel es, aber der Guru war noch nicht zufrieden. Die Unterbrechungen des Konzertes machten mich ungeduldig. Aber der junge Mann schien lernwillig zu sein und variierte seinen musikalischen Vortrag noch einige Male.

Nach einer Weile waren die Klangfarben vielschichtiger geworden. Das Thema war unverändert. Die Musik wogte rhythmisch durch den Raum. Die Obertöne setzten sich prägnant und spitz von der Tiefe ab. Über dem Ozean ging ein Eisregen nieder.

Ich spürte den Grund für meine Unruhe. Ich wollte tanzen. Ich erhob mich langsam und probierte ein paar Schritte und Drehungen aus. Der Guru nickte wieder lächelnd. Der Musiker griff zwei- oder dreimal daneben, hatte sich aber schnell wieder in der Gewalt.

Ich tanzte. Ich improvisierte und folgte meinen Eingebungen. Da die Takte gleichbleibend waren, hatte ich nach kurzer Zeit eine kleine Choreographie heraus. Das tat mir gut. Miss Rupa und Mr. Dalman Singh hatten kein Auge auf mich. Ich tanzte wie ich wollte. Ich tanzte etwa eine halbe Stunde, bis ich mit meinen Figuren zufrieden war. Dann verließ ich grußlos den Raum. Hinter mir ebbte die Musik ab und ein Murmeln und Flüstern folgte mir die Treppe runter über den Hof.

Auf dem Heimweg kam ich an einer Galerie vorbei. Mein Blick fiel auf Kali, ihre acht Arme wie ein Rad, scharfe Klingen in ihren Händen, die durch die blutende Sonne schnitten und den Sand aufwirbelten. Ich erschrak und rannte nach Hause.

An den Abenden schrieb ich lange Briefe an Trixie. Deine Worte sind düster, schrieb sie zurück. Manchmal fürchtete ich mich. Ich fürchtete, die Welt immer weniger zu verstehen.

Die letzte Szene unseres Films wurde vorbereitet. Wir tanzten in der alten Festung. Rund um den Palast war alles abgesperrt. Unsere Bühne waren die Dächer und Balkone der alten Hawelis. Ich musste heute mit der Darstellerin der bösen Göttin Durga zusammen spielen. Ich kniete vor ihr und verbrannte Mandelzweige zu ihren Füßen. Sie tanzte vor mir mit auf und abwiegenden Armen wie ein Hippiemädchen in psychedelischer Trance. Es ängstigte mich. Ich wusste nicht, warum. Ich wartete darauf, dass sie mir das kleine Fläschchen mit dem Gift gab, mit dem ich meinen Ex-Geliebten töten sollte. Als ich es endlich hatte, sprang ich auf die Beine und tanzte davon, vielleicht für Sekunden befreit.

Ich bewegte mich an einer Fensterreihe entlang und sah mein Spiegelbild in Rot und Silber gekleidet. Zwei schnelle Drehungen, dann mein gestrecktes Bein und die Spitze meines Fußes wie eine Lanze gegen ein gutes Herz. Das künstliche stählerne Blau meiner Augen und ein wahnsinniges Lachen. Das Böse in mir, das ich gerufen hatte. Ich sah Miss Rupa hinter der Absperrung bei den Kameraleuten. Ihr Blick war beschwörend.

Ein Schatten umhüllte mich. Ein Schatten, der Schreckliches in mir hervorrief, das Gift in mir, die düsteren Worte. Hinter mir auf dem Dach ließ Durga ihre Arme auf und niedergleiten, bis ich erkannte, dass es acht Arme waren, die den bewölkten

Himmel umspannten. Mit einem Satz war ich auf den Zinnen der Mauer. Das stand nicht im Drehbuch - viel zu gefährlich. Ich tanzte Shivas Figur - den kosmischen Tänzer Nataraja. Das Kettchen an meinem Amulett riss entzwei. Kalis Mordlust schlug auf mich ein. Ich verlor das Gleichgewicht und stürzte von der Mauer auf die tiefgelegenen Felsen zu. Was auch immer in mir hausen mochte - es wollte zerschmettert sein...

In Erinnerung an Jaisalmer, Indien 2001

Traumgesichter

Es ist Nacht. Ich spaziere am Strand entlang und sehe über das dunkle Meer. Die Brandung tost gegen Sand und Felsen. Ich weiß, ich bin hier an der ostindischen Küste. Etwas Bedrückendes und Verwirrendes ist in diesem Wissen. Mein Name ist Lisa. Ich bin siebzehn Jahre alt und ich komme aus Freiburg. Was soll ich in Indien? Mein Vater wird die Antwort wissen. Ich brauche ihn nur zu fragen. Aber wo steckt er nur? Ich habe Angst.

Ich bin in unserer Hütte in Anjuna. Die dünnen Wände sind aus einfachen Brettern gezimmert. Ich lausche. Manchmal höre ich meine Eltern, wenn sie Liebe machen. Die kleinen Schreie meiner Mutter machen mich rasend. Doch heute ist alles still. Und ich will nicht an meine Mutter denken. Meine Angst wird schlimmer.

Alles wird anders um mich herum. Ich sehe durch das Treppenhaus hinunter. Im ersten Moment sind mir die hellen Fliesen fremd. Aus dem festlich erleuchteten Erdgeschoss dringen Stimmen zu mir herauf. Es ist beruhigend. Johnny kommt aus der Küche. „Die Weihnachtsgans ist gleich fertig", ruft er mir zu. Ich bin glücklich. Ich laufe auf ihn zu und umarme ihn fest. Sein Kuss erregt mich. Ich sehe Johnnys jungenhaftes Gesicht vor mir - und seine verliebten Augen. Aber Johnny gehört nicht hierher und er tut mir leid.

Ich bin mir nicht sicher, wer mich zum Weihnachtsbaum führt. Ein Amulett wird mir um den Hals gelegt. Die heilige Sarasvati rutscht zwischen meine Brüste. Die Angst ist wieder da. Sie lähmt mich. Aber da ist auch ein sehnsuchtsvolles Begehren in mir. Es treibt mich weiter. Ich greife nach sehnigen

Händen, dränge mich an eine breite athletische Brust. Raue Bartstoppeln kratzen über mein Gesicht.

Schließlich weiß ich, dass ich in meines Vaters Armen liege. Ein kurzes Glück, bis mir klar wird, dass wir nicht allein in diesem Hause sind. Ich renne über hölzerne Stufen. Das Rauschen des Meeres verfolgt mich - ein Geist, der mir im Nacken sitzt. Ich schlüpfe ins Bad und verriegele die Tür. Aber der Geist ist schon bei mir. Das Rauschen erfüllt meinen Schädel. Ich sehe mich um, hoffe auf Rettung, aber ich bin besessen, unausweichlich. Mein Blick fällt in den trüben Spiegel. Ein hübsches Gesicht blickt mich an, von dunklen Haaren umrahmt und mit großen bernsteinfarbenen Augen.

Ich habe schon zu lange in diese Augen geblickt. Es ist nicht mehr mein Gesicht, das mir da entgegen starrt. Meine Mutter betrachtet mich mit hochgezogenen Augenbrauen, geringschätzend, vorwurfsvoll und zornig zugleich...

Mit einem heftigen Ruck durchdrang ich das Tor zwischen Traum und Wirklichkeit. Ich lag neben meiner Matratze auf dem hölzernen Fußboden. Ich rappelte mich auf, ließ mich zurück auf das Laken fallen und atmete tief durch. Diese Träume kamen immer häufiger und ich wusste nur zu genau, was sie bedeuteten. Es war noch dunkel. Mein Vater würde sicher tief schlafen. In sein Schlafzimmer durfte ich nicht. Seit dem Tod meiner Mutter war vieles anders geworden, aber nicht unbedingt einfacher.

Ich würde jetzt nicht mehr einschlafen können, das wusste ich. Aber die Nacht gab mir meine Stärke zurück. Und manchmal kam es mir geradezu verschwenderisch vor, die Nacht mit Schlaf zu vergeuden. Ich ging ans Fenster und schaute über das verlassene Kloster, das mein Vater als unser neues Zuhause gemietet hatte.

Die Nächte hier in Indien waren von einer intensiven Schwere. Vor einem schwarzen Horizont tropfte in rostbraunen

Schlieren das Mond- und Sternenlicht durch die rauch- und staubgeschwängerte Luft. Es roch nach den Ausdünstungen von Tieren, nach verbranntem Müll und nach blühendem Hibiskus. „Diese Nächte sind wie das Blut einer sterbenden Göttin", hatte mir der alte Brahmane erzählt.

Ich verließ das Haus. Auf den Straßen von Udaipur trieben sich unzählige herrenlose Rinder herum. In der Dunkelheit nahm ihr Fell einen fahlen milchigen Ton an. Ihre Augen reflektierten funkelnd das wenige Licht. Sie wogten wie Geister durch die Nacht und verliehen der schlafenden Stadt den Hauch einer unwirklichen Welt.

Ich überquerte die Brücke. Mein Blick fiel auf den See und auf das große beleuchtete Lake-Palace-Hotel, das mitten im See zu schweben schien. Der Palast und der See waren für mich das Eindrucksvollste, was ich bisher in Indien gesehen hatte. Mein Vater hatte die richtige Entscheidung getroffen, hier in Udaipur unseren neuen Wohnsitz zu wählen.

Ich hastete weiter durch die engen verwinkelten Gassen, über schmale Treppen, durch Torbögen und über Hinterhöfe an den vielen kleinen Lagerfeuern vorbei, die der Nachtluft ihren rauchdurchwirkten Geschmack verliehen. Auch in der Nacht waren die Gassen von leisem Gemurmel erfüllt. Schemenhafte Gestalten umringten die Flammen, streckten die Hände darüber aus oder reichten ein Gemisch aus Brandy und Flusswasser herum.

Wie oft hatte mein Vater mich gewarnt, allein in dieser Gegend herumzustreunen. Aber was mich der alte Brahmane über die Veden und Upanishaden lehrte, ließ mich an der Grenze zwischen Tod und Leben zweifeln, und in der Unentschlossenheit dieser geträumten Welt fühlte ich mich sehr geborgen.

Ich verließ das Gewirr der Gassen und steuerte auf die breiten Ghats zu. Der See schwappte gegen die Steine und erzeugte dabei glucksende Geräusche. Im ersten Moment konnte ich niemanden sehen. Ich wollte schon enttäuscht umkehren, aber dann sah ich das schwache Glimmen in der Ecke hinter den Säulen, und ich wusste sofort, das war der alte Brahmane, der hier in den Nachtstunden heimlich Zigaretten rauchte, was in seinem Tempel verpönt war. Ich erahnte seine füllige Gestalt, die einzig von einem schmutzigen Lungi bekleidet auf den Steinen hockte. Ich erahnte auch sein rundliches bartloses Gesicht, seine kurzen grauen Haare und sein zufriedenes Lächeln.

Ich trat langsam auf ihn zu und grüßte ihn höflich. „Meditierst du, mein Herr?" Er lachte leise. Mit einer ausholenden Armbewegung zeigte er über das Ghat und den See. Die Glut der Zigarette beschrieb einen Bogen in der nächtlichen Schwärze. „Dies alles ist Meditation", antwortete er belustigt. Diese leicht ironischen Worte waren zu unserem Begrüßungsritual geworden.

Ich ließ mich neben ihm nieder und zog ein Päckchen Zigaretten aus meiner Hosentasche. Ich steckte mir eine an und übergab dem Priester den Rest. Eine Weile starrten wir schweigend über das Wasser. Wenn es irdische Fragen gab, die mich quälten, dann war es auch mein Part, das Gespräch zu eröffnen.

„Weißt du über Träume Bescheid, mein Herr?" Er wandte mir sein Gesicht zu. Ein Hauch von Langeweile lag darin. Ich überlegte, wie ich das Interesse des alten Priesters wecken konnte. „Kann man in den Träumen nicht die Götter sehen?"

Er lachte heiser und erklärte mir dann: „Vor langer Zeit lag der große ehrenwerte Vishnu in tiefem Schlaf. Der Leib der siebenköpfigen Schlange war seine Lagerstatt. Vishnu schlief und träumte. Er träumte von einem Meer, und das Meer wurde wahr. Er träumte von einem Berg, und der Berg wurde wahr. Er träumte von Tieren und Menschen, und das Leben wurde wahr. Er träumte immer weiter und träumend erschuf er die ganze Welt. Und wenn die Welt nach dem Kali-Yuga verloren ist, wird er neue Träume haben. Die Träume unseres Herrn Vishnu sind heilig."

Der Priester zündete sich eine neue Zigarette an und nahm einen tiefen Zug. Ich versuchte ihn zu verstehen. Er hockte auf den kalten Steinen, atmete den Gestank des schmutzigen Ghats und sah hinaus auf den See. Ich glaube, er war glücklich, ein kleiner Teil eines großen Traumes zu sein.

„Meine Träume sind anders", wagte ich vorsichtig das Gespräch fortzusetzen. „Ich träume von der Liebe meines Vaters." Meine Worte mochten ebenso traurig wie auch harmlos klingen. Aber der alte Brahmane verstand mich sofort.

„Die heilige Sarasvati liebte ihren Vater, den ehrenwerten Brahma, und ihre Liebe war voller Begehren. Sie starb in jungen Jahren und wurde wiedergeboren als ihre eigene Mutter. So nahm sie der viergesichtige Brahma, der in allen Zeiten zuhause ist, zur Frau."

Etwas schrie in mir auf. Ich scheute nicht den Kreislauf von Leben und Tod. Aber der Hinweis, dass ich vor dem fortwährenden Dasein meiner Mutter kapitulieren sollte, war schrecklich. Ich hatte sie getötet, aber ich konnte sie nicht vernichten. Und sie würde mir niemals verzeihen. Die entsetzliche Angst, die ich aus meinen Träumen kannte, nahm wieder Besitz von mir. „Ich muss nach Hause", sagte ich nur, sprang auf und verließ das Ghat in Richtung der engen Gassen. Die Flammen der Straßenfeuer bedrängten mich und die Nacht erschien mir irgendwie heller. Wieder in meinem Zimmer angelangt, warf ich mich aufs Bett und verfiel in einen unruhigen Schlaf.

Gegen Mittag des nächsten Tages weckte mich der Duft nach Eiern und Speck und frischem Kaffee. Ich tappte schlaftrunken die Treppe hinunter. Mein Vater hantierte in der Küche herum.

Eine Weile beobachtete ich ihn, ohne dass er mich bemerkte. Ich betrachtete seine schlanke große Gestalt in Jeans und weißem T-Shirt, sein knochiges Gesicht mit dem stets nachdenklichen und abwesenden Blick, seine dunklen lockigen Haare, die ihm bis in den Nacken fielen. Plötzlich spürte er meine Anwesenheit, drehte sich um und lächelte mir verlegen zu. Ich ging geradewegs auf ihn zu, umarmte ihn und küsste ihn auf die Wange. Es war nicht die rechte Zeit, Grenzen zu überschreiten. Ich spürte seine Hände auf meinem Rücken - unsicher, ob sie zärtlich verweilen sollten, sich aber dann nach einem kameradschaftlichen Klapps wieder zurückzogen.

Am Tisch saßen wir uns gegenüber - ängstlich, uns versehentlich mit Blicken zu streifen. Aber heute würde ich unseren Herzen nicht gestatten, Versteck zu spielen. „Denkst du noch an Mama?", fragte ich. Vielleicht hatte meine Stimme etwas zu scharf geklungen. Mein Vater sah mich erschrocken an. Er setzte seine Kaffeetasse mit lautem Klirren ab.

„So kann es nicht weitergehen, Christian." Schon vor Jahren hatte ich mir angewöhnt, meinen Vater mit Vornamen anzusprechen. Und es war mir heute wichtiger denn je. Ich hatte die Schnauze voll davon, sein kleines Mädchen zu sein. „Weißt du, was die Hindus mit ihren Toten machen?" Diese Frage schien ihn endlich aus der Reserve zu locken. Seine blauen Augen blitzten mich an.

„Nun ja", sagte er gedehnt. „Verbrannt hast du sie ja schon!" Der Zynismus in seinen Worten war unüberhörbar. Meine Mutter war bei einem Autounfall verbrannt - ein Unfall, den ich herbeigeführt hatte. Mein Vater und ich wussten beide, dass ich eine Mörderin war. Und ich habe mich oft gefragt, warum er sich damit zufrieden gab, all das zu verdrängen, anstatt mich mit wütenden Anklagen zu überschütten. Mittlerweile glaubte ich die Antwort zu wissen. Mein Vater war nicht glücklich mit meiner Mutter gewesen. Aber ich würde ihn glücklich machen. Dazu war ich fest entschlossen. Ich nahm das Gespräch wieder auf: „Die Hindus streuen die Asche ihrer Toten in den Ganges."

Mein Vater hielt meinem Blick stand und runzelte die Stirn. „Du treibst dich zu viel in den Tempeln und an den Ghats herum. Die alten Geschichten vernebeln dir den Verstand." Ich ärgerte mich. Es gelang ihm immer noch mit einem Satz, mich als ein dummes Kind hinzustellen. „Ich suche nur nach einem Weg, mit der Vergangenheit fertig zu werden", entgegnete ich.

„Ja, und dann?", fragte er aufbrausend. „Willst du mich dann vielleicht heiraten oder was? Du wirst immer verrückter, Lisa. Ich glaube allmählich, du bist wirklich krank!" Mein Vater wurde selten wütend, eigentlich nur dann, wenn es darum ging, über Gefühle zu sprechen.

„Christian, ich liebe dich", flüsterte ich.

Er schlug mit der Faust so heftig auf den Tisch, dass das Geschirr ein paar Zentimeter abhob und scheppernd zurückfiel. Dann verschwand er eilig aus der Küche. Die Tür fiel krachend ins Schloss.

Ich nahm den Bus nach Diu. Das war eine zwanzigstündige Fahrt. Ich würde zwei bis drei Tage von zu Hause weg sein. Aber darüber zerbrach ich mir nicht den Kopf. Ich war mir nicht sicher, ob mein Vater sich sorgte, dass mir unterwegs in Indien etwas passieren konnte. Immerhin wusste er, dass ich mich gut in dieser Welt zurecht fand.

Der Bus trug mich westwärts aus Rajasthan heraus und dann weiter durch die grünen Felder von Gujarathi. Es wurde dunkel. Neben mir saß ein alter Mann mit schorfiger entzündeter Kopfhaut. Er kratzte sich ständig und Wolken von Schuppen rieselten auf mich herab. Das Schwanken zwischen Ekel und Gleichmut ließ mich lange keinen Schlaf finden. Ich dachte an den Brahmanenpriester, an dieses Empfinden, nur ein Teil eines großen Traumes zu sein. Vermutlich spielte es keine

Rolle, ob man diese Welt als Traum oder als Alptraum bezeichnete. Mit diesem Gedanken schlief ich ein…

Es ist dunkel um mich herum. Ganz vage beschäftigt mich die Frage, warum es immer Nacht sein muss, wenn ich auf der Suche nach meiner Zukunft bin. Der Himmel ist von eindringlich funkelnden Sternen übersät. Die Luft ist klar. Der Smog der großen Städte ist weit weg. Das Paradies ist hier, aber die Zeit zerfließt. Ich sitze auf meines Vaters Schoß, eng an ihn gekuschelt. Er hält mich fest und warm umfangen. Wir reden darüber, wie es sein wird in dem fernen Land, zu dem wir reisen werden, für immer vielleicht. „Die Strände sind lang und breit", flüstert er in mein Ohr. „Das Meer ist warm und man kann Delfine sehen."

„Gehst du mit mir schwimmen?", frage ich. „Na klar, und die Mami kommt auch mit." Mein Glück kippt in einen Abgrund. Die Bilder lösen sich auf und verändern sich. Das Wohnzimmer in Freiburg wandelt sich erneut zur indischen Küste.

Und wieder ist es Nacht, aber die Sterne sind fort. Ein runder bleicher Mond quält sich durch den wolkenverhangenen Himmel. Ich wandere am Strand entlang, beunruhigt über das, was ich in der Schwärze der Dünen entdecken werde. Der Umriss zweier verschlungener Körper bedrängt mein Herz. Liebe ist dort im Schutze der Nacht - Liebe und Leidenschaft, gefährlich und verboten. Ich, die heimliche Zuschauerin, knie kraftlos nieder, zitternd vor Aufregung.

Und dort in der sandigen Mulde erkenne ich ein vertrautes Gesicht. Meiner Mutter Augen, Nase und Mund von Küssen bedeckt, ihre Taille, ihre Brüste von kräftigen sehnigen Händen gepackt. Und dieses Gesicht tadelt mein kindliches schuldloses Dasein. Aber das Gesicht verändert sich. Ich erkenne mich selbst, mein eigenes Gesicht, meinen eigenen Körper, der sich lustvoll unter den Zärtlichkeiten meines Vaters streckt. Und ich erschrecke über das Wagnis, meiner Sehnsucht Gestalt zu

*geben. Dann umfangen mich Lärm und Licht und reißen mich
fort...*

Der Bus rumpelte über die schmale Brücke hinüber zur Insel
Diu an der Nordwestküste Indiens. Der Meeresarm spiegelte
das weiche Licht des beginnenden Tages. An der Kaimauer
lagen die Dhows der Fischer vertäut. Im gegenüberliegenden
Fischmarkt war die Hölle los. Der Fang der letzten Nacht wurde verhökert. Ich sah hinauf zu dem einzigen Hügel der Insel,
dort, wo die beiden alten Kathedralen standen.

Vor fünfhundert Jahren war Vasco da Gama nach Indien
gesegelt. Die Menschen an der Westküste wurden gewaltsam
und brutal missioniert. Aber in den weißgetünchten portugie-
sischen Kirchen versammelten sich auch heute noch ein paar
Gläubige unter dem Christenkreuz. Wir haben meine tote Mutter erfolglos in diese Hände gegeben, denn in meinen Träumen
nahm sie Besitz von mir.

Der katholische Pfarrer zuckte gleichmütig mit den Achseln, als ich die Urne zurückverlangte. Er wusste nichts von
den Kämpfen, die ich auszufechten hatte. Noch am selben
Abend nahm ich den Bus zurück nach Udaipur. Das Paket auf
meinem Schoß hielt ich fest umklammert. Die Asche fraß sich
in mein Herz. Das Blut pochte hinter meiner heißen Stirn. Ich
betete zu Shiva, dass er mich nicht schlafen ließe. Aber Shiva
war der Gott der Zerstörung und Erneuerung. Sein Gelächter
verfolgte mich, bis ich meiner Müdigkeit erlag...

*Ich bin gefangen in einem brennenden Auto. Meine Mutter hat
mich zu sich geholt. Es ist ihr Tod, den sie mich träumen lässt.
Es ist grauenvoll und ich möchte erwachen. Aber sie entlässt
mich nicht. Hinter mir die Straße hinauf ahne ich Vater und
Tochter, die zurückbleiben werden, - entsetzt vielleicht, - Hand
in Hand vielleicht und mit der leisen unverstandenen Hoffnung,
dass jetzt alles besser wird. Ich vergehe in den Flammen, in
der Erkenntnis, allein zu sein...*

Meine Angst riss mich aus dem Schlaf und ich blickte durch spiegelndes Fensterglas in einen nebligen Morgen. Als ich viele Stunden später unser altes Kloster in Udaipur betrat, versteckte ich die Urne im Keller. Mein Vater kam aus dem Arbeitszimmer, als er meine Schritte im Flur vernahm. Er bemühte sich, böse zu sein, aber ich übersah nicht seine Erleichterung, dass ich wohlauf und in seiner Nähe war.

Ich spürte, dass unser Glück sehr nahe war. Zerstörung und Erneuerung - Shivas Macht würde mir den Weg bereiten. Der alte Brahmane würde mir das sicher erklären können. Ich hatte Hunger, betrat die Küche und bereitete Reis und Fisch und Curry zu. Der Tag war noch früh, aber diesmal hatte ich keine Eile, die Nacht zu begrüßen. Ich ging hinaus in den Garten, um den schwebenden Palast im gleißenden Mittagslicht zu bewundern. Ich lag unter blühenden Mandelbäumen, genoss einen endlosen Tag, nahm Abschied vom Licht - in Frieden.

Am späten Abend verließ ich das Haus. Der vertraute Weg am dunklen See entlang erfüllte mich mit froher Erwartung. Die Kühe, die grauen Geister der Nacht, stapften in den Straßengräben herum und fraßen Müll. Sie glotzten mich vorwurfsvoll an - mich, die sich jenseits aller Heiligkeit nur nach Liebe verzehrte, wie lächerlich.

In der schwärzlichen stickigen Luft über den Stufen des Ghats leuchtete die Glut einer Zigarettenspitze auf. „Sei willkommen, Shivas Tochter." Die Worte des alten Brahmanen verunsicherten mich. Vielleicht kannte er mein Schicksal besser als ich selbst? Und diesmal hatte er mich zuerst angesprochen. Was mochte das bedeuten? Ich begriff, was er mich gelehrt hatte - zu schweigen, wenn andere das Wort ergriffen, nicht, weil es höflicher, sondern weil es einfacher war. Ich setzte mich zu ihm auf das schmutzige Pflaster, mit dem Rücken an die Säule gelehnt. Die Urne stellte ich zwischen meine Füße ab.

Der Brahmanenpriester nahm einen tiefen Zug aus der Zigarette und warf die Kippe dann fort in den See. Er fing erneut an zu sprechen, ganz leise. Er flüsterte fast: „Einst bekämpfte der mächtige Shiva den Dämon Andhaka mit dem Schwert. Shivas Hiebe waren kraftvoll und Andhaka schien dem Ende nahe. Aber plötzlich erwuchsen aus den Blutstropfen, die die Erde berührten, immer neue Gegner, so dass sich Shiva bald einer ganzen Reihe von Dämonen gegenüber sah. Da wurde Shiva wütend. Und aus seinem dritten Auge, das zornesrot auf seiner Stirn prangte, gebar er sieben Töchter, die gierig das Blut aufsaugten, bevor es keimte und neue Ungeheuer hervorbringen konnte. Auf diese Weise wurde Andhaka doch noch besiegt."

Der Brahmane und ich blickten schweigend durch die Nacht. Lange fiel kein Wort zwischen uns, obwohl ich spürte, dass die Geschichte noch nicht zu Ende war. „Was ist aus Shivas Töchtern geworden?", wagte ich schließlich zu fragen.

„Sie wandern umher durch die Zeiten. Sie sind Göttinnen - sterben können sie nicht. In hellen Mondnächten schreien sie nach ihrem Vater. Aber Shivas Liebe gehört seiner Gefährtin Parvati. Seine Töchter hat er vergessen!"

Ich lauschte in mich hinein. Ich war nur ein Teil eines großen Traumes. Vishnu drehte sich auf der Schlange behaglich zur Seite und neue Bilder entströmten seinem Geist. Der alte Brahmane erhob sich, wünschte mir eine gute Nacht, so, als sei es gewiss, dass wir uns wieder begegnen würden, irgendwann.

Als ich allein war, öffnete ich die Urne und ließ die Asche meiner Mutter über die dunklen breiten Treppenstufen rieseln. Dann warf ich den tönernen Krug gegen die Säule, so dass er scheppernd zerbrach. Ich nahm eine scharfkantige Tonscherbe zur Hand, setzte mich auf die Stufen und ließ meine Füße ins Wasser baumeln.

Ich hatte Mühe, meine Adern zu öffnen, aber Schmerzen spürte ich kaum. Mein Blut floss über meine Hände. Kleine klebrige Ströme tropften zu Boden. Ich streckte mich rücklings auf den Steinen aus und schloss die Augen. Die Müdigkeit kam früh in dieser Nacht...

Ich sehe das Rot, das feine und verästelte Linien in die Asche zeichnet. Eine tote Seele trinkt ein junges Leben. Rostbraune Klumpen formen sich, fügen sich zu größeren Gebilden zusammen und lassen helle und schattige Flächen erkennen. Ein Gesicht lächelt mich an - bernsteinfarbene Augen, dunkles langes Haar und ein breiter kusssüchtiger Mund. Meine Mutter ist erwacht. Meine Mutter, die an meines Vaters Seite geduldet ist - sie umfängt mich, sie erdrückt mich, aber sie macht mir keine Angst mehr. Mein Atem ist ihre Kraft. Und dieser Körper ist mein Körper - mein Körper und mein Herz! Ich gebe mich hin unter sehnigen kräftigen Händen. Und ich kann nicht sterben, ich träume nur...

In Erinnerung an Udaipur, Indien 2002

Die Khmer-Königin

Während meines Traumes wusste ich im Grunde, dass ich schlief. Dennoch konnte ich nicht erwachen, denn die Schreie der Kinder zogen mich immer aufs Neue in den Alptraum zurück. Es waren Kinder, die unter Ängsten und Todesqualen litten. Dann und wann sahen sie mich an - tränennasse Augen, heiße Wangen, hohle Münder. Kinder, die mit verrenkten Gliedern im Grase lagen, Kinder, die im Fluss davon trieben, von roten Wasserwolken umsäumt. Über den zahllosen Leichen ein zernarbtes böses Gesicht. Ich versuchte zu begreifen, erkannte keinen Sinn.

Irgendwann durchdrang der Lärm der tropischen Stadt meine Schläfrigkeit. Mit einem Ruck wurde ich wach und setzte mich auf. Ich sah mich in dem kleinen Hotelzimmer um, in dem ich mich letzte Nacht einquartiert hatte, ging ans Fenster und zog die Vorhänge beiseite.

Draußen tosten Kleinlaster und Mopeds über staubige Straßen. Nicht weit von meinem Fenster entfernt gab es eine Baustelle. Männer schichteten Steine und Zementsäcke aufeinander. Eine Schar Kinder tobte und spielte im Sand. Ihre vergnügten Schreie drangen bruchstückhaft zu mir herauf. Unwillkürlich musste ich lächeln.

Gestern Abend war ich in Kambodscha gelandet. Das Land beschäftigte mich. Aus meiner Kindheit waren mir Fernsehbilder in Erinnerung, Bilder eines Krieges, den ich nicht verstand - Bilder von Soldaten, die rote Stirnbänder trugen, Maschinenpistolen im Anschlag, die geschlossene Faust zum Himmel gereckt, Bilder von hungernden, kranken und toten Menschen.

Aber da gab es noch eine andere Geschichte, die Geschichte der Königreiche, der Tempelstädte, und die Geschichte der hinduistischen Götter. Und deshalb war ich hier.

Ich ging hinaus auf die überfüllten Straßen und Gehwege, bahnte meinen Weg durch Fahrräder, Rikschas und Mopeds hindurch, quetschte mich an Obstständen, Werkstätten und Garküchen vorbei. Irgendwo in den Gassen ließ ich mich zu einem kleinen Frühstück nieder, viel zu schnell erschöpft von der frühen Hitze und der feuchten schweren Luft.

Aber ich war neugierig. Gleich nach dem Essen ließ ich mich von einem Taxi zu den Tempeln bringen, die einige Kilometer draußen weit verstreut vor der Stadt lagen. Wir kamen durch grüne lichte Wälder, bevor wir die Ruinen des Angkor-Reiches erreichten. Mit dem Tempel Angkor Tom wollte ich meine Besichtigungen beginnen.

Dort traf ich sie zum ersten Mal. Sie hockte etwas teilnahmslos an einem Verkaufsstand mit Getränken und Süßigkeiten. Sie wirkte weder jung noch alt, aber in zeitloser Weise anziehend. In ihren Augen war ein dunkler Glanz, vielleicht die Trauer um eine verlorene Liebe. Sie sah mich an, sprang auf und stellte sich mir in den Weg. Ich hob abwehrend beide Hände, denn ich wollte nichts kaufen.

Sie schüttelte verneinend den Kopf, nahm meine Hände und flüsterte mir eindringlich zu: „Du bist in Gefahr." Ich war verwirrt. Diese Masche kannte ich nicht. „Du bist in Gefahr", wiederholte sie. „Unter den Gesichtern aus Stein sollst du begraben werden. Geh nicht dorthin." „Du bist verrückt", erwiderte ich, riss mich von ihr los und marschierte entschlossen zum Eingang der Tempelanlage.

Das mehrstöckige Tempelgebäude ragte aus der grünen Ebene empor. Die schattigen Mauern und Türme hatten ein etwas bedrohliches Aussehen. Sie bestanden aus schwarz-grauen verwitterten Steinen, waren mit Ornamenten verziert, der quadratische Grundriss von Säulengängen ummantelt, Wände und Treppen teilweise eingebrochen.

Das Beeindruckendste aber waren die riesenhaften steinernen Fratzen, die an den Türmen hafteten. Von überall her fassten sie den Besucher ins Auge.

Unter den Gesichtern aus Stein sollst du begraben werden, geh nicht dorthin.

Ich schüttelte den Kopf und setzte entschlossen meinen Weg fort. Die großen Steingesichter von Angkor Thom stellten den viergesichtigen Bodhisattva Lokesvara dar. Darüber waren sich die meisten Forscher einig - eine historische Sache, und nichts, was einem unheimlich sein musste.

Aus den Ruinen wuchs der mittlere höchste Turm heraus. Er symbolisierte den heiligen Berg Meru. Vor achthundert Jahren wurde hier ein großer Khmer-König bestattet, in der Wohnstätte des weisen Hindugottes Vishnu. Aber später war das Land der Lehre Buddhas gefolgt.

Ich wanderte durch die Ruhe der alten Steine, stöberte in den engen Gängen herum, berührte die rauen schwarzen Wände und bewunderte die berühmten Reliefs. Zu den höheren Ebenen musste ich schmale ausgetretene Stufen hinaufklettern. Ein schwüler Wind aus dem grasigen Tiefland fachte die Räucherstäbchen an, die auf einem kleinen Altar aufgesteckt waren. Der beißende aromatische Geruch stieg mir in die Nase.

Nach einer Weile machte mir die Hitze zu schaffen. Ich spähte auf das weiträumige Gelände herab und suchte nach einem schattigen Platz, um mich auszuruhen. An die nördliche Seite des Tempels gelangte die Sonne nicht hin. Außerdem gab es dort noch ein paar interessante Bögen und Säulen, die ich mir anschauen wollte. Ich kletterte bis zur unteren Ebene zurück. Bevor ich mich jedoch den Säulen zuwandte, entdeckte ich eine kleinere Pagode mit einem ausladenden Dach. Kurz entschlossen ließ ich mich da nieder. Hier war es kühl. Ich atmete auf.

Im selben Augenblick ertönte ein lautes Knirschen, dann ein Grollen und Krachen von rollenden und berstenden Steinen. Nur wenige Meter vor meinen Augen kippten die jahrhundertealten Säulen und Bögen in sich zusammen. Steinquader donnerten aufeinander und polterten übereinander hinweg. Der Boden erzitterte. Dächer rissen auf und stürzten in die Tiefe. Ornamente und Reliefs zersplitterten. Touristen schrien auf und suchten das Weite. Schließlich lag alles umhüllt von einer große Wolke aus Staub.

Ich saß einfach nur da, war gebannt von der plötzlichen Zerstörung und von dem Wissen, dass ich nur zufällig und knapp dem Tod entkommen war. Die großen Fratzen von den Türmen grinsten auf mich herab und ihre leblosen Blicke durchbohrten mein Herz.

Im Hotel fiel ich in einen betäubenden Nachmittagsschlaf. Die Alpträume kamen wieder. Ich sah kleine nackte Körper mit aufgeblähten Bäuchen, sah auf derbe schmutzige Hände herab, so, als gehörten sie mir - Hände, die sich um schmale Kehlen schlossen, das Geschrei erstickten und zarte Wirbel zerquetschten. Und aus dem spiegelnden Wasser grinste mir ein entstelltes grausames Gesicht entgegen.

Wenn die Träume zu schlimm wurden, schrak ich hoch, durchgeschwitzt, heiß, und konnte mich kaum beruhigen. Ich fragte mich, warum meine Seele solche schrecklichen Bilder gebar. Irgendetwas geschah mit mir. Stunden später erwachte ich erschöpfter als zuvor. Draußen war es dunkel. Ich trat auf den Balkon hinaus. Rot-gelbe Neonlichter, ein Gewirr von Dächern, Masten, Drähten, Gerüche von Wäsche, Curry und

geschlachteten Hühnern. Stimmen und Gelächter von der Straße. Ich war allein und verloren.

Träge und hungrig tappte ich durch die Stadt. Irgendwo an
einer Kreuzung gab es eine Ansammlung von Essensständen.
Ich ließ mich auf einen der roten Plastikstühle sinken. Aus den
Woks und Suppenküchen duftete es verlockend nach Reis und
Fisch. Ich gab meine Bestellung auf und sah zu, wie Krabben
und Fischbällchen in der Gemüsebrühe gekocht wurden.

Irgendjemand setzte sich neben mich. Ein leises Erschrecken in
mir, denn noch bevor ich den Kopf wandte, wusste ich, dass
die geheimnisvolle Frau an meiner Seite war. „Mein Name ist
Chandee", sagte sie und berührte vorsichtig mit ihrer Hand
meinen Arm - so, als wollte sie mich beruhigen. „Ich kann dir
helfen", sagte sie als nächstes.

Unwillkürlich fragte ich mich, ob nicht sie selbst es war,
die mich in Schwierigkeiten brachte. Mein Essen kam auf den
Tisch und das ersparte mir erst mal eine Antwort. Während ich
aß, fiel kein Wort zwischen uns. Erst nach einigen Minuten
begann ich zu reden: „Ich wäre heute fast von einem einstür-
zenden Tempel erschlagen worden. Und wenn ich schlafe,
träume ich von toten Kindern. Was hat das zu bedeuten? Was
stimmt denn nicht mit mir?" Chandee nickte verstehend. „Die
Roten Khmer", flüsterte sie.

Verwirrt sah ich sie an. Die Roten Khmer hatten in den
70ern die Macht in Kambodscha übernommen. Sie versuchten,
einen kommunistischen Bauernstaat im Land zu errichten.
Stadtbevölkerung und Bildungsbürger wurden verfolgt, gefol-
tert und getötet. Viele Kinder kamen in Arbeitslager oder wurden zu Kindersoldaten ausgebildet. Viele wurden umgebracht
oder verhungerten. Aber das war lange her. Das erklärte meine
Träume nicht.

Chandee blickte mich an. Ich sah Mitleid und Angst in ihren dunkeln glänzenden Augen. „Der Geist eines Roten-

Khmer-Soldaten verfolgt dich. Du bist in Gefahr." Ich hatte keine Zweifel, dass es Chandee ernst meinte, aber in meinen Ohren klang das völlig absurd. Ich presste ein lautes Lachen hervor. Gleichzeitig tat es mir leid. Ich wollte Chandee nicht verletzen. Eine Zeit lang waren wir still. Sie grübelte über etwas nach.

Wir saßen an einer menschenüberfüllten Kreuzung. Das Hupkonzert der vielen Mopeds schmerzte in meinen Ohren. Aus den Bars erklang westliche Pop-Musik. Junge Ladies in Minirock und High-Heels tänzelten auf den Gehwegen. Fast hätte ich mir einen Geist in dieser Welt gewünscht. Er wäre hier ein Fremder gewesen, so wie ich.

Chandee berührte erneut meinen Arm. Ich sah sie genauer an. Sie trug eine dunkle schlichte Bluse und weite dunkle Hosen. Ihr glattes Haar war mit einer Plastikspange zusammengehalten. In ihrem ungeschminkten Gesicht gab es ein paar Fältchen. Ich versuchte zu begreifen, warum ich sie mochte. „Komm mit zu mir nach Hause, ich will dir etwas zeigen", bat sie mich. In ihrem stillen Lächeln erkannte ich das Wissen, dass wir beide nicht mehr jung genug für die schnelle Liebe waren. Aber was zum Teufel wollte sie eigentlich von mir?

Wir wanderten langsam aus der Stadt hinaus. Die Lichter und die lauten Bars blieben hinter uns zurück. Wir kamen an den geschlossenen Markthallen vorbei. Ein paar reglose Gestalten schliefen unter schmutzigen Decken. Es war unheimlich. Chandee zog mich weiter fort. Wir überquerten den Fluss und erreichten eine Ansammlung kleiner Hütten. Die Wände und Dächer waren aus Palmblättern geflochten. Kaum ein Laut war hier zu vernehmen. Unter dem Vordach ließen wir uns nieder, vor uns der schwarze ölige Fluss. Manchmal trug der Wind den Geruch von Abfällen heran.

Chandee fachte etwas Glut an, werkelte in der Hütte herum und brachte mir Tee. Er duftete nach Zitronengras und

Zimt. Ich trank in kleinen Schlucken. Es brannte in meiner Kehle, aber in meinem Magen breitete sich eine angenehme Wärme aus. Vorsichtig nahm ich unser Gespräch wieder auf. „Dieser Geist der Roten Khmer - warum sollte es der auf mich abgesehen haben?"

„Er sucht sich immer jemanden von den Fremden. Die Menschen, die hier leben, kennen starke Abwehrzauber."

„Und warum weißt du darüber Bescheid, dass mich ein solcher Geist verfolgt?"

Chandee seufzte. „Das ist eine alte Geschichte. Er lässt mich wissen, wenn er ein neues Opfer gefunden hat. Und es ist ein Spiel für ihn, ob du stirbst, oder ob ich dich retten kann."

„Dann hat es also andere gegeben vor mir?"

Chandee seufzte wieder, ohne auf meine Frage einzugehen. Ich wunderte mich, dass ich mit ihr über diese Dinge sprach, als glaubte ich selbst daran. Aber plötzlich wurde ich schläfrig, und es fiel mir schwer, mich zu konzentrieren. Ich streckte mich auf den Bastmatten aus. Chandee beugte sich zu mir und küsste mich leicht. Ihr Kuss war ohne Begehren, aber sehr zärtlich, und in ihren Augen schimmerten Tränen. „Heute wirst du meine Träume haben", hörte ich sie noch flüstern. Dann schlief ich ein und begann zu träumen.

Ich sah zwei Kinder - ein etwa 8-jähriges Mädchen und einen etwa 5-jährigen Jungen. Das Mädchen war Chandee, ich erkannte es an ihren Augen. Und sofort wusste ich auch, dass der kleine Junge, den sie fest an der Hand hielt, ihr Bruder war. Ihre Gesichter waren schmal vor Hunger. Die zerrissenen Lumpen, die sie trugen, hingen lose um ihre Schultern. Eine stumme Angst sprach aus ihren Blicken.

Am Rande des Blickfeldes tauchte eine kräftige männliche Gestalt auf, in der Uniform und mit dem Stirnband der Roten Khmer. Er lachte höhnisch und anschließend brüllte er die Kinder an. Vielleicht hatten sie Reis gestohlen, wer weiß. Die

Kinder weinten nicht, aber die Angst verwandelte ihre jungen Gesichter in Stein. Der Soldat trat dicht an sie heran und richtete seine Maschinenpistole auf sie.

Er schien es sich aber plötzlich anders zu überlegen, ließ die Maschinenpistole fallen und zog sein Bajonett aus dem Gürtel. Er packte den kleinen Jungen und warf ihn in die Luft. Ein entsetzlicher Schrei bahnte sich seinen Weg durch die Seele des Kindes, endete abrupt, als der Körper zurück nach unten fiel und von der scharfen Klinge durchbohrt wurde. Die Augen des toten Kindes waren aufgerissen. Aus seinem Munde sickerte Blut. Der Mörder hielt seinen Spieß mit dem Opfer von sich gestreckt, den ganzen Irrsinn mit brüllendem Gelächter hinaus geschrien, ein Dämon, für den keine Hölle zu finden war. Ich wusste im Schlaf, die Geschichte war noch nicht zu Ende, aber für heute war ich erlöst und fand endlich Ruhe in wohltuender stiller Dunkelheit.

Ich erwachte am nächsten Morgen. Chandee hockte an meiner Seite. Aus der Hütte roch es nach Eiern und Zwiebeln. „Was hast du mir in den Tee getan?", wollte ich wissen. Chandee antwortete nicht. Sie sah mich nur fragend an.

Ich richtete mich auf. Obwohl ich zugeben musste, dass die Träume erschreckend real gewirkt hatten, war mir jetzt an diesem strahlenden neuen Tag nicht nach Geistergeschichten zumute. Ich war mir nicht sicher, was ich glauben sollte. Aber ich wünschte mir meine Unbeschwertheit zurück.

Chandee schien zu erkennen, was in mir vorging. „Du bist in Gefahr", sagte sie wieder. „Unter den Füßen der Riesen wartet die Schlange auf dich. Geh nicht dorthin!"

Ich war es schrecklich leid, mich mit solchen trüben Gedanken auseinander zu setzen. Ich küsste Chandee auf die Wange, dankte für ihre Gastfreundschaft und verschwand Richtung Stadt, ohne mich noch mal umzusehen.

Mit einer Rikscha fuhr ich hinaus zum Tempel Praeh Khan. Langsam schritt ich auf sandigen Wegen durch den feuchten grünen Wald. Großblättrige Pflanzen und Lianen wucherten zwischen Baumkronen und Stämmen. Es begegneten mir nur wenige Menschen. Die Luftfeuchtigkeit durchtränkte meine Kleider und machte mir das Atmen schwer. Das grünumrankte Tor des Tempels kam in Sicht.

Ich stolperte durch die vorderen Gänge und erreichte einen großen Innenhof. Die vielen verschachtelten Wände waren mit gewaltigen meterdicken Wurzeln bedeckt. Manche dieser Stränge hatten die steinernen Wälle wie mit den Klauen eines Monsters in die Zange genommen und sie unter der andauernden Kraft der Jahrhunderte bersten und einstürzen lassen. Und über den zerfallenen Ruinen wuchsen die Urwaldriesen bis in eine unüberschaubare Höhe empor. Chandees Worte waren wie ein Flüstern in mir:

Unter den Füßen der Riesen wartet die Schlange auf dich. Geh nicht dorthin!

Ich hielt inne in meinem Schritt. Ich glaube, ich hatte weniger Furcht davor, von einer Schlange gebissen zu werden, als davor, dass Chandees Geschichte der Wahrheit entsprach. Ich bewaffnete mich mit einem Knüppel und ging auf die dunklen Nebenkammern zu. Lange Minuten drang ich immer weiter in die Gänge der Tempelruine vor.

In einem Kreuzgang entdeckte ich ein Shiva-Linggam, einen steinernen Phallus, der Shivas Macht demonstrierte, umgeben von einem viereckigen Becken mit Abflussrinne, in dem während der Opferriten die Milch aufgefangen wurde. Ich atmete auf. Wenn das die Schlange war, die Chandee vorausgesehen hatte, dann bedeutete sie keine Gefahr für mich. Hinter der nächsten Biegung brach Licht durch eine breite Maueröffnung. Ich trat in die Sonne hinaus.

Eine Kobra richtete sich auf einem sonnenbeschienenen Felsen auf. Ihr Hals blähte sich breit. Nervös und angriffslustig wiegte sie sich hin und her und züngelte mir entgegen. Reflexartig schlug ich mit dem Knüppel nach ihr, erwischte sie aber nur halb. Sie stieß auf mich zu, aber diesmal traf ich sie richtig. Immer wieder schlug ich mit dem Knüppel auf sie ein. Die Schlange war tot. Und ich prügelte auf etwas ein, das ich nicht wahrhaben wollte.

Nach ein paar Minuten hastete ich zur Straße zurück und ließ mich in die Stadt fahren. Ich suchte Chandee, konnte sie aber nirgends finden. Ich war völlig erschöpft von der Hitze und dem vielen Kopfzerbrechen, wanderte aber weiter ziellos durch die Gassen, versuchte mich abzulenken durch die Boutiquen, die Kunsthandwerker, die Marktstände.

Eine Hand stahl sich in meine. Ich war kaum überrascht, dass mich Chandee gefunden hatte. Es wirkte so selbstverständlich. „Ich bin froh, dich wiederzusehen", sagte sie leise, und ich wusste, es war überflüssig, ihr von der Kobra zu erzählen. Wir schlugen den Weg zu ihrer Hütte ein. „Ich mag deinen Tee nicht", murmelte ich. „Den brauchst du nicht mehr", antwortete sie, „denn mittlerweile hast du Verstand genug."

Wir ließen uns unter dem Vordach auf den Bastmatten nieder. Tatsächlich war ich so erledigt, dass ich auf der Stelle hätte einschlafen können. Ich starrte auf den trägen Fluss, in dem sich die rote Sonne spiegelte. Chandee saß hinter mir und massierte meine Schläfen. Diesmal war ich mir nicht sicher, ob ich wirklich eingeschlafen war.

Der gleißende rote Fluss wandelte sich zu einer grünen Lichtung. Ich erkannte den Soldaten mit dem aufgespießten kleinen Jungen, und sein brüllendes Gelächter bereitete mir Kopfschmerzen. Das Mädchen schaute sekundenlang zu. Ihre knochigen Schultern zitterten leicht. Ihre Miene blieb unbeweglich. Ein entsetzliches Bild für den Betrachter.

Ganz plötzlich sprang sie nach vorn, ließ sich ins Gras fallen und schnappte sich die Maschinenpistole. Der Soldat fluchte, warf den aufgespießten toten Jungen zur Seite und versuchte, das Mädchen zu packen. Aber die Kleine rollte geschickt zur Seite. Sie richtete die Waffe auf den Mörder ihres Bruders und drückte ab. Die Waffe ratterte los, zuckte unkontrolliert in den kleinen schmalen Händen des Kindes.

Die Kugeln drangen in den Körper des Mannes, hinterließen einen schmalen Graben quer über seiner Brust und zerschossen sein Gesicht. Er kippte ohne einen Schrei von sich gegeben zu haben nach hinten ins Gras, ein verrutschtes blutrotes Band in seinen Haaren und sein Gesicht voller Krater. Das Mädchen verkroch sich in den Büschen und ihre Schluchzer kündeten von dem anhaltenden Schrecken, den sie durchlitt.

Eine Weile blieb das Bild so, vielleicht um mir Zeit zu geben, um alles zu verstehen. Schließlich aber blickte ich wieder hinaus auf den Fluss, an dessen Ufer sich Chandees Hütte befand. Die Sonne war fast verschwunden. Nur ein letzter zartgelber Schimmer zerfloss in den Wellen. Chandee saß an meiner Seite und weinte. Tröstend nahm ich sie in die Arme. „Weißt du, ich habe es nie bereut“, sagte sie, „und er rächt sich an mir, indem er andere um meinetwillen in den Tod schickt. Nicht alle habe ich retten können.“

„Was können wir tun?“, wollte ich wissen.

Chandee blickte in die dämmernde Ferne. Ich ahnte, dass sie sich zu einer schweren Entscheidung durchrang. „Ich werde meine Schuld bekennen“, antwortete sie. „Und wenn du mir hilfst, wird alles gut werden, und dann hat er keine Macht mehr in dieser Welt.“

Stunden später kletterten wir durch die nächtlichen Tempelruinen von Praeh Khan. Wir hatten viele Fackeln mitgenommen, um den Weg in der Dunkelheit zu finden. Aber die Fackeln erloschen abrupt, obwohl es nicht stürmisch war. Als die verblassenden Rauchschwaden zu den mondbeschienenen Zinnen emporstiegen, glaubte ich, das zernarbte grinsende Gesicht darin zu erkennen, und die Angst lähmte mich.

Chandee berührte meinen Arm und bedeutete mir, stehen zu bleiben. Sie sah besorgt aus, und ich fürchtete, dass die Tempelruinen gleich zusammenstürzen und uns begraben würden. Chandee ging in die Hocke. Im spärlichen Licht meines Feuerzeuges zeichnete sie eine Figur in den Sand: ein schlanker Körper und anmutig angewinkelte Gliedmaßen in einem vollendeten Kreis. Chandee streute Blütenblätter darüber und ihre Lippen bewegten sich im stillen Gebet. Ich wusste, dass sie Shiva um Schutz und Hilfe anrief. Wir setzten unseren Weg durch die dunklen Gänge fort. Die Fackeln erloschen nicht mehr.

Wir erreichten den Kreuzgang, in dem das steinerne Shiva-Linggam errichtet war. Chandee entzündete ein kleines Feuer und stellte einen Topf mit Milch in die Glut. Sie gab etwas Butter dazu und wir sahen zu, wie die Butter in der Milch zerfloss. „Das ist das Ghee", erklärte Chandee, „die heilige Gabe für die Götter."

Wir saßen in dem kleinen engen Lichtkreis, den die spärlichen Flammen erzeugten, und starrten gebannt auf die schmelzende Butter. Die schäumende Milch verfärbte sich gelblich. Um uns herum war nur die stille Weite der Nacht. Das Ghee kochte. Chandee nickte zufrieden und nahm den Topf vom Feuer. Langsam goß sie das Ghee über das Shiva-Linggam. Die Opfermilch floss dampfend über die Furchen und Adern des grauen Steines und sammelte sich anschließend im Auffangbecken. Chandee hielt ihre Hände unter die Abflussrinne, ließ die gebutterte Milch hineinfließen und wusch sich damit langsam Gesicht und Haar. Erneut schöpfte sie mit den hohlen Händen von der Milch und wusch nun mein Gesicht damit. Sie nahm sich Zeit. Ich wagte kaum zu atmen. Mein Gesicht fühlte sich warm und klebrig an.

Ich probierte es selbst, fing mit meinen Händen die warme Milch auf, wusch erst mein Gesicht und anschließend Chandees Haupt. Abwechselnd bestrichen wir unsere Gesichter mit der fettigen warmen Milch. Unsere Berührungen waren vorsichtig und andächtig, schenkten Ruhe und Entspannung. Ich betrachtete den hellen öligen Schimmer von Chandees Haut und verstand, dass sie gereinigt war von ihrer Schuld.

Nach einer Weile nahmen wir uns in den Arm, hielten uns fest und atmeten auf. Alle Aufregung war vorüber. In unserem Halten war etwas Friedvolles.

Später wanderten wir durch den Wald dem Morgen entgegen. Wir hielten uns fröhlich und befreit an den Händen wie liebende Geschwister. Und hinter den Bäumen entschwand ein zernarbtes Gesicht, nur ein schwacher flüchtiger Dunst im ersten Licht.

Kambodscha und Vietnam 2008

Kein himmlisches Kind, Teil 1

Die Regenzeit kam früh in diesem Jahr. Das Wasser rauschte in warmen Schleiern aus einem bleigrauen Himmel herab. Der Tag ging zu Ende, aber das meiste Licht war ohnehin hinter den Wolken verborgen geblieben.

Chakuma, der Häuptling, verließ das Dorf. Er ließ die Lichtung und die Stimmen der Menschen hinter sich und betrat den Pfad, der sich zwischen den Baumriesen und dem Unterholz hindurch schlängelte. Diesen Weg nahmen sonst nur die jungen Männer, die in den frühen Morgenstunden nach Affen und Vögeln jagten. Chakuma lächelte in sich hinein. Er konnte es an Kraft und Ausdauer leicht mit seinen Jägern aufnehmen. Er war kaum älter als sie. Aber sein Wille und sein Stolz hatten ihn zum Häuptling gemacht. Es waren gute Jahre für das Dorf. Aber warum sollten es auch keine guten Jahre sein? In den Wäldern und in den Zwillingsströmen gab es reichlich Beute. Die Geister umgaben das Dorf mit ihrem Schutz.

Der Häuptling wandte den Blick nach oben und durchforschte das schattige Grau der Wipfel. Es hatte zu regnen aufgehört. Von den Blättern und Schlingpflanzen tropfte es in einem fort. Das weiche Wasser perlte auf Chakumas nackter Haut. Er reckte und streckte sich. Er mochte die Abende, wenn der lange Regen niederging und die Dunstschwaden in den blaugrünen Wäldern umhertrieben und seinen Körper streichelten. Das fühlte sich beinahe noch besser an als die zärtlichen Hände seiner beiden Frauen, die ihm ansonsten die Eintönigkeit der Nacht vertrieben.

Der Häuptling war zufrieden. Die Welt der Zwillingsströme war überschaubar, und er beherrschte sie gut. Er wusste, dass es dahinter noch andere Länder gab, aber das interessierte ihn nicht. Hier war er Häuptling, und sonst gab es für einen Mann nichts zu erreichen.

Trotz aller Zufriedenheit war ihm seltsam zumute. Heute Abend rief ihn etwas fort aus der Behaglichkeit seines Dorfes, etwas, das ihn in die feuchte moosige Kühle der Wälder trieb. Es war nicht üblich, dass der Häuptling seine Leute verließ, wenn die Abendfeuer entzündet wurden. Der einsame Weg reute ihn freilich nicht. Wenn es ein Verlangen gab, das gegen die Gewohnheiten sprach, dann würden die Geister die Gründe dafür schon wissen.

Der Pfad führte aus dem Dschungel heraus. Das Rauschen der Zwillingsströme drang an Chakumas Ohr. Seine nackten Füße tappten vorsichtig über den steinigen Boden. Die Dunkelheit war jetzt endgültig hereingebrochen. Chakuma konnte fast nichts mehr sehen. Aber er war mit der Gegend vertraut und hätte sie blind durchwandern können. Er ging noch ein paar Schritte weiter bis zu den hohen Felsen, die nahe des Flusses standen. Dort waren die Baumwipfel weit genug entfernt. Der Mond und ein paar vereinzelte Sterne streuten ihr Licht durch die Wolken und das schäumende Wasser reflektierte den Schein. Chakuma wusste, dass Krokodile in der Nähe waren. Und hin und wieder konnten Leoparden und Panther einen einsamen Wanderer überraschen. Er ließ sich auf den Felsen nieder und grübelte darüber nach, was er hier sollte.

In das Gurgeln und Schäumen des Flusses mischten sich die leisen fernen Klänge der Trommeln, die aus dem Wald zu ihm herüberdrangen. Am Tag unterhielten sich die Menschen im Dorf mit Worten, in der Nacht aber sprachen sie mit den Trommeln zueinander. Es gab nichts, was eine Trommel nicht ebenso gut auszudrücken vermochte wie ein Wort - keine Freude, keine Sorge. Die Trommeln sprachen vom Frieden, sie erzählten von Kochfeuern und vom süßen Bier. Chakuma fühlte sich wie ein Ausgestoßener. Für Augenblicke war es ihm, als ob er sterben sollte.

Da hörte er das Scharren und Rascheln. Das Geräusch kam aus der breiten Mulde, die das letzte Hochwasser ausgespült hatte. Dort war die Erde weich und locker. Es klang, als ob ein Gürteltier dort wühlte, aber Chakuma wusste instinktiv, dass es kein Gürteltier war. Die Geister würden sich ihm offenbaren! Der Moment war gekommen. Chakuma zwang sich, ruhig zu bleiben. Er war ein Häuptling. Seine Entschlossenheit war bekannt. Er würde mutig den Weg beschreiten, den die Geister ihm wiesen.

Die Erde brach auf. Zwei Hände, zwei Arme reckten sich aus dem Boden empor, sichelförmig gebeugt, die Handflächen hohl, die Finger geschlossen, die Nägel zentimeterlang und scharf wie Klingen - sie streckten sich dem Mond entgegen. Mit einem weiteren gleichförmigen Scharren kamen der Kopf und der Oberkörper dieses fremden Wesens aus der Erde heraus - das Gesicht einer Frau, mandelförmige Augen mit metallischem Glanz, spitze Nase, volle Lippen und die Mundwinkel leicht nach unten gezogen, eine Spur zu arrogant vielleicht. Und dann die Haare - sie wehten wie lange geringelte Schlangen um ihr Haupt, als seien sie mit eigenem Leben erfüllt. Das Haar hatte einen schwarzen Glanz wie die Kohle, die die Krieger der Steppe zum Schmelzen der Erze benutzten. Chakuma hatte solche Haare noch nie gesehen. Die Frauen seines Dorfes schoren sich ihre Kopfhaut kahl.

Die geisterhafte Frau sah ihn an. Ihr Blick war hungrig. Sie hockte in der Erde und sah ihn nur an. Ihr Blick fraß sich in seine Seele hinein. Er zitterte. Er hatte Angst und schämte sich. Die geisterhafte Frau verzog ihren Mund zu einem höhnischen Lächeln. Ihre Fangzähne waren lang und spitz wie bei den fliegenden Hunden. Aus ihren Augen schlug ihm Verachtung entgegen.

Das ärgerte ihn. Er war Chakuma, der Häuptling, und er hatte sich den Geistern gegenüber immer rechtschaffen verhalten. Die Frau in der Erde stieß ein helles lautes Lachen aus. Sie legte ihren Kopf in den Nacken und schüttelte ihre Haarpracht. Wenn sie sich lustig über ihn machen wollte, nun gut. Er würde sich nicht als Feigling erweisen. Chakuma erhob sich von seinem Felsen und ging ein paar Schritte auf sie zu.

Mit einem Satz sprang die geisterhafte Frau vollends aus der Erde heraus. Sand und Steine spritzten zur Seite. Sie stand vor ihm, etwa eine Körperlänge entfernt. Ihre Augen waren jetzt schmal und böse. Aus ihrem geöffneten Munde ertönte ein Fauchen und Knurren. Sie war gefährlich, das spürte Chakuma, verdammt gefährlich!

Aber seine Neugier übertraf seine Furcht. Erst jetzt fiel ihm auf, wie bleich die Haut dieses Wesens war. Sie war weiß wie die Knochen seiner Ahnen, die er im heiligen Schrein seines Dorfes aufbewahrte. Vielleicht war sie ein Geist aus der Ahnenwelt. Mit dieser Vermutung kam er der Wahrheit ziemlich nahe, aber das begriff er noch nicht.

„Wer bist du?", kam es flüsternd über seine Lippen.

„Ich bin Purushi."

Die Antwort wehte durch seinen Geist, und Chakuma bemerkte nicht ohne Ehrfurcht, dass dieses Wesen keine Worte gebrauchte, um sich ihm mitzuteilen.

Aus dem Wald kam das leise Tam-Tam der Trommeln. Aber die Trommeln waren weit weg. Was die Trommeln erzählten, interessierte ihn nicht mehr. Er betrachtete die Gestalt, die vor ihm stand. Purushi war schön, unsagbar schön. Ihre fremdartige Kleidung hing in verschmutzten Fetzen an ihrem Leib herunter. Ihre vollen starren Brüste reckten sich ihm entgegen, und ihre runden Hüften schrien danach, von ihm umfangen zu werden. Alles an ihr war statuenhaft perfekt, wie aus weißem Stein gemeißelt, kalt und tot, und doch voller Sinnlichkeit.

„Begehrst du mich?", fragte Purushi. In den Gedanken, die sie ihm sandte, war ein gieriges Lauern, eine durstige lüsterne Erwartung. Chakuma nickte wortlos. Er begehrte sie wohl, wenngleich er sich nicht sicher war, ob die Geister es ihm verübeln mochten, dass es ihm nach diesem Wesen aus der Erde so körperlich verlangte.

„Ich habe dich erwählt, weil du ein König unter den deinen bist. Weißt du das nicht?"

Chakuma lächelte. Er verschränkte die Arme hinter dem Kopf und ließ die Muskeln um seine Schultern spielen. Natürlich war er ein König, und natürlich wusste er, dass sie ihn erwählt hatte. Er war ja Purushis Rufen an diesem Abend gefolgt. Sie erwiderte sein Lächeln und zeigte ihm erneut ihre langen Fangzähne. Ihre Augen waren trübe und blutunterlaufen. Chakuma ließ sich nicht mehr aus der Ruhe bringen. Er mochte es durchaus, wenn die Frauen ein bisschen wild mit ihm rumtaten.

Das nächste, was in sein Bewusstsein drang, war der wahnsinnige Schmerz an seinem Hals. Purushi hielt ihn mit der Rechten an sich gepresst, und mit der Linken drückte sie seinen Kopf zur Seite. Sie hatte ihre Zähne in seinen Hals geschlagen. Er hatte gar nicht bemerkt, wie sie sich auf ihn zubewegt hatte. Nicht den Ansatz einer Bewegung hatte er gesehen. Sie musste unheimlich schnell sein, viel schneller als ein springender Panther. Sie hatte ihre Zähne in seinen Hals gegraben und trank das Blut aus seiner Schlagader.

Der Schmerz machte Chakuma benommen. Aber da war noch etwas anderes als Schmerz. Er spürte den festen weiblichen Körper. Der Körper war kalt, aber er roch nach Erde und rohem Fleisch. Das erregte ihn. Chakuma ahnte, dass Purushi über unermessliche Kräfte verfügte. Er kam gar nicht auf die Idee, sich zu wehren. In seinem Schmerz und in seinem schwindenden Leben waren mehr Hingabe und Glückseligkeit, als er je zuvor erfahren hatte.

Purushi ließ kurz von ihm ab. Sie warf ihren Kopf zurück. Ihr Gesicht war blutverschmiert. Aus ihrem Munde tropfte es auf ihre vorstehenden Brüste herab. Sie stieß ein irres kehliges Lachen aus, das über die Flüsse hallte und sich zwischen den Wäldern brach. Dann senkte sie ihre Fangzähne wieder auf Chakumas pulsierende Wunde herab. Chakuma ging in die Knie. Er krallte seine Hände in Purushis runde Hüften und bettete seinen Kopf an ihren tropfenden Brüsten. Ganz leise hörte er die Trommeln aus dem Dorf. Die Trommeln erzählten von Dämonen und von der Jagd. Das Tam-Tam entfernte sich mit seinem ersterbenden Herzschlag. Chakuma verlor das Bewusstsein…

Als er erwachte, war es noch Nacht oder vielleicht auch schon wieder. Alles tat ihm weh. Aber er nahm sich zusammen und setzte sich auf. Nicht weit von ihm entfernt auf den Felsen hockte Purushi. Sie lächelte ihn an. Sie hatte sich nur notdürftig gesäubert. Auf ihrem Gesicht und auf ihrem ganzen Körper prangten große Flecken getrockneten Blutes. Aber Purushi war schöner denn je. Das Blut stand ihrer weißen schimmernden Haut wie ein besonderer Schmuck. Ihr Haar fiel lang und weich auf ihre Schultern herab. In ihren großen dunklen Augen blitzte der Schalk.

„Na, mein König, - ich hoffe, Euer Begehren hat Euch nicht allzu sehr erschöpft?"

„Was bist du nur für ein Wesen?"

Purushi gab wieder ihr lautes kehliges Lachen von sich. Dann wurde sie plötzlich ernst und nachdenklich, und über ihr Gesicht huschte ein Schatten von Unsicherheit. „Chakuma, mein König, - ich habe dich erwählt, in die Welt der Untoten einzugehen!"

Chakuma verstand nicht so recht, was das bedeuten sollte, und er fragte sich, ob sie ihn heimlich verlachte.

Plötzlich war sie bei ihm. Wieder hatte er nicht die geringste Bewegung erkannt. Sie umarmte ihn und streichelte zärtlich sein Gesicht und seine schmerzende Wunde am Hals. Dann schlitzte sie sich selbst mit ihren scharfen Fingernägeln die Schlagader auf, umfasste Chakumas Nacken und bewegte seinen Kopf an das hervorsprudelnde Rot.

Chakuma zögerte nicht. Er trank Purushis Blut. Und schon nach dem ersten Schluck hatte er keine Fragen mehr. Sein Leben als Häuptling im Dorf bei den Menschen war vorüber. Er würde ein Untoter sein wie Purushi, und er würde die Warmblütler jagen. Er trank Purushis Blut, und seine Liebe zu ihr weitete sein Herz. Er trank und trank. Er vergaß alles Maß. Er wollte für immer mit ihr verschmelzen.

Mit ihrem Blut, das in ihn hineinströmte, durchfluteten ihn Bilder von Bergen, Wüsten und Meeren, von blonden Jünglingen und Dieben und Mördern, von fremden Städten, von Schlössern, Kirchen und Grüften. Er trank Purushis unvergängliche Schönheit und Kraft. An ihrer Seite würde er die fremden Reiche durchwandern, Hand in Hand. Purushi umfasste mit beiden Händen sein Gesicht und gebot ihm Einhalt. Er konnte sehen, wie die Wunde an ihrem Hals in wenigen Augenblicken verheilte. „Chakuma, du musst tapfer sein. Du wirst jetzt sterben, damit du ewig lebst. Und wenn du auf den Pfaden der Untoten wandelst, dann sei ein wahrer König!" Sie küsste ihn liebevoll.

Er hörte den Abschied, der in ihren Worten war, und die Angst davor verschlug ihm den Atem. Er wollte aufbegehren, er wollte ihren Kuss erwidern und sich an sie schmiegen. Er wollte sie festhalten und von ihr gehalten und getröstet sein.

Aber da tobte ein plötzliches Feuer in seinen Eingeweiden. Es zerriss ihn fast. Er krümmte sich und wälzte sich auf dem Boden. Ihm war, als würde man ihm mit glühenden Klingen den Leib zerschneiden. Mit einem unmenschlichen Schrei auf den Lippen verschied er...

Als er das nächste Mal erwachte, spürte er Erde und Sand über sich. Er wusste, dass draußen Nacht war, dass er künftig dem Sonnenlicht fern bleiben musste, und dass Purushi ihn in Sicherheit gebracht hatte. Purushi - sie würde schon auf ihn warten.

Chakuma grub sich aus der Erde frei und sah sich um. Purushi war nicht da! Er hastete wie der Wind im ganzen Land der Zwillingsströme umher, aber er konnte Purushi nicht finden. Er horchte angestrengt in sich hinein, aber ihr Wispern, das früher seinen Geist berührt hatte, blieb aus. Purushi war fort! Das war schlimm, aber der Blutdurst übertraf noch seinen Schmerz.

In der zweiten Nachthälfte durchstreifte er sein schlafendes Dorf. Er saugte seine beiden Frauen und zwei seiner Jäger bis auf den letzten Tropfen aus. Er trank in schnellen gierigen Zügen und spürte, wie sich die Herzen der jungen Körper zusammenkrampften und barsten. Dann zog er weiter stromabwärts, solange es ihm die Nacht erlaubte.

Er wollte nach Norden, wo die Wälder zu Ende waren und wo der Strom durch die Wüste führte. Dort gab es Menschen, die zwischen Pyramiden und alten Palästen wohnten. Vielleicht würde er Purushi dort finden. Er dachte an den Schimmer ihrer weißen Haut. Sterben würde er nicht mehr, aber dass die Zeit und die Wege so endlos sein mochten, beunruhigte ihn sehr.

In den folgenden Nächten wuchs seine Kraft und seine Geschicklichkeit. Nicht immer traf er auf Menschen, von deren Blut er sich ernähren konnte. Ein paar Mal musste er sich mit

Krokodilen begnügen, die er mit gespreizten Fingern auseinander riss. Ein anderes Mal erlegte er einen Löwen. Das Blut von Tieren schmeckte ihm nicht besonders. Aber es war reizvoller denn je, auf Tiere Jagd zu machen, denn sie witterten die Gefahr und nahmen Reißaus vor ihm. Manchmal suchte er Zerstreuung und Abwechslung, und dann verfolgte er rein zum Zeitvertreib einen Leoparden durch die Baumwipfel und zerschmetterte ihm mit der Faust das Rückgrat, ohne das Blut zu kosten. Früher war er Chakuma, der Häuptling gewesen, jetzt war er Chakuma, der Vampir. Das Leben einer Kreatur bedeutete ihm nichts. Er sah an sich herab und befühlte seine Glieder. Sein Körper war kalt. Seine Muskeln waren noch härter geworden. Seine Haut war schwarz geblieben. Sie glänzte so makellos wie eine polierte Skulptur aus Ebenholz. Ihm gefiel dieses Dasein.

Nur wenn der Morgen graute und er sich in die Erde eingrub, allein, schrie alles in ihm nach Purushi. Es schrie immer noch, wenn er in den traumlosen Schlaf der Untoten fiel. Sein Schrei hallte unter der Erde in die ganze Welt hinaus. Purushi! Purushi! Aber sie antwortete nicht.

Nach einigen Wochen erreichte Chakuma das Ende der Wälder. Die Zwillingsströme seiner Heimat hatten sich längst zu einem breiten, fast unüberschaubaren Fluss vereinigt. Die Menschen, die dort an den Ufern lebten, waren dunkelhäutig wie er. Chakuma ahnte, dass er Purushi hier nicht antreffen würde. Wer mochte wissen, wohin sie gegangen war? Vielleicht hatte sie sich nach Süden oder nach Westen gewandt. Vor Wut und Enttäuschung metzelte Chakuma ein ganzes Fischerdorf nieder. Der Strom färbte sich rot vom Blut der Menschen. Chakuma trank keinen Tropfen davon.

Als er den Tod um sich verschwendet hatte, ging er weinend in die Wüste hinaus. Dort vergrub er sich drei Tage und drei Nächte im Sand. Er wollte von der Welt nichts mehr wissen, wenn Purushi nicht bei ihm war. In diesen stillen Nächten dachte er das erste Mal an das eigene Ende. Aber so leicht würde ein Vampir nicht verenden, schon gar nicht aus Kummer. In der vierten Nacht hielt er es nicht mehr aus. Geduld war nicht seine Stärke. Er schoss aus dem Sand heraus wie eine Viper und jagte mit der Geschwindigkeit eines Falken nach Westen. Er rannte und rannte, nur um die Zeit und die Weite mit Sinn zu füllen.

Erst das ferne Raunen menschlicher Stimmen ließ ihn langsamer werden. Chakuma sah Ruinen am nächtlichen Horizont und schlich sich heran. Die Menschen, die er dort traf, versetzten ihn in Aufregung, denn es waren hellhäutige Menschen - vier Männer und eine Frau. Chakuma lauschte ihren Worten und sondierte ihren Geist. Sie sprachen von alten Völkern, Ausgrabungen und verborgenen Schätzen. Die Männer waren osmanische Grabräuber. Die Frau war eine griechische Sklavin.

Chakuma ließ von den Männern ab. Er widmete seine ganze Aufmerksamkeit der weißhäutigen Frau. Sie war noch sehr jung - vielleicht achtzehn, höchstens zwanzig. Ihre Haare waren lang und dunkel, und sie hatten einen Schimmer, der ihn an Purushi erinnerte. Er berührte behutsam ihre Gedanken, ohne dass sie es merkte, und erkannte ihren Namen. Sie hieß Sophia. Sie war einsam, sie war verzweifelt. Chakuma überlegte, ob sie ihm gefallen könnte. Zum Teufel mit Purushi! Er war ein König - er konnte doch jede haben! Und dieses Mädchen brauchte jemanden, der sie beschützte. Chakuma lachte leise in sich hinein. Er würde sich eine neue Gefährtin wählen, eine, die zu ihm aufschauen und ihn vergöttern würde. Er würde sein Blut mit ihr tauschen. Purushi war es nicht wert, dass er noch einen Gedanken an sie verschwendete.

Chakuma sandte ein rufendes Signal an Sophia, einen silbrig klingenden Ton, der sich in ihrer Seele ausbreitete und sie von den Männern und den Ruinen fortlockte in die Wüste hinaus. Er wartete in den Dünen auf sie. Er sah, wie sie verträumt durch die Nacht wanderte, ihr Blick dem Himmel zugewandt, so unschuldig, so rein.

Mit einem Satz war er bei ihr, stand ihr gegenüber wie aus der Tiefe gewachsen. Sie wurde fast wahnsinnig vor Schreck. Chakuma wusste, was sie sah - einen muskelbepackten Hünen, zwei Köpfe größer als sie und so schwarz wie der Teufel selbst, nur das gefletschte Raubtiergebiss leuchtend weiß im Licht unzähliger Sterne. Er spürte die Panik des Mädchens. Die Kleine war so erbärmlich. Er hätte sie mit einem Faustschlag in den Boden rammen können, aber er beherrschte sich noch. Er drang in ihre Gedanken ein und forschte nach Bosheit, Hass und Lust aber alles was er fand, waren Hilflosigkeit und Angst. Ihr Herz schien vor Schrecken verstummt zu sein.

Er zerrte sie an den Haaren zu sich heran. Als seine Zähne die Haut ihres Halses ritzten, ging ein Frösteln und Zittern durch den schlanken Leib. Chakuma fauchte und knurrte und fraß ihr mit einem Biss den halben Hals weg. Er presste seine Lippen an ihre strömende Wunde und saugte ihr mit zwei Schlucken die Hälfte ihres Blutes aus dem Körper.

Die Bilder, die von ihren Schmerzen und ihrer Todesangst ausgelöst wurden, blitzten durch seine untote Seele - ein blühender Garten, eine Ziege, ein grauhaariges altes Gesicht. Dieses Kind war so unschuldig wie ein Tautropfen in der Nacht. Sie konnte ihm keine Königin sein! Kein Vergleich mit Purushi!

Purushi - dieser Name trieb ihn zur Raserei. Er schlug seine Krallen in den Bauch seines Opfers und zerrte ihre Eingeweide heraus. Er warf das Mädchen zu Boden, drehte ihr Arme und Beine aus den Gelenken, schlug ihr den Kopf ab und stampfte die Reste des zerstörten Körpers in den Sand. Er brüllte vor Wut. Er brüllte so laut, dass es schmerzhaft in seinem Schädel dröhnte - dieses heisere animalische Gekreische, diese fauchenden und schrillen Töne, die keine menschliche Kehle hervorbrachte. Er kniete im Sand und schluchzte und weinte. Er weinte Tränen aus Blut, sein eigenes Blut, das in rostroten Linien ein Netz wie aus Narben auf seinen schwarzen Körper zeichnete. Es dauerte Stunden, bis er sich beruhigte.

Er wusste, ein Vampir sollte sich um hundert Jahre nicht scheren, die er auf seine Geliebte zu warten hatte. Aber diese Tugend besaß er nicht. Er war kein König auf den Pfaden der Untoten. Und er ahnte, dass Purushi nur eine hirnlose Bestie in ihm sah, und ihn deshalb im Lande der Zwillingsströme verlassen hatte.

Chakuma erhob sich und wanderte durch die Wüste nach Osten. Kein Vampir wandert gerne nach Osten. Der Osten beschneidet die Nacht. Chakuma wanderte weiter. Und auch als die Momente des Morgengrauens ihm alle Kraft aus den Gliedern trieben, kämpfte er sich Schritt um Schritt voran. Verbissen widerstand er der Versuchung, fünf Meter tief im Sand zu verschwinden.

Die Sonne schickte ihr erstes Licht über die Dünen. Chakuma hielt sich aufrecht und ertrug den Schmerz. Auf seiner Haut bildeten sich platzende dampfende Brandblasen. Die roten Strahlen versengten sein Fleisch. Was ihn durchhalten ließ, war sein Trachten nach Stolz.

Die Sonne stieg immer höher. Ihr Licht war eine feurige Wand, die ihm entgegen brandete. Das Licht und das Feuer umfingen ihn ganz. Die Schmerzen waren grausam. Sie pulsten in marternden Wellen durch seinen Leib. Seine Augen verglühten in seinem Schädel. Sein Fleisch brannte von seinen Knochen herunter. Er spürte den Gestank und den Rauch. In seiner Qual schrie er Purushis Namen. Purushi! Purushi!

Nach langen Sekunden fiel sein Skelett zusammen. Schreien konnte er nicht mehr. Seine Knochen entzündeten sich, und mit seinen Gebeinen verbrannte sein letzter Gedanke. Der Wüstenwind fegte seine Asche über den Sand. Sie war schwarz, und sie verwehte im weißen Licht...

An den Ramblas, Barcelona, Spanien 1999

Kein himmlisches Kind, Teil 2

„König Indra, erschlag die Schlange und verbrenn den Feind im Morgenrot!"

„Vergiss diese Worte nicht", hatte Laura mir eingebläut. „Vergiss diese Worte nicht!" Ich würde sie bestimmt nicht vergessen. Laura hatte sie mit ja oft genug wiederholt:

„König Indra, erschlag die Schlange und verbrenn den Feind im Morgenrot!"

Aber dann war Laura verschwunden, vor Tagen schon, in einer dieser scheußlichen Nächte hier in den Sümpfen. Wir mussten bescheuert gewesen sein, in dieses Land zu reisen und irgendwelchen Hirngespinsten nachzujagen. Eine wiederauferstandene Göttin, dass ich nicht lache, so ein Quatsch! Aber Laura sah das immer ein bisschen anders. „Natürlich ist das nur eine Geschichte", hatte sie gesagt, „aber es muss doch einen Grund geben, warum diese Geschichte plötzlich in aller Munde ist."

Also sind wir ins Flugzeug gestiegen und los. Ich würde Laura überall hin folgen. Ich liebte sie ja. Sie war sehr hübsch, hatte rote Haare, grüne Augen und viele Sommersprossen über der Nase. Und wenn sie mich anlächelte, konnte ich ihr keinen Wunsch mehr abschlagen.

Dann sind wir hier im sumpfigen Mündungsdelta des Ganges angekommen - unzählige Flussarme, Morast und Ungeziefer. Auf den Höhen war dichter Dschungel. Aber in den Niederungen gab es nur blattlose krumme Hölzer und stinkenden Schlick. Die salzige Flut des Ozeans drang viele Kilometer landeinwärts und ließ die Vegetation ersterben. Auf Baumstümpfen und Felsen lagen weißgraue Krusten wie die Reste eines Totenfeuers.

Zunächst hatten wir noch mit einigen Menschen gesprochen, denen die Göttin angeblich begegnet war. Von Purushi war die Rede, von einer unsterblichen Bluttrinkerin. Guter Stoff für großes Kino. Aber Laura war immer stiller und nachdenklicher geworden. Sie hatte darauf bestanden, immer weiter in die Sümpfe vorzudringen. Und sie war davon besessen gewesen, irgendetwas in diesen Sümpfen zu finden. Manchmal hatte sie diese Worte vor sich hingemurmelt:

„König Indra, erschlag die Schlange und verbrenn den Feind im Morgenrot!"

Und auf einmal war Laura verschwunden. Mitten in der Nacht war ich aufgewacht, richtig erschrocken, voller Angst. Ich hatte im dunklen Zelt umher getastet. Laura war nicht da. Ich hatte nach ihr gerufen und draußen mit der Taschenlampe nach ihr gesucht. Nichts. Sie war einfach fort.

Seither durchforstete ich den Sumpf in alle Richtungen. Ich hatte daran gedacht, Hilfe zu holen. Aber das Handy hatte kein Netz. Gott sei Dank würde uns übermorgen das Boot abholen. Früher würde leider kein Mensch hier sein. Ich hasste solche Abenteuer, aber ich musste Laura finden. Ich dachte an nichts anderes.

Ich überlegte, was passiert sein konnte. Ein Schlangenbiss vielleicht, oder ein Tiger hatte sie geholt, oder sie war im Sumpf ertrunken. Aber all das glaubte ich nicht. Laura war umsichtig und erfahren. Sie konnte sich sehr sicher in einer solchen Umgebung bewegen. Da hatte sie jahrelange Erfahrung als Ethnologin.

Ich verstand nicht, warum Laura in der Dunkelheit noch einmal fortgegangen war. Es hatte etwas mit der Nacht zu tun. Die Nacht war der Schlüssel zu diesem Rätsel. Deshalb war auch ich diesmal in der Nacht unterwegs. Am Tag hatte ich mich ausgeruht und Batterien, Fackeln und Leuchtpistolen bereit gelegt. Ich wusste nicht viel von den Sümpfen, aber natürlich wusste ich, dass es gefährlich war, nachts hier umherzuirren. Ich schlug die südliche Richtung ein. Dort war ich noch nicht gewesen.

Mangroven, Steine und Wasserläufe machten mir das Vorwärtskommen schwer. Es war Ebbe und ich versuchte die Orientierung zu behalten. Mein Rückweg konnte leicht von der herannahenden Flut abgeschnitten werden. Der Kompass, den ich bei mir trug, würde mir hoffentlich nützlich sein. An meinen Schuhen saugte der nasse klebrige Boden. Geheimnisvolle Geräusche drangen an mein Ohr - ein Gurren, Pfeifen und Klagen, kurzes helles Geschrei, dumpfe kehlige Laute. Das mochten Affen und Vögel sein, weiter nichts.

Nach zwei bis drei Stunden wurde ich langsam müde. Ich setzte mich auf einen Baumstamm um auszuruhen und überlegte, ob das klug war, was ich hier tat. Von Laura gab es keine Spur. Ich traute mich auch nicht, nach ihr zu rufen. Das würde vielleicht Raubtiere anlocken.

Der Strahl meiner Taschenlampe erfasste große Lücken zwischen den Bäumen. Wenn ich genau hinhörte, konnte ich das Glucksen und Murmeln von Wasser vernehmen. Es roch stark nach Salz und Tang. Ich rappelte mich auf und ging hundert Meter weiter durch die Dunkelheit. Plötzlich stand ich am Ufer eines breiten trägen Flussarmes.

Das Licht von Mond und Sternen beschien eine trostlose, unwirtliche Gegend. Das Wasser wirkte schwarz, fast ölig. Und aus dem Uferschlick ragten Felsen und aufgesplittertes Treibholz heraus. In diesem Gewirr hatten sich zerbrochene Möbel, Fahrräder und eine tote Ziege verfangen - ein bescheidenes Leben, das die Ebbe mit sich fortgerissen hatte. Etwas Grauenhaftes war an diesem Ort.

Ich ging ein paar Schritte näher ans Wasser heran und entdeckte in einer Senke mehrere formlose schwärzliche Leiber. Entsetzen und Übelkeit überkamen mich, als mein Verstand schließlich zuließ, dass ich dort halb verbrannte Kadaver sah, - von Mensch oder Tier, das konnte ich nicht genau erkennen. Abgerissene Glieder, Knochen und Asche. Rotbraune Strähnen, die blutverschmiert an Steinen klebten, Fellreste oder Haare vielleicht? Ich dachte an Laura - und die Angst um sie ließ mich zittern.

Aber ich hatte keine Zeit, alles genauer zu inspizieren. In der Mitte des Flusses schoss mit einem dumpfen explosionsartigen Laut eine Wasserfontäne empor. Eine Gestalt jagte in den Himmel hinauf, während die rauschende Fontäne wieder zusammenbrach und in weißer Gischt auf den Fluss herabregnete.

Ich war furchtbar erschrocken, aber ich verfolgte die Gestalt am Himmel mit meinen Blicken. Sie sauste wieder herab im ungebremsten Fall, menschenähnlich, aber doch nicht ganz Mensch; Arme, Beine, ein dichtes Fell, über und über mit Schlamm bedeckt. Mehr konnte ich nicht erkennen in den wenigen Sekunden, bis diese Gestalt mit einem lauten Platschen ins Wasser stürzte.

Ich brauchte nicht lange warten. Die Gestalt tauchte wieder auf, stieg etwa fünf Meter über dem Wasser auf und streckte sich waagerecht im schwülen Nachtwind. Jetzt sah ich deutlicher, wen oder was ich da vor mir hatte. Es war eine Frau. Sie war nackt. Aber was mir viel deutlicher auffiel, war ihr unglaublich langes Haar. Das hatte ich zunächst für ein Fell gehalten. Das Haar hing wie ein schwerer schmutziger Teppich von ihrem Kopf herab.

Sie schlug eine Rolle in der Luft, ließ sich erneut zurück ins Wasser fallen, tobte, spritzte und strampelte im Fluss umher, bis sie ihren Körper und ihr Haar vom Schlamm befreit hatte. Dann schwebte sie dicht über der Wasseroberfläche auf mich zu und kam auf einem Felsen am Ufer zum Stehen.

Das alles war unfassbar für mich, unheimlich. Aber ich wusste sofort, ich hatte gefunden, wonach ich gesucht hatte - den Grund für diese merkwürdige Geschichte und auch den Grund für Lauras Verschwinden. Und ich wusste auch, dieses Wesen war gefährlich, über alle Maßen gefährlich. Dieses Wesen verbreitete eine beklemmende Angst um sich herum - Angst vor Schmerzen und Qualen in lichtloser Ewigkeit.

„Gefalle ich dir", flüsterte die nackte Frau mir zu. Dieses Flüstern entstand direkt in meinem Kopf. Sie schickte mir ihre Gedanken. Aber das irritierte mich nur kurz. Ich betrachtete sie genauer. Ihr langes schwarzes Haar fiel wie ein Kleid um sie herab, konnte aber ihren nackten weißen Körper nicht ganz verbergen. Sie hatte eine aufreizende Figur und dennoch wirkte sie kalt und hart wie eine marmorne Statue.

„Purushi, die Bluttrinkerin", ging es mir durch den Sinn.

„So nennen mich die Menschen", antwortete sie mit ihrem Flüstern in meinem Kopf. Sie breitete die Arme aus und lachte laut und übermütig. Das Mond- und Sternenlicht verlieh ihrem Körper einen kalten fahlen Schimmer. Ihr Haar fächerte auseinander wie die Flügel eines Todesengels. Aus ihrem Mund stieß eine lange gespaltene Zunge mit zwei scharfen Hornspitzen hervor. „Diese Schlange", dachte ich.Mit einem Satz war sie bei mir, so, als hätte mein Gedanke sie in plötzliche Wut versetzt. Purushi, Göttin oder Dämon, stand mir von Angesicht zu Angesicht gegenüber. Sie roch nach feuchter Erde. Ihre Brüste stießen gegen meine Jacke. Ihre Augen blickten hart - dunkelbraune Granaten, silbrige Punkte darin, ein metallisches Glitzern. Mit ihrer Zunge tastete sie über mein Gesicht. Die

Hornspitzen schnitten leicht in meine Haut und ihr Speichel benetzte die brennenden Spuren. Ich wagte nicht, mich zu bewegen. Sie lächelte mich an.

„Und jetzt, mein Herzchen", flüsterte sie, „zeige ich dir, was ich mit deinem Liebchen gemacht habe." Ich hatte Angst, es nicht ertragen zu können. Alles zerfloss vor meinen Augen.

Andere Bilder wurden mir vorgegaukelt: Ich erkannte Laura. Ich sah sie so deutlich, als würde sie leibhaftig vor mir stehen, und gleichzeitig wusste ich, dass Purushi mir mit geistiger Kraft eine Geschichte erzählte, eine wahre Geschichte, die sich erst vor wenigen Tagen ereignet hatte. Ich sah Lauras schönes junges Gesicht, das im Schein eines Lagerfeuers leuchtete, ihre Sommersprossen und auch die tiefen steilen Falten zwischen den Augenbrauen, die immer ein Zeichen ihrer Nachdenklichkeit und Konzentration waren.

Laura hockte vor dem Feuer. Sie hielt einen Topf mit geschmolzenem Fett über den Flammen. Dabei sagte sie unverständliche Worte vor sich hin, alte Verse vermutlich, aus dem vedischen Zeitalter. Irgendwann hatte sie mir das mal erklärt, aber ich verstand nichts davon. Ihr Anblick machte mich glücklich. Für einen Moment hatte ich vollkommen vergessen, dass es nur künstlich erzeugte Bilder in meinem Geiste waren.

Laura goss das flüssige Fett ins Feuer. Die Flammen loderten prasselnd auf. Die Szenerie wurde heller, die Schatten veränderten sich. In Lauras Gesicht spiegelten sich plötzlich Erschrecken und Angst. Sie wollte etwas sagen, aber eine Hand tauchte im Blickfeld auf und legte sich über ihren Mund. Eine zweite Hand griff nach ihren Haaren und zerrte ihren Kopf und ihren ganzen Körper nach oben. Purushi hatte sie in ihre Gewalt gebracht.

Die Bilder verschwanden, aber ich wusste, dass es noch nicht vorbei war. Purushi trieb ihr Spiel mit mir. Und ich ahnte, was noch kommen würde. Die entsetzliche Angst übermannte mich. Ich ließ mich fallen. Zitternd lag ich im kalten stinkenden Schlamm. Schluchzer stiegen in meiner Kehle auf.

Purushi schwebte in einer eleganten Schraube in den Nachthimmel hinauf und gab ein vergnügtes Kreischen und Lachen von sich. Es schmerzte in meinen Ohren und ließ mich noch stärker frösteln, so als ginge ein feiner Eisregen über meinem Körper nieder. Purushi, die Bluttrinkerin, eine Göttin und eine Wahnsinnige!

Dann strömten die Bilder wieder auf mich ein: Purushi hatte Laura an den Haaren mit sich in die Höhe gerissen. Mit der Hand, mit der sie bisher Lauras Mund verschlossen hatte, riss sie nun mit einer schnellen Bewegung ihren Hals auf. Durch Lauras Körper ging ein krampfartiges Schütteln. Ihre Augen wurden groß und starr. Ihr Mund hatte sich zum Schrei geöffnet, aber es kam kein Ton heraus. Blut strömte aus der klaffenden Wunde.

Diese Brutalität war kaum auszuhalten. Ich wünschte mir eine Ohnmacht herbei, aber vielleicht würde Purushi mir diese Bilder noch bis in die tiefste Bewusstlosigkeit schicken. Der Tod mochte ein Ausweg sein - endlich sterben und nichts mehr sehen und nichts mehr fühlen müssen.

Aber es war immer noch nicht zu Ende. Ich sah, wie Purushi ihre gespaltene Zunge tief in die Wunde stieß und dann ihren Mund fest auf die sprudelnde Quelle legte und trank. Ich sah, wie dieses Monster das Blut meiner sterbenden Liebsten trank! Es waren unbeschreiblich qualvolle Sekunden, bis Laura endlich gestorben und erlöst war. Und es lag so viel Niedertracht darin, aus einem Menschen zu trinken, als sei er nur ein seelenloses Gefäß. Purushi warf Lauras toten Körper fort. Dann endlich verblassten die Bilder.

Ich würde nie vergessen, was ich da gesehen hatte. Ich hatte Laura auf grausame Weise verloren. Der Verlust erschien mir unerträglich. Aber da war auch noch ein anderes Gefühl, das allmählich stärker wurde. Der Schmerz bekam einen neuen Namen. Aus dem Schmerz wurde Hass. Der Hass ließ mich durchhalten. Der Hass ließ mein Herz weiterschlagen, noch einmal und noch einmal, bis ich wusste, dass ich das Ganze aushalten konnte, in den kommenden Augenblicken jedenfalls.

Purushis irres Gelächter schallte in meinen Ohren. Ich rappelte mich auf und sah mich um. Purushi hockte etwas weiter entfernt in der Felsensenke. Sie spielte mit den halbverbrannten Körperteilen und Knochen und streute Haare darüber. „Also, deine Braut - so hübsch wie früher ist sie wohl nicht mehr, oder?" Purushis gemeine Worte wehten durch meinen Geist. Ihre Zunge schlängelte sich aus ihrem Mund hervor, als suchte sie Erquickung am nächtlichen Tau.

„Du Schlange!", brüllte ich sie an. Dieses Wort ließ sie zusammenzucken. Sie sprang auf und wollte sich im schnellen Flug auf mich stürzen. Aber da erkannte ich, was zu tun war:

„König Indra, erschlag die Schlange und verbrenn den Feind im Morgenrot!"

Ich hatte ihr diese Worte schnell und hasserfüllt entgegen geschleudert. Purushi krümmte sich mitten im Flug zusammen und stürzte auf die schwarzen Steine. Dort blieb sie liegen und wimmerte. Das tat gut. Das tat so verdammt gut.

„König Indra, erschlag die Schlange und verbrenn den Feind im Morgenrot!"

Purushi wand sich auf den Steinen wie unter Peitschenhieben. Ich dachte über den Sinn dieser Worte nach, während ich sie wieder und wieder über meine Lippen gleiten ließ. Und mit einem Mal wusste ich, dass die ersten Sonnenstrahlen dieses

Monster vernichten würden, so, wie es die magische Formel verlangte.

Laura hatte eine Chance gehabt. Sie war vorbereitet gewesen. Aber Purushi hatte sie schnell zum Schweigen gebracht. Das würde ich ihr heimzahlen. Der Morgen konnte nicht mehr allzu fern sein. Bis dahin würde ich die nackte schwarzhaarige Bluttrinkerin mit dem Bannspruch am Boden halten. Für Laura - wie sehr hatte ich Laura geliebt! Ich würde sie rächen!

„Ich kann sie dir zurückbringen." Dieses schwache, kaum wahrnehmbare Flüstern hätte ich beinahe überhört. Ich lauschte in mich hinein und vernahm Purushis Worte erneut: „Ich kann sie dir zurückbringen." Erst wollte ich nicht hören, was sie mir da zu sagen hatte. Wütend brüllte ich den Bannspruch in die späte Nacht:

„König Indra, erschlag die Schlange und verbrenn den Feind im Morgenrot."

Die Bluttrinkerin gab langgezogene klagende Laute von sich. So, wie sie da lag, zusammengerollt auf der Seite unter ihren langen dunklen Haaren begraben, sah sie aus wie ein angeschossenes Tier. Sie hatte aber wohl gerade noch genug Kraft, mir ihre geflüsterte Botschaft zu schicken: „Ich kann sie dir zurückbringen."

Ich ließ sie nicht eine Sekunde aus den Augen und dachte darüber nach, was diese Worte bedeuten sollten. Im Grunde wusste ich es bereits, aber wie zur Bestätigung sandte Purushi mir Bilder von Knochen und Haaren und von frischem Blut, das aus ihrem eigenen Handgelenk tropfte. Ich wollte das nicht sehen. Es widerte mich an. „König Indra...", begann ich und schon waren die Bilder fort.

Laura, mein ein und alles, was würde ich in Kauf nehmen, nur damit du wieder bei mir wärst? Welcher Wahnsinn wäre das, wenn du von den Toten wieder auferstehst? Ich fragte mich, ob mich Lauras Wiederkehr glücklich machen würde. Ich hatte keine Antwort darauf, aber ich spürte eine große Versuchung.

„Ich kann sie dir zurückbringen, wenn du mich leben lässt."

Purushi handelte mit mir. Und ich musste völlig verrückt geworden sein. Ich suchte meine Sachen zusammen, warf einen Blick auf den Kompass und begab mich auf den Rückweg durch den Wald.

Bis zum Morgengrauen war sicher noch eine Stunde Zeit. Die Bluttrinkerin würde sich erholen, zu neuen Kräften kommen, und dann…? Ich hatte keine Angst mehr vor ihr. Ich hatte Angst vor mir selbst, Angst davor, ob meine Gefühle stark genug waren, stark genug für Laura.

Der Weg zurück zum Lagerplatz war überraschend einfach. Mein Kopf war voll und meine Füße fanden instinktiv die richtige Richtung. Ich verbrachte den Tag in einem Dämmerzustand vor meinem Zelt. Völlig übermüdet hatte ich mir eine Decke um meine Schultern gelegt. Mir war kalt, obwohl tropische Temperaturen herrschten. Die Sonne brachte den Schlick zum Dampfen. Ein beißender Geruch nach Verwesung drang in meine Nase. Das Licht gleißte über den salzverkrusteten Uferbänken. Dunkle Mückenschwärme wogten von hier nach da. Ich konnte nichts essen und nicht schlafen.

Als es endlich wieder dunkel wurde, streckte ich mich im Zelt auf meinem Schlafsack aus und wartete. Zwei oder drei Stunden wartete ich. Vielleicht war ich doch noch kurz eingeschlafen. Aber dann war ich hellwach und ich spürte genau, dass mein Besuch in der Nähe war. Die plötzliche Stille, eine leichte Windböe in der Luft, ein kaum merkliches Rascheln hinter dem Zelt. Ein Schatten, der sich gebückt auf den Zelteingang zubewegte.

Sie kam herein und lächelte mich an. Wiedergeborene aus Asche und Blut. Verführerische Nacktheit, langes rotes Haar, das wie ein seidenes Kleid die bleiche Haut umfloss, Sommersprossen über der Nase, ihre Augen wie dunkelgrüne Smaragde, goldene Punkte darin, ein metallisches Glitzern.

Sie beugte sich zu mir. Ihre gespaltene Zunge spielte zärtlich auf meinen Wangen. Ich betastete ihren Körper und küsste die kalte harte Brust. Meine Tränen benetzten die marmorne Haut. Ich suchte nach Liebe in mir, verzweifelt…

In Erinnerung an Shivas Töchter
aus der hinduistischen Mythologie, 2006

Der neue Mensch

Zur Erinnerung an Lord Byron und Mary Shelley

In der großen Halle ging es gespenstig zu. Das Licht der Kaminfeuer und Fackeln wurde von den eisernen Rohren und Rädern und den gläsernen Spiegeln reflektiert und gebrochen. Es wanderte in farbigen unsteten Streifen von unten nach oben über die dunklen Wände und funkelte in den hohen Fenstern mit den gotisch geschmückten Simsen. In die Farben und Helligkeit der Lichtstreifen mischten sich die feinen weißen Wolken, die hin und wieder von den Dampfmaschinen ausgestoßen wurden. Aus den Ecken der großen Halle wurde das Brummen der vielen Apparaturen zurückgeworfen.

Ich fühlte mich unwohl. Das war immer so, wenn wir hierher kamen. Vielleicht lag es an dem großen alten Gebäude. Trotz der vielen Lichtreflexe wurde die Halle nicht vollständig ausgeleuchtet. Es blieb ein Eindruck von Düsternis. Die Decke war vielleicht zehn Meter hoch und wurde von schlanken Säulen gestützt. Es roch nach dem Staub der Jahrhunderte, nach Asche und Pech und nach verbranntem Öl. Ich fror, obwohl ich sah, dass die Bediensteten in der Halle alle schweißnasse Gesichter hatten.

Ich sah hinüber zu Augusta. Sie hatte sich vom Eingang aus kommend nach links gewandt, während ich selbst nach rechts gegangen war. Mir fiel ein, dass wir das jedes Mal so handhabten, wenn wir hier erschienen. Zunächst durchschritten wir die Halle in einer vorsichtigen Kreisbewegung, aus Furcht, direkt auf die Mitte zuzusteuern. Das war wohl längst zu einem

Ritual geworden. Augusta sah blass aus. Sie sprach immer seltener mit mir. Ich machte mir Sorgen um sie.

Mary, die uns bei diesen Besuchen meistens begleitete, blieb vorn am Eingang der Halle zurück. Mit ihren prüfenden kritischen Blicken nahm sie die gesamte Szenerie auf und machte sich eifrig Notizen. Ich wusste nicht, ob ich mich auf ihr nächstes Buch freuen sollte. Es würde durch diese schauderhafte Atmosphäre inspiriert worden sein. Mary war eine Perfektionistin. Und das würde zweifelsohne dazu führen, dass sie das perfekt schauderhafte Buch veröffentlichen würde. Wir haben den neuen Menschen gesucht, überlegte ich. Was ist bloß daraus geworden?

Aber natürlich lag mir viel mehr am Herzen, was mit Augusta passierte. Ich sorgte mich um sie und fühlte mich verantwortlich für alles, was geschehen war. Was für eine Ironie! Noch vor wenigen Jahren hatte ich kühn dem Schicksal geschworen, mich niemals mit Verantwortung und Sorgen zu belasten.

Ich verstand Augusta sehr gut. Es war schon alles schwierig genug, aber dann dieser Ort... Ich hätte mir einen anderen Ort für unser Kind gewünscht. Ich hätte mir vieles anders für unser Kind gewünscht. Und es gab Tage, da war die Verzweiflung so stark, dass ich mich geradezu danach sehnte, verrückt zu werden, und nichts anderes mehr tun zu müssen als zu träumen.

Augusta und ich setzten unseren langsamen Gang an den entgegengesetzten Stirnwänden der Halle fort. Ich sah über die brummenden Maschinen und über die lichtvolle Oase im Zentrum der Halle hinweg und versuchte, Augustas Blick einzufangen. Meine Liebe zu ihr war nicht geringer geworden, im Gegenteil: Wenn ich nicht über unser Kind nachdachte, dann überlegte ich, wie ich Augusta wieder zurück in Leben führen konnte. Blitzartig gingen mir Bilder durch den Kopf - sonnenbeglänzte Inseln, Schiffe, tiefblaues Meer, helles La-

chen und herber Wein, der ganze Sinnesreichtum der helleni-
schen Welt. Wie lange war das her?

Am anderen Ende der Halle hielt Augusta ihren Kopf gesenkt. Sie erwiderte meinen Blick nicht. Ich fragte mich, ob sie
genauso einsam war wie ich. Vielleicht war ich der schlechtere
Mensch von uns beiden, weil ich unsere Schuld nicht so demü-
tig zu tragen wusste wie sie.

Wir beendeten unseren Rundgang und trafen an der
Längsseite der Halle wieder aufeinander. Die farbigen wan-
dernden Lichtreflexe zerteilten die Flächen unserer Körper und
Gesichter, als seien wir in diesem Szenario nur Ausstellungs-
stücke ohne Herz. Es blieb uns nichts anderes übrig, wir mussten uns nun der Mitte zuwenden.

Es war nicht so, dass wir keine Sehnsucht gehabt hätten.
Natürlich hatten wir Sehnsucht nach unserem Kind. Und trotz
aller Widrigkeiten freuten wir uns auf die Momente, wenn wir
unserem Kind nahe sein konnten. Möglicherweise war aber
gerade diese Sehnsucht ein Teil des Entsetzens in uns. Ein
anderer Teil war die Angst, dass unsere Liebe zu unserem Kind
nicht stark genug sein mochte. Ich hätte gern Augustas Hand
genommen, als wir auf das gepolsterte Podest im Zentrum der
Halle zusteuerten, aber ich traute mich nicht. Wie dumm wir
sind, musste ich denken, als ob alles einfacher wäre, wenn wir
unsere Zuneigung verleugneten.

Die Wissenschaftler waren natürlich schon gegangen.
Meistens waren hier zehn bis zwanzig Gelehrte beschäftigt,
aber wenn wir kamen, verließen sie ohne Hast, aber zielstrebig
den Raum, so, als sei plötzlich Mittagspause, oder als gäbe es
für heute nichts mehr zu tun. Nur ein paar dunkle schmutzige
Gestalten in den Ecken der Halle sorgten dafür, dass die Feuer
nicht ausgingen.

Wir kamen an das Podest heran. Dort lag unser Kind im wärmenden sanften Schimmer vieler Laternen. Der Kopf war ge-

waltig. Jedes Mal, wenn wir hierher kamen, war der Kopf noch ein Stückchen weiter gewachsen. Seit der Geburt waren zwei Jahre vergangen und der Kopf war jetzt dreimal so groß wie der eines Erwachsenen. Die ledrige schorfige Haut spannte sich über die riesige haarlose Schädeldecke. Wangenknochen, Nase, Mund und Kieferpartie waren hingegen so klein geblieben wie bei der Geburt. Aber zwei großflächige Augen prangten an der Vorderseite des Kopfes - ohne Pupillen, milchige eitrige Seen, die von kleinen Flechten überwuchert zu sein schienen.

Unterhalb des Kopfes war ein winziger Körper angefügt, ein kleines vertrocknetes Bäuchlein, das keine Nahrung aufnehmen konnte, winzige bewegungslose Gliedmaßen, von schwärzlichen stinkenden Wunden überzogen, zum Absterben verdammt. Die Gelehrten wussten nicht, wie lange sie den Körper noch erhalten konnten.

Aber der große Schädel strotzte vor Kraft. Er war mit Drähten und Schläuchen verbunden, die zu den Maschinen führten. In den Schläuchen pulsierte es und unter der Kopfhaut pulsierte es auch. Man konnte knotige lilafarbene Adern sehen, die sich dehnten und wieder zusammenzogen. In den pupillenlosen milchigen Augen schwammen die roten Lichtreflexe wie blutige Spritzer.

Augusta begann zu zittern. Ihre Knie gaben nach. Ich fasste sie im letzten Moment unter den Achseln und stützte sie. Sie brach in ein verzweifeltes Schluchzen aus.

„Du brauchst doch nicht traurig zu sein", sagte unser Kind. Seine Lippen bewegten sich kaum, aber ein ausgeklügeltes System von Rohren und Trichtern verstärkte das schwache Flüstern, damit wir es hören konnten. „Du brauchst doch nicht traurig zu sein", sagte unser Kind erneut. Und es war die Stimme eines alten müden Mannes, der schon alles gesehen und alles erlebt hatte.

Ich wusste nichts zu antworten. Mein Blick ruhte auf meinem Sohn und ich suchte in mir nach dem Stolz eines Vaters -

umsonst. Ich spürte, dass Mary zu uns herüber sah. In ihren Augen lag eine Verzweiflung, die ich erst in diesem Moment verstand. Sie hatte kein Mitleid mit uns. Sie war von Neid erfüllt. Sie wünschte sich nichts sehnlicher, als Mutter zu sein. Dafür hätte sie alles in Kauf genommen und dennoch blieb es ihr versagt. Wie entsetzlich dumm mussten wir ihr vorkommen.

Wir sind eine seltsame Familie, ging es mir durch den Sinn. Aber Gott ist fort und wir sind allein, daran konnte es keinen Zweifel mehr geben. Noch vor wenigen Jahren hätte uns das mit Stolz erfüllt. An diese Zeit dachte ich zurück...

Wir waren mit einem großen Segler in einem verwunschenen Ort am Rhein angekommen. Der Herbst lag in den letzten Zügen. Die Uferbänke des Flusses waren mit gelb-roten herabfallenden Blättern geschmückt. Aus den dunkelgrünen Fluten erhoben sich dunstige Schleier, die vom kalten Wind aus Nordwest über die Wellen geweht wurden, bis sie zerrissen und sich im Novembergrau des engen Tales verloren. Oben auf den scharfen Spitzen der Hänge lagen die Reste des ersten Schnees, der in der Nacht zuvor über das Land gekommen war. Unten im Flusstal setzte leichter Nieselregen ein. Die kalte Feuchtigkeit schmerzte in den Gelenken.

In den Gassen des Dorfes huschten ummantelte gebeugte Gestalten umher. Sie drehten ihre Köpfe weg vor uns Neuankömmlingen. Ich legte meinen Arm um Augustas Schultern und beobachtete gleichzeitig Mary, die ihre Stirn runzelte über das Volk unter den niedrigen Dächern. So war er wohl nicht - der neue Mensch. Wir würden weitersuchen müssen.

Die Pferdeburschen, die die Treidler-Gespanne führten, flitzten trotz des kalten ungemütlichen Wetters munter zwischen den kräftigen Rossen umher. Kaum hatten wir unseren Fuß an Land gesetzt und unser Gepäck erhalten, ertönten Pfiffe und Peitschenknallen. Der Atem der Tiere dampfte aus ihren

Nüstern. Die Gespanne ruckten an und zogen das Boot weiter gegen den starken Strom der nächsten Flussbiegung entgegen.

Mary ging schon los, um sich nach einem Gasthof umzusehen. Augusta und ich blieben aber noch am Ufer stehen und sahen dem Boot hinterher, das an langen Seilen von den Treidler-Gespannen stromaufwärts geschleppt wurde. Die Masten und Wanten bildeten ein schwarzes Skelett im trüben Licht des Nachmittags. Die grauen Segel hingen schlaff in der Takelage. Nur dann und wann bauschte eine winterliche Böe den schmutzigen Stoff, breitete ein klammes fahles Tuch über die kleiner werdenden Gestalten an Deck.

Mary rief nach uns und wir folgten ihr schließlich durch die engen Gassen zum Gasthof „Krone". Die Frauen nahmen sich ein Zimmer zusammen und ich bezog eine Kammer für mich allein. Ich überlegte, ob es verwerflich gewesen wäre, mit Augusta ein Zimmer zu teilen. Schließlich war sie meine Schwester. Aber irgendetwas hielt uns davon ab.

In der Schankstube trafen wir uns zu einem einfachen Abendessen wieder. Das Brot war hart, der Käse salzig, und der Wein schmeckte sauer nach Rebengeäst. Mary hatte wie immer ihr Notizbuch dabei. Augusta lehnte müde ihren Kopf an meine Schulter. Wir sprachen nicht viel. Ich atmete die Frische von Augustas Haut und Haar ein und beobachtete gleichzeitig Mary. Sie war eine Schönheit mit ihren blonden Strähnen und ihren hellblauen Augen und ich überlegte, ob ich mich jemals in sie verlieben könnte.

Wir waren auf dem Weg in die Schweiz zum Genfer See. Dort gab es Weitere wie uns, die sich der Kunst und der Literatur verschrieben hatten. Wir wollten einen neuen Menschen schaffen mit unserer Sprache und unseren Ideen. Ich sah durch das kleine Fenster der Schankstube hinaus in eine nächtliche erfrierende Welt. Augusta schien meine Gedanken zu lesen.

„Hier ist alles so tot, nicht wahr?" Sie hatte meine bekümmerte Stimmung erfasst und wollte mich trösten.

„Hier ist es so tot, dass selbst Gott nichts mehr zum Leben erwecken könnte", gab ich zur Antwort. Mary lachte schallend auf. „Gott nicht, aber wir schon!" Eifrig schrieb sie weiter in ihr Notizbuch. Der Wirt hinter dem Tresen bekreuzigte sich erschrocken.

Unauffällig zog ich das Laudanum aus der Innentasche meiner Jacke. Mary sah mich missbilligend an. „Das Zeug wird dir noch den Verstand rauben", schnaubte sie verächtlich. „Aber es ist doch seine Medizin", verteidigte mich Augusta. Sie hauchte mir einen fürsorglichen Kuss auf die Wange.

Als der Wirt wegsah, mischte ich das Laudanum in den sauren Wein. Fortan schmeckte er besser. Augusta und ich tranken reichlich davon. Mary warf mir strenge Blicke zu. „Arbeitest du nicht an deiner neuen Ballade?", wollte sie wissen. „Pah, nur Wortgeschiss!", spuckte ich aus.

Der kleine Kanonenofen, der kaum die Eisblumen von den Fensterscheiben vertreiben konnte, brüllte plötzlich in meinen Ohren. Das Gesicht des Wirts schmolz in die Breite. Aus seinem Fischmaul tropften dicke schwarze Käfer und seine glänzenden Hundeaugen weinten Tränen aus Blut. Ich wollte Augusta darauf aufmerksam machen, aber sie sah mich nur träumend an.

Marys schallendes Gelächter lenkte mich ab. Ihre Augen blitzten herausfordernd. Ihr blondes Haar wirbelte um ihr Gesicht. Schlanke pelzige Tiere kringelten sich plötzlich um ihren Kopf, Marder oder Wiesel vielleicht, mit glänzendem Fell. Ich ließ mich zur Seite sinken - der Schrei nach Liebe in mir von Augustas zärtlichem Streicheln in Zaum gehalten. Ihre Worte rieselten durch meine Gedanken: „Zeit fürs Bett."

Aber die Nacht war plötzlich vorbei. Eine lähmende Angst hielt mein Herz mit kalter Faust gepackt. Augusta und ich schlichen die dunkle Treppe des Gasthofs hinunter, Hand in Hand. Wir mussten fort von hier, traten hinaus ins Freie, hasteten panikerfüllt durch die schwärzlichen kalten Gassen. Was würde uns erwarten, wenn sich der erste Schimmer im Osten zum Lichtmeer weitete, wenn der Tag die Wahrheit einer schrecklichen Welt enthüllte?

Hinter den letzten Häusern schlängelte sich ein Pfad zwischen den Felsen hinauf - hinter uns ein grünes Leuchten, schmale Zungen von giftigem Speichel bedeckt, der unseren schnellen Schritten hinterher tropfte. Von den felsigen Hängen sahen wir hinunter in die Schlucht. Dort wälzte sich der schwere Strom. Das Morgenlicht floss wie geschmolzenes Silber aus den schneereichen Wolken. Im Tal stieg rauchiger Dunst auf, als sei ein Fieber in den Tiefen des gewundenen Leibes.

Atemlos erreichten wir die Höhen. Soeben stieg die Sonne in glühendem Orange über den eisblauen Feldern der Ebene auf. In der Schlucht wurden das Grau und das Grün vertrieben. Die orangefarbene Glut stürzte hinunter in den Graben. Der rauchige Dunst entwich in den Himmel und gab den Blick frei auf die harten rötlichen Schuppen der Schlange!

Die Erde bebte bis hinauf in die Ebene. Die Felsen knirschten und das Land erzitterte bis zum Horizont. Da war kein Fluss, da war der endlose massige Leib einer riesigen Schlange. Die Wirbel unter den Schuppen bewegten sich wellenförmig nach Norden. Wir sanken auf die Knie, sprachlos in unserer Angst. Ich drängte mich in Augustas Arme, suchte Schutz zwischen ihren Brüsten, wollte nach meiner Mutter schreien.

Über den fernen Biegungen der Schlucht erhob sich der breite flache Kopf des Reptils. Der Kopf wandte sich rückwärts zu uns. Aus dem Rachen schoss eine schwarze gespaltene Zunge heraus. Und der stinkende heiße Atem verbrannte die Welt...

In rot-schwarzen Schlieren zerfloss die Dunkelheit vor meinen Augen. Augusta schrie mit lauter Stimme meinen Namen und rüttelte an meiner Schulter. Zitternd richtete ich mich auf. Mary lugte durch die Zimmertür und legte ihre Stirn in Falten.

Ich sah mich in der kleinen Dachkammer um. Hinter den Eisblumen auf den Fensterscheiben schwebten die Nebelschwaden, die die schwache Wintersonne dem Wasser entzog. Augusta umarmte mich und für einige Augenblicke genoss ich die Wärme ihres Körpers. „Wir müssen weiter", zischte Mary von der Tür her. „Das Schiff steht schon bereit."

Tage und Wochen waren wir den Rhein hinauf gereist und gelangten schließlich nach Basel. Wir rasteten in der winterlichen Stadt. Ein Weiterkommen erschien vorerst nicht möglich. Die Schneemassen drängten aus den Bergen herab und machten die umliegenden Wege unpassierbar. Wir verträumten die Zeit.

Ich spazierte durch die Straßen und dachte über eine Heldengeschichte nach, die sich nicht schreiben lassen wollte. An grauen düsteren Nachmittagen blickte ich in die Schaufenster, die von Kerzen nur spärlich beleuchtet waren, und ärgerte mich über das dumme bleiche Gesicht, das mir entgegen starrte. Die Leere dieses Winters tötete mich langsam.

Nur der Schrei nach Liebe wollte nicht verstummen, der Schrei nach meiner Schwester Zärtlichkeit. Ich horchte in mich hinein, suchte nach Abscheu und Entsetzen und fand nur ein weinendes Kind. Wie oft grübelte ich darüber nach, ob Augusta meine Gefühle erwiderte, wenn sie ihre Arme um mich legte.

An einem frühen Abend kehrte ich durch den knarrenden Schnee zum Gasthaus zurück. In der Schankstube kam Mary lachend auf mich zugerannt, von grünen, blauen und silbernen Tüchern geschmückt, ein flirrendes taumelndes Wesen in übermütigem Tanze. Sie riss mir den Hut vom Kopf, küsste mich, fasste meine Hände und drehte sich mit mir im Kreise. „Eine Waldfee wird dich verführen", flüsterte sie mir atemlos zu. So hatte ich sie noch nie erlebt. Ich stieß sie von mir. „Wo ist Augusta?", wollte ich wissen.

„Hier bin ich, mein Bester", ertönte es aus der hintersten Ecke der Schankstube. Augusta erhob sich von der Bank, kam langsam auf mich zu und zeigte mir ein buntes Gebilde, das sie zwischen ihren Händen drehte.

„Was ist das?"

Augusta schüttelte ihre dunklen Haarsträhnen nach hinten und hielt das Gebilde vor ihr Gesicht. Ich erkannte eine Maske, die an den Kopf eines Rehs erinnerte. Die Augenlöcher waren mit dunkler glänzender Farbe umrandet. Hellbraune Lider aus Filz waren darüber geklebt. Wimpern aus Kupferdraht, so lang wie ein Zeigefinger, umkrönten die gesamte Augenpartie. An der Seite ragten spitze goldbesprenkelte Ohren empor. Das Maul war nach vorn gewölbt - dunkelroter glänzender Samt, schmale Lippen aus heller Ziegenhaut. Ein schwarzer Kiesel bildete die Nasenspitze. Augustas bernsteinfarbene Pupillen lugten durch die Augenlöcher und die Maske wogte hin und her. Es hatte den Anschein, als sei dieser tote Stoff von unirdischem künstlichen Leben erfüllt.

„Was sind das für Kindereien?", fragte ich.

Augusta nahm die Maske ab und ließ ihren Kopf enttäuscht an meine Brust sinken. „Verstehst du denn nicht? Morgen feiern sie Fastnacht hier." Mit einem plötzlichen Jubelschrei warf Augusta ihre Maske in die Luft und fing sie wieder auf. „Wir werden dem Winter einen gehörigen Schreck einjagen", rief sie laut. Plötzlich wurde sie wieder still. Sie zitterte leicht, als sie sich an mich schmiegte. „Ich bin so müde", sagte sie. „Ich bin so müde, auf alles zu warten." Ich hielt sie fest umfangen und genoss den Pfirsichduft ihrer Haut.

Mary räusperte sich und tänzelte um uns herum.

„Du bist so anders", sagte ich ihr.

Abrupt blieb sie stehen und starrte trotzig auf ihre Fußspitzen. „Eine Waldfee muss so sein. Eine Waldfee kann jeden kriegen, den sie haben will." Sie zögerte einen Augenblick. „Ich bin der neue Mensch. Ich will keinen Gott, ich will nur ein Baby!" Mary unterdrückte einen Schluchzer und rannte aus dem Zimmer hinaus. Wir sahen ihr sprachlos hinterher.

Am nächsten Tag taumelten wir durch das Faschingstreiben in Basel. Die Menschen, ob jung oder alt, waren verkleidet als Ritter und Landsknechte, als Prinzen und Könige, als schwarzhäutige Wilde und Indianer, als Zauberer, Hexen und gehörnte Dämonen. Sie rannten singend und schreiend durch die Gassen. An den Straßenkreuzungen standen Musiker. Der Klang von Flöten, Zimbeln und Trommeln erfüllte die ganze Stadt. Augusta und Mary trugen ihre Masken und lange wehende Umhänge, die bei dieser Kälte wohl kaum zu wärmen vermochten. Mir hatten sie den Turban eines Maharadschahs aufgesetzt, mit einer großen wippenden Pfauenfeder. Die Beiden hatten mich untergehakt und schleiften mich durch die johlende Menschenmenge. Ich muss sagen, es gefiel mir.

Auf einem großen Platz gesellten wir uns zu den Arbeitern und Fischern, tranken von dem heißen Wein, der mit Zimt und Nelken gewürzt aus großen Kesseln angeboten wurde, und tanzten im Kreis um den Brunnen. Manchmal verlor ich Augusta oder Mary aus den Augen. Zwischen schwarz bemalten Gesichtern und Sternencapes tauchten hin und wieder die grünblauen Bänder der Waldfee auf oder auch die kupfern glänzenden Augen des Rehs. Irgendwann am Nachmittag waren wir müde und durchgefroren und begaben uns auf den Heimweg.

Bei einer vornehmen Villa standen die Tore offen. Der Hausherr, ein dickbäuchiger Schweizer mit dem Kopf- und Nackenschleier eines arabischen Scheichs, winkte uns zu sich. „Der edle Herr aus Indien und sein zauberhaftes Gefolge - was haben sie anzubieten aus der fernen Welt?" Er lachte über seinen eigenen Scherz.

Einer spontanen Eingebung folgend zog ich das Fläschchen mit dem Laudanum aus meinem Mantel hervor und schwenkte es vor seinem Gesicht. „Ein gar seltener Trank von ungewöhnlichem Geschmack", ging ich auf seine Worte ein.

Der dicke Schweizer war auf Unsinn aus und lud uns mit freundlicher Miene in sein Haus ein. Wir durchschritten eine Halle und gelangten in einen großen Saal. Viele bunt gekleidete Menschen saßen bei Speis´ und Trank zusammen, schwatzten und lachten. Mehrere Kaminfeuer verbreiteten eine angenehme Wärme. Ein junger Prinz, in kostbarem Gewand und mit juwelenbestücktem Dolch gegürtet, entführte die Damen in das obere Stockwerk.

Ich ließ mich mit dem dicken Schweizer vor dem Kamin nieder. Wir teilten meinen Wundertrank. „Ihr seid nicht von hier. Wo wollt Ihr hin, mein Freund?" Unser Gastgeber war neugierig.

„Wir sind auf dem Weg zum Genfer See."

Unser Gastgeber nickte verständnisvoll. „Dort treffen sie sich, die Wegbereiter der modernen Welt." Ich sah ihn fragend an und er fuhr fort: „Ich bin Mediziner und konnte schon so manches Gebrechen heilen. Das erlaubt mir einen bescheidenen Wohlstand." Mit einer affektierten Armbewegung beschrieb er einen Bogen durch den Raum. „Aber", flüsterte er und sah mir eindringlich und ein bisschen verliebt in die Augen, „was mich wirklich interessiert, ist die Seele! Ich will die Seele im Menschen finden!"

Irgendetwas drängte in mir, ihn schallend auszulachen. Der Mann war irre. Aber er nahm es mir nicht krumm und stimmte fröhlich in mein Lachen ein. Ich war müde und mir war schwindelig. Aus dem Kamin ergoss sich ein feuerroter Fluss in den Saal. Die Gesichter der Menschen schmolzen und über ihren Köpfen schimmerten rosafarbene Schemen, die langsam zur Decke aufstiegen und dort einen wilden geisterhaften Tanz aufführten. Die Seelen entfliehen uns, ging es mir durch den Sinn. Aber es machte mir keine Angst, ich fühlte mich leichter als zuvor.

Der Doktor ergriff frenetisch meine Hand und begann sie zu küssen. Ich riss mich von ihm los und auf einmal fiel mir Augusta ein. Ich torkelte die Treppe nach oben und rief nach ihr. Über Diwane und Teppiche verstreut lagen halb entblößte Männer und Frauen, die sich liebkosten und küssten. Ihre Blicke waren trübe vom heißen Wein und süßem Tabak.

Erst bei genauerem Hinsehen erkannte ich, dass sie sich mit kleinen scharfen Messern die Haut aufschnitten, die Wunden auseinander zogen und wieder zusammenpressten, und das hervorquellende Blut aufsaugten. Blutige Schlieren vermischten sich mit Schweiß und dicker Schminke. Der Doktor war mir gefolgt und zerrte an meinem Mantel. „Wir suchen die Seele. Das müssen Sie verstehen. Wir suchen die Seele, die im Körper gefangen ist. Nur die Seele hat unsere Liebe verdient." Ich stieß ihn von mir, diesen Spinner.

Unter dem Fenster erkannte ich die Maske mit den blau-grünen Bändern. Die Hände des Prinzen suchten unter dem Umhang der Waldfee nach runden festen Formen, während er seine Zähne in ihr Handgelenkt geschlagen hatte.

Das Reh mit den kupfern glänzenden Augen und der samtigen Schnauze sprang mit einem spitzen Schrei zur Tür einer Nebenkammer, von einem gehörnten Teufel verfolgt. Ich schnitt ihnen den Weg ab, versetzte dem Beelzebub zwei Ohrfeigen und zerrte den erhitzten weiblichen Körper in die Kammer hinein. Ich warf meinen Mantel zu Boden, zerriss das Kleid meiner Liebsten und drängte mich an sie. Mein Blut rauschte in meinen Ohren. Ich hätte alles dahin gegeben für diesen Moment. Meine Seele soll dem Teufel ein Festmahl sein, dachte ich zornig, als ich den Hals und die jungen Brüste küsste.

„Mach mir ein Kind", wisperte es erwartungsvoll hinter der kunstvollen Maske. Ein jähes Begreifen ließ meinen Herzschlag stocken. Alle Lust war weg mit einem Schlag. Ich riss meinem Gegenüber die Maske herunter. Mary sah mich traurig und flehentlich an. Wütend versetzte ich ihr einen Stoß und ihre Augen füllten sich mit Tränen.

Ein Geräusch an der Tür ließ mich herumfahren. Dort stand Augusta mit ihrem dunklen zerwühlten Haar und drehte die Maske der Waldfee unschlüssig in ihren Händen. Augusta war still. Ich konnte den Schmerz in ihren Augen kaum ertragen. Und in meinem Hirn brauten sich Bilder zusammen von fremden Mündern und Zähnen, die gierig über die feuchten Stellen ihres Körpers gewandert waren. Augustas Handgelenke waren mit geronnenem Blut verschmiert. Ich küsste sie zärtlich. Wenn Gott noch lebte, würde ich darum beten, ein anderer zu sein.

Der verrückte Doktor kannte Leute am Genfer See. Er organisierte die Weiterreise und begleitete uns. Der Schnee war zum größten Teil geschmolzen und aus den Bergen fiel ein lauer Wind ins Tal. Die Rosse wieherten vergnügt, die Kutsche war schnell, und schon nach wenigen Tagen breitete sich das endlos wirkende blausilberne Tuch des Sees vor uns aus.

Wir stoppten vor einem Geisterhaus. Das alte Gemäuer war halb verfallen, aber riesengroß. Die dunklen Öffnungen der Fenster und Pforten starrten uns entgegen wie die Löcher eines Totengesichts. Die Traufen waren gesplittert. So mancher Ziegel fehlte. Der steinerne Schädel faulte vor sich hin.

Aus seinem Maul tänzelte eine weißgekleidete Magd heraus, als könne sie keine Ruhe finden in dieser Gruft und käme, um uns über den Styx zu locken. Sie begrüßte uns heiter und ungestüm mit vielen Küssen. Drinnen warteten noch andere Gestalten, griesgrämiger und ernster, als trügen sie an der Last, eine Welt zu erschaffen. Der Doktor legte mir einen Arm um

die Schultern und führte uns zu den Zimmern im Oberge-
schoss. Unter seinem Blick fühlte ich mich wie ein weicher
Käse. Augusta und Mary tuschelten und kicherten und flüchte-
ten über den langen Flur.

Später in der Dämmerung saßen wir an einer langen Tafel,
aßen gebutterten Fisch und dunkles Brot. „Für Euren wunder-
samen Trank ist reichlich gesorgt", flötete mir der Doktor über
den Tisch entgegen. Die hübsche Magd brachte mir den Krug
und ihre Locken kitzelten an meiner Wange.

Augusta saß mir gegenüber und sprach mich an: „Ich habe
ein Geschenk für dich." Sie griff unter den Tisch und holte die
Maske mit dem Rehgesicht hervor. Ich nahm sie dankbar entgegen.

Nach dem Abendmahl geleiteten uns die griesgrämigen
ernsten Geister in den Keller. Hier stiegen uns allerhand scharfe und saure Gerüche in die Nase. Im Licht von Kerzen und
Fackeln sahen wir verschiedene Tierkadaver über Tische und
Bänke verteilt. Eine Dampfmaschine zischte und stampfte vor
sich hin. Ein mechanisches Sägeblatt fraß sich mit schrillem
Gesang in die Knochen einer Wildsau. Der Doktor und seine
Freunde streuten verschiedene Pulver in grüne und gelbe Flüs-
sigkeiten. Die blechernen Schüsseln wurden erhitzt. Der Gestank nahm zu. Der irre Doktor sprang aufgeregt zwischen den
Tischen hin und her. „Wir werden euch zeigen, dass der Körper
eine Seele hat. Wir können es beweisen!"

Die zerteilten Tierkadaver wurden in metallische Vorrich-
tungen verschraubt. Ein Gewirr von Drähten führte von dem
Fleisch und den Knochen in die brodelnden Säuren und Lau-
gen. Der Doktor legte einen Hebel um. Auf den Tischen zuckten die toten Gebeine auf, von eisernen Schrauben gehalten, als
könnten sie noch entfliehen. Augusta schrie erschrocken auf.
Ich barg ihren Kopf schützend an meiner Schulter.

Mary sah sich alles sehr genau an. „Habt ihr nur Schweine?", wollte sie wissen. Der Doktor geleitete sie an einen Seziertisch mit zerteilten Fröschen. Ich aber wusste plötzlich, was in ihr vorging, und es machte mir Angst. Sie wollte die Toten erwecken in ihrer schmerzlichen Einsamkeit.

Eine Weile sahen wir zu, wie der Doktor und seine Freunde das Fleisch und die Knochen von erlegten Tieren zucken und springen ließen, wie sie trunken in ihrem Erfolg taumelten und tanzten und den Beweis der Seele feierten. Licht und Schatten in dem Gewölbe verzerrten ihre Gesichter. Augusta zitterte leicht in meinen Armen. Mary machte sich eifrig Notizen. Ich selbst beruhigte meine Nerven mit der guten Medizin, die der Doktor so großzügig für uns bereit gestellt hatte.

Irgendwann ging ich alleine raus auf die Wiese vor das Haus. Die Kühle der Nacht tat gut. Der See reflektierte das wenige Licht der Sterne und des Mondes. Ich weiß nicht, wie lange ich dort am Ufer stand, mit der Flasche in der Hand. Der Wind hinter meinem Rücken trug mir flüsternde Stimmen zu. Ich wandte mich um und sah Augusta, die auf einer Balkonbalustrade im dritten Stock balancierte. Das Bild kam mir unwirklich vor, aber ich stürzte ins Haus, um meine Schwester zu retten.

Auf der Treppe zankten sich die griesgrämigen ernsten Geister um Knochen und Felle. Der Doktor sprang mir mit verliebten Augen entgegen, aber plötzlich fiel er nach vorn auf alle Viere. Er verwandelte sich in einen Eber und aus seinem borstigen Fell wuchsen allerlei Drähte heraus. Ich gab dem Tier einen Tritt in die Seite und es rannte quiekend davon.

Durch eine offenstehende Tür sah ich Mary, die rittlings auf einer großen Puppe hockte, sich an ihr rieb und mit ihrem Menstruationsblut beschmierte. Als ich näher kam, erkannte ich ein neugeborenes Kind, schreiend und blutig, die Nabelschnur um den Hals gewickelt. Es erstickte und verstummte.

Mary packte es an den Füßen und warf es wütend an die Wand. Das Baby zerbrach mit lautem Klirren, als sei es aus Porzellan.

Auf dem obersten Flur wartete das Reh auf mich, rotsamtene Schnauze, kupfern glänzende Augen, ein zartgliedriger anmutiger Körper. Ich war beruhigt. Ich schlang meine Arme um den Hals des Tieres, streichelte den schmalen Rücken und den weichen warmen Bauch. Es war erregend.

Aber in den Duft von Wald und Moos mischten sich plötzlich Gerüche nach Wein und Käse. Das Reh zerfloss vor meinen Augen. Meine Hände umfassten die Brüste der hübschen Magd und meine Lippen küssten ihr erhitztes Gesicht. Ich gab mir Mühe, ein Begehren zu empfinden, aber draußen vor den hohen Fenstern des Treppenhauses stürzte eine weiße Gestalt in die Tiefe. Mit einem Angstschrei in der Kehle rannte ich wieder nach unten.

Unterwegs traf ich Mary. Sie hielt ein kleines Kind an der Hand. Es lächelte fröhlich, aber der Kopf saß etwas schief auf der linken Schulter. Der rechte Arm war gebrochen und nach hinten verdreht. Grüne gespreizte Froschfinger winkten mir zu. An der linken Hüfte war der breite fellbesetzte Schenkel einer Wildsau angenäht. Der Huf kratzte über das Parkett. Mary warf mir einen mit Stolz erfüllten Blick zu, beugte sich zu dem Kind herab und herzte und küsste es liebevoll.

Durch das offene Hauptportal sah ich den bewegungslosen Körper Augustas im Grase liegen. Ich lief zu ihr und warf mich weinend über sie. Aber das weiße Nachtgewand, das ich umschlungen hielt, war plötzlich leer. Die kalte Nachtluft ließ mich frösteln. Eine Hand legte sich zärtlich in meinen Nacken. „Es ist alles gut, mein Liebster. Ich bin ja bei dir." Meine Tränen versiegten. Augusta half mir auf und führte mich ins Haus zu meiner Schlafkammer. Wir küssten uns vor der Tür und die Angst ließ uns beide erbeben.

Ich bemerkte, dass der irre Doktor uns durch die offene Tür seiner Mansarde beobachtete. Unsere Blicke begegneten sich. An der Wand seines Zimmers hing ein Jesusbild, das von zwei Kerzenstummeln auf gusseisernen Haltern beleuchtet wurde. Der Doktor drückte die Flammen mit seinen Händen aus, presste seine Hände auf das heiße weiche Wachs und drückte noch fester zu, bis die eisernen Dornen durch seinen Handrücken stießen und blutige Rinnsale über seine Hände tropften. Den Schmerz verbiss er sich auf der Zunge. Ich war zu müde, um entsetzt zu sein.

Augusta und ich ließen uns auf das Kanapee in ihrem Zimmer fallen. Sie hielt meinen ausgekühlten zitternden Körper umschlungen. Wände und Zimmerdecke drehten sich. Die vorbeihuschenden Formen und Farben bereiteten mir Kopfschmerzen. Aber schließlich schlief ich ein.

Wir erwachten am nächsten Vormittag, während es im ganzen Haus noch still war. Wir sprachen kaum ein Wort miteinander, aber es war klar, dass wir uns ein anderes Leben wünschten, nur wir beide allein und weit fort von hier, wo uns niemand kannte. Schnell hatten wir gepackt und verließen das Gespensterhaus, ohne uns von irgendjemandem zu verabschieden. Ich dachte an unsere treue Freundin Mary und hoffte, sie würde uns verzeihen. An der Kreuzung zur Hauptstraße hielten wir die nächste Kutsche an und reisten südwärts Richtung Italien.

Hinter den Alpen erwartete uns der milde Sommer des Mittelmeeres. Die Zitronen und Orangen reiften und die Olivenhaine verströmten ihren intensiven würzigen Duft. Wir wohnten in einem alten Haus in Orvieto. Ich schrieb Balladen über kühne Helden und schöne Frauen, während Augusta sich von Raffael und Boticelli inspirieren ließ und lichtdurchflutete Portraits von Marktfrauen und Kindern malte. Wir tranken vom leichten frischen Wein und das Laudanum blieb unten in der Tasche verpackt. Eine Zeit lang waren wir glücklich, obwohl wir jede Berührung sorgfältig vermieden. War das der neue Mensch -

ganz und gar Geist und Ästhet, das wahre Abbild Gottes, ohne körperliche Begierde?

Eines Nachts spazierten wir zur alten Festungsmauer und sahen hinunter ins Tal. Dort leuchteten die vielen kleinen Kochfeuer der Bauern. Es war, als blickten wir über einen dunklen See, der die Sterne des Himmels widerspiegelte.

Über Dichtung und Malerei hatten wir am Tage genug geredet und über uns wagten wir nicht zu sprechen. Aber in der Schönheit dieser nächtlichen Weite erlaubten wir uns, an der Hand zu halten, und für Sekunden begegneten sich unsere verlegenen Blicke. Dann sahen wir wieder hinunter ins Tal mit den kleinen blinkenden Lichtern, als gäbe es dort eine Antwort. In diesem Moment wussten wir, es war noch nicht zu Ende.

Eine Woche später brachen wir auf und in Brindisi gingen wir an Bord eines Segelschiffes, das uns nach Griechenland bringen sollte. Der Kapitän war ein stiller ernster Mann, aber sehr höflich. Die Mannschaft machte ihre Arbeit gut. Ich freute mich auf das Abenteuer, das Ionische Meer zu durchkreuzen.

In diesen Tagen ging eine Veränderung mit Augusta vor. Der Seewind ließ ihre Wangen erröten und ihre dunkeln Locken flatterten. Sie sah aus wie eine Piratenbraut. Sie verlor ihre Schüchternheit und scherzte mit den rauen Gesellen. Oft wurde sie vom Kapitän auf die Brücke eingeladen. Dort unterhielten sie sich, während ich mich auf dem Mannschaftsdeck mit dem Notizbuch langweilte. Es gab mir einen Stich und vor dem Schlafengehen griff ich wieder zum Laudanum.

In einer stürmischen Nacht erwachte ich durch das Schaukeln des Schiffes und den heulenden Wind. Augusta war nicht in der Kajüte, also ging ich trotz Kopfschmerzen und Übelkeit an Deck, um sie zu suchen. Im Licht der Sturmlaternen erkannte ich den Kapitän, wie er breitbeinig auf der Brücke stand und seiner Mannschaft seine Befehle zurief. Augusta kauerte an der

Reling, trotzte in ihrem Rosshaarmantel dem Regen und bewunderte ihren Helden.

In meinem Kopf geriet alles durcheinander. Ich kniete mich hin, um das Gleichgewicht nicht zu verlieren und starrte hinaus auf die brüllende See. Im Osten kam ein erster fahler Schimmer auf, der durch die grauen regenschweren Wolken fiel. Der Wind formte ein großes schwarzes Maul, in dem weiße Fetzen wie Raubtierzähne blitzten und weißer Schaum heraus auf unsere Planken spritzte. Ein Meeresungeheuer vielleicht, vor dem uns die alten Dichter gewarnt hatten. Mochte es uns nur alle fressen, das ganze Schiff und alle erbärmlichen Menschlein darauf, uns allesamt!

Als wir einige Tage später an der griechischen Küste anlandeten, schien es abgemacht, dass Augusta mich nicht weiter begleiten würde. Das brauchte nicht gesagt zu werden. Zum Abschied umarmten wir uns kurz. Ich bestieg ein Fuhrwerk Richtung Trikkala. Augusta blieb an Deck bei ihrem Kapitän zurück. Ich verachtete alles sentimentale Getue und schluckte meinen Schmerz hinunter. Er brannte heiß in meinen Lungen.

Drei Wochen kletterte ich durch die griechischen Berge und besichtigte die Metheora-Klöster. Ihre himmelsnahen Sitze auf den nackten Felsen forderten mich zu einem Glauben heraus, dem ich längst schon abgeschworen hatte. Die Schönheit der Bauwerke und die wilde Landschaft berührten mich, aber es gab keinen Trost und kein Geleit für mich, nur die nackte Essenz eines Lebens in Sonne und Staub. Was suchte ich hier? Der neue Mensch und seine Angst vor dem Alleinsein - wie erbärmlich.

Auf meinen Wanderungen traf ich in einem Bergdorf ein, in dem sie Maria Himmelfahrt feierten. Es war erst Mittag, aber ich ließ mich an den Tischen nieder und stürzte Unmengen von dem harzigen Wein in mich hinein. Ich sah den hübschen Mädchen und Burschen zu, die sich in bunten Kostümen im Tanze drehten. Die schwirrenden Klänge der Bouzoukis dirigierten ihre Schritte. Auf den Bänken vor den Tavernen hockten die Alten und beäugten ihre Töchter und Söhne misstrauisch.

Ich mischte den Wein mit meiner Medizin. Die Saitenklänge stachen in meinen Schädel. Die Sonne schwamm in lavendelfarbenen Wolken. Die Tanzenden sprangen auf allen Vieren umher und turnten über Tische und Bänke. Böcke und Rehe stiegen übereinander und paarten sich in der Dämmerung auf dem Marktplatz. Ein Minotaurus mit langen spitzen Hörnern trampelte dazwischen und trieb das kopulierende Wild auseinander. Sein Gebrüll tat meinen Ohren weh. Starke Arme schleiften mich zu einem Brunnen. Mit dem Kopf unter Wasser träumte ich von kupfern glänzenden Augen.

Eine vertraute Stimme rief meinen Namen. Schmale Hände streichelten meine zitternden Schultern und dunkle Locken trockneten mein nasses Gesicht. Augusta war gekommen. Sie führte mich an der Hand aus dem Dorf heraus wie einen wankenden Tanzbären. In den Gärten hatten wir unser erstes gemeinsames Bett. Wir klammerten uns nackt aneinander und weinten befreit in den Minuten der Lust.

Am nächsten Morgen blinzelte ich in die Sonne. Eine Sekunde lang war ich von dem Schrecken gepackt, alles nur geträumt zu haben. Aber meine Schwester schlief neben mir in der Ackerkrume. Ihr weißer nackter Körper ließ gleich auf's Neue mein Begehren erwachen. Ich küsste und streichelte ihre spitzen Brüste. Augusta erwachte mit einem verschmitzten Lächeln auf den Lippen und schlang ihre Arme um mich.

Ein Jahr später waren wir nach London zurückgekehrt. Unser Kind sollte hier zur Welt kommen. Hier kannten wir teure und gute Ärzte, die nicht fragten, aber gute Arbeit leisteten. Vielleicht hatten wir schon geahnt, dass wir Verantwortung übernehmen mussten für diese Freiheit, die wir uns erlaubten.

So standen wir also nun in dieser düsteren Halle. Die Maschinen brummten und zischten um uns herum. Das Licht der Fackeln und Kerzen schimmerte auf Metall und Glas. In den Schläuchen gurgelte eine Flüssigkeit, deren Zusammensetzung wir nicht verstanden, und von den Drähten ging ein Knistern und Glühen aus.

Unser Kind mit dem gewaltigen aufgedunsenen Kopf lag vor uns in einem roten wärmenden Licht. Die kleinen Beinchen neigten sich leicht zur Seite. Zum Strampeln waren sie viel zu dürr und zu kraftlos. Augusta weinte still in sich hinein. Ich wusste, sie mochte es nicht, wenn ich sie in solchen Momenten berührte.

„Ihr sollt doch nicht traurig sein", flüsterte unser Kind.

Ich horchte in mich hinein. Ich wusste nicht, was ich empfinden sollte. Da begegnete ich Marys Blick, die vom Eingang her gebannt zu uns herüber starrte. Mary hatte die Patenschaft für unser Kind übernommen und ich hatte lange nicht verstanden, was sie dazu bewogen hatte. Aber in diesem Moment wurde mir etwas klar. In diesem Moment verstand ich alles. Ich beugte mich zu unserem Kind herab, küsste das vertrocknete kleine Bäuchlein, küsste die große schwulstige Stirn und strich über die winzigen knochigen Finger.

Dann drehte ich mich zu Augusta um, sah ihr direkt in die Augen, umarmte sie fest, so lange, so fest, bis sie nachgab, bis sie weich wurde, bis sie sich seufzend an mich schmiegte und meinen zärtlichen Kuss erwiderte. Dann standen wir Hand in Hand beieinander und betrachteten unser Kind.

Wir sind vor Gott geflohen. Unser Kind war der neue Mensch. Unser Kind war das Zeichen unseres Mutes und unserer Liebe. Und die Freiheit - die würden wir weiter suchen.

Sankt Goar, Mittelrheintal 2009

Hummelflug

In Bewunderung für Haruki Murakami

Ich liebte Sabine sehr. Eine bessere Frau konnte man sich gar nicht wünschen. Und eigentlich verstand ich nicht so recht, warum wir uns an diesem Morgen überhaupt gestritten hatten. Normalerweise waren wir ein vorbildliches Paar. Wenn Freunde zu Besuch kamen, brachten sie das immer etwas neidisch zum Ausdruck.

Vielleicht war es nur so, dass wir uns zu oft auf der Pelle hockten. Wir lebten in einem Dorf in einer großen alten Villa am Waldrand. Das Haus gehörte Sabines Onkel, der immer in fernen Ländern auf Reisen war. Er hatte uns aufgetragen, auf das Haus und auf seine Kunstsammlung aufzupassen. Und er bezahlte nicht schlecht dafür. Ein Mal in der Woche staubten wir also die Skulpturen ab. Manchmal musste der Rasen gemäht werden. Sonst gab es eigentlich nicht viel zu tun.

Ich hatte Sabine schon oft gefragt, ob wir nicht von hier verschwinden sollten, irgendwo anders hin, wo es interessanter war. Aber dann hatte sie mich immer mit tieftraurigen Augen vorwurfsvoll angesehen. „Du willst uns wohl alle ins Unglück stürzen", hatte sie dann gesagt.

Da fielen mir natürlich wieder die Worte ihres Onkels ein. Er hatte verlangt, dass wir alle drei Tage eine getrocknete Rose, die normalerweise in der Bibliothek über dem Schreibtisch hing, in den Flur bringen und vor den Garderobenspiegel legen. Dort durfte sie aber nicht länger als dreizehn Minuten liegen bleiben und musste dann sofort wieder an ihren ursprünglichen Platz zurückgebracht werden. Sollte das nicht geschehen, würde ein großes Unglück über die ganze Welt hereinbrechen.

Man kann zweifellos sagen, dass das eine ziemlich blöde Marotte von diesem Onkel war.

Am meisten ärgerte mich natürlich, dass wir nie länger als drei Tage verreisen konnten, zumindest nicht zu zweit. Aber Sabine wäre auch alleine nicht länger fortgeblieben. Wir hatten nie darüber gesprochen, aber ich glaube, sie traute mir nicht zu, dass ich das Ritual mit der Rose auch dann ordnungsgemäß durchführen würde, wenn sie einmal nicht dabei sein sollte. Diese bekloppte vertrocknete Rose - das war ein wunder Punkt zwischen uns.

Heute früh lagen wir nach unserem zärtlichen Liebesspiel noch lange aneinander gekuschelt im warmen Bett. Ich war glücklich. Es ging mir gut. In solchen Momenten mache ich gerne große Pläne. Da unterscheiden wir uns, Sabine und ich. Sie ist völlig bescheiden und immer mit dem zufrieden, was sie im Moment gerade hat.

Ich streckte mich also genießerisch im Bett, während die Sonne durchs Fenster schien und draußen die Vögel zwitscherten. „Wie wär´s, wenn wir mal Urlaub machen würden. Vielleicht in China oder so?" Das hab´ ich einfach nur so daher gesagt, war ja noch keine feste Entscheidung, nur ´ne spontane Idee, die einfach so angeflogen kam.

Aber Sabine rastete völlig aus. Sie sprang aus dem Bett und hüpfte nackt wie sie war zwischen der Kommode und dem Kleiderschrank hin und her. „Wie kannst du mir so was antun?", schrie sie mich an. „Wie kannst du nur so gemein sein?" Ihre Brüste wippten auf und ab. Es hätte etwas Vergnügliches gehabt, aber natürlich war ich erschrocken über ihren Wutausbruch.

Ich überlegte, wie ich Sabine besänftigen konnte, aber es fiel mir nichts ein. Ich zog kurzentschlossen meinen Jogginganzug an, stieg ins Auto und fuhr durch den Wald bis hinunter zum See. Ich wollte eine Stunde joggen gehen und ich wusste, dass das meinen Kopf befreien würde. So trabte ich also dahin und genoss die milde Frühlingsluft. Irgendwie hatte ich so eine Ahnung, dass bald etwas Großartiges geschehen musste, das meinem Leben eine ganz andere Richtung geben würde. Und prompt geschah auch etwas sehr Merkwürdiges:

An der nächsten Waldkreuzung begegnete ich einer großen Hummel. Und wenn ich von einer großen Hummel spreche, dann meine ich wirklich groß. Sie überragte mich um mindestens einen Kopf. Sie kam von rechts auf vier Beinen auf mich zugetrippelt. In der linken vorderen Kralle hielt sie einen Sonnenschirm und mit der rechten vorderen Kralle stützte sie sich auf einen Stock. Ihr gelb-schwarzer Pelz schimmerte seidig in der Morgensonne. Sie benutzt sicher ein teures Shampoo, ging es mir unwillkürlich durch den Sinn.

„Einen schönen guten Tag", grüßte die große Hummel freundlich.

Ich kam aus dem Staunen nicht mehr heraus. Wer hatte je etwas von einer großen freundlichen Hummel gehört? Aber schnell besann ich mich auf meine gute Erziehung und erwiderte den Gruß höflich: „Ihnen auch einen schönen guten Tag." Nach einem kurzen Moment des Schweigens fügte ich noch hinzu: „Haben Sie sich vielleicht verlaufen?"

Sie schüttelte ihren Kopf und das Sonnenlicht glitzerte in ihren Facettenaugen. „Nein, ich mache hier Urlaub - wollte mal 'was anderes sehen." Na, das konnte ich verdammt gut nachvollziehen. Vielleicht hatte ich hier eine Seelenverwandte gefunden. „Und was machen Sie sonst so, wenn Sie nicht auf Reisen sind?"

„Ooch, ich sammele getrocknete Rosen", erwiderte die Hummel. Das versetzte mir einen Stich. Eine große freundliche Hummel, die getrocknete Rosen sammelte. So was Blödes! Hätte sie sich nicht eine andere Beschäftigung aussuchen können? Ich wollte aber nicht unhöflich sein, sondern unseren

Dialog möglichst ungezwungen fortsetzen: „Und wo kommen Sie her?"

„Ooch, ich komme aus einem sehr kleinen Land. Das ist ziemlich weit weg von hier - in der Nähe von China."

Kein Wunder, dachte ich. Deshalb hat hier noch nie jemand etwas von einer großen freundlichen Hummel gehört. Wir verabschiedeten uns ebenso freundlich und höflich, wie wir uns begrüßt hatten, und ich wünschte ihr noch einen schönen Aufenthalt in unserem Land. Die große Hummel nickte dankend und stolzierte auf dem Waldweg davon. Ihr betrachtete ihr riesiges pelzbesetztes Hinterteil, das bei jedem ihrer Schritte hin- und herschaukelte. Hoffentlich erschreckt sie die anderen Spaziergänger nicht, überlegte ich. Aber schließlich lebten wir ja in einem Zeitalter der Toleranz und die Begegnung mit Fremden konnte doch sehr bereichernd sein.

Nach meiner Jogging-Runde fuhr ich zurück nach Hause. Als ich den Wagen in der Einfahrt unserer alten Villa abstellte, hatte ich die große freundliche Hummel schon fast wieder vergessen. Ich dachte vielmehr an Sabine und hoffte sehr, dass sie sich wieder beruhigt hatte und mir nicht mehr böse war. Man konnte es drehen und wenden wie man wollte, ohne Sabine konnte ich nicht leben. Gott sei Dank war sie nicht sehr nachtragend. Und wer weiß, vielleicht konnten wir die zärtlichen und leidenschaftlichen Momente von heute früh noch etwas fortsetzen.

Bevor ich die Eingangstür öffnete, sah ich das Gesicht der kleinen Sophie hinter der Fensterscheibe des Nachbarhauses. Sie hatte ihre Nasenspitze am Fensterglas platt gedrückt und gaffte mir neugierig hinterher. Sophie war sieben Jahre alt, ein vorwitziges und neunmalkluges Ding. Irgendwie hatte sie einen Narren an uns gefressen und kam häufig zu uns zu Besuch. Hoffentlich lässt sie uns heute in Ruhe, dachte ich. Mir war jetzt gar nicht danach zumute, mich mit nervtötendem Kindergeschwätz abzugeben. Ich huschte also schnell ins Haus und drückte die Tür entschlossen hinter mir zu.

Langsam ging ich durchs Esszimmer, dann durchs Wohnzimmer und schließlich ins Schlafzimmer. Sabine war nicht zu finden. Ich rief nach ihr, mehrmals, aber es kam keine Antwort. Das war schon seltsam. Das war nicht ihre Art, sich zu verstecken und keine Antwort zu geben. Schnell sah ich in den restlichen Zimmern und auch im Keller nach. Schließlich musste ich mich der Erkenntnis stellen, dass Sabine fortgegangen war.

Leere und Mutlosigkeit ergriffen mich. Ich setzte mich auf einen Küchenstuhl und ließ die Schultern hängen. Es gab aber keinen Grund, verzweifelt zu sein. Morgen Abend um sieben Uhr musste das Ritual mit der Rose stattfinden. Ich war absolut sicher, dass Sabine bis dahin zurückkehren würde. Ich breitete meine Arme auf dem Küchentisch aus, ließ meinen Kopf darauf sinken und gab mich ganz meiner Melancholie hin.

Da schrillte die Türklingel. Der plötzliche Lärm fraß sich schmerzhaft in meine Schädeldecke und ließ mich aufschrecken. Sabine konnte es nicht sein, denn sie hatte ja einen Schlüssel. Die Türklingel schrillte noch einmal, lang und nachdrücklich. Ich ahnte, dass die kleine Sophie draußen stand und jemanden suchte, mit dem sie sich die Langeweile vertreiben konnte.

Ich öffnete die Türe und sah in ihr verkniffenes Gesicht. Die kurzen struppigen roten Haare und die dicke Brille ließen das Kind ziemlich altklug wirken. „Sabine ist nicht da", sagte ich in der Hoffnung, dass Sophie gleich wieder verschwinden würde. Sie zuckte aber nur mit den Achseln und blieb wie angewurzelt auf dem Fußabtreter stehen. Ich fühlte mich hilflos. „Willst du vielleicht eine Limonade?" Sophie nickte und polterte an mir vorbei durch den Flur, als sei sie hier zuhause.

Sie trank ihre Limonade mit einem Strohhalm und ließ dann und wann ein paar blubbernde Luftblasen in der Flasche aufsteigen. Bisher hatte sie noch nichts gesagt. Aber nun fixierte sie mich durch ihre Brillengläser und fragte: „Hast du vielleicht Liebeskummer?"

Ihr Tonfall und ihr Gesichtsausdruck waren dabei forschend und streng, so als sei es geradezu eine Todsünde, Liebeskummer zu haben. Ich antwortete also lieber nichts darauf. Sie bemerkte sicher, dass ich heute nicht sehr gesprächig war und begann in ihrem kleinen hellgrünen Rucksack herumzuwühlen. Diesen Rucksack schleppte sie eigentlich immer mit sich herum. Sie hatte schon oft allerhand merkwürdige Sachen daraus hervorgekramt: rostige Nägel, Kieselsteine oder tote Frösche und Spinnen.

Jetzt aber förderte sie ein Buch zutage. Auf dem Einband war eine selbstgemalte Rose zu erkennen. Zum Teufel mit allen Rosen, fluchte ich im Stillen vor mich hin.

„Ich werde dir etwas vorlesen", sagte Sophie entschlossen. So war sie eben - statt jemanden zu bitten, ihr etwas vorzulesen, wollte sie das lieber selbst tun und bestand natürlich darauf, dass ihr jemand zuhörte. Ich ergab mich also meinem Schicksal und Sophie begann:

„Es war einmal ein kleines Land in der Nähe von China. In diesem Land wuchsen rote Rosen. Die waren so hoch wie Bäume. Und in den Blütenkelchen hatten die Menschen ihre Wohnungen."

„Stooopp!", schrie ich entgeistert. „Wo hast du dieses Buch her?"

„Ich hab´ mir ja gleich gedacht, dass du nicht besonders geduldig bist", stieß mir Sophie mit zusammengekniffenen Augen entgegen. „Willst du denn gar nicht wissen, wie die Geschichte weiter geht?"

„Wo hast du dieses Buch her?", brüllte ich sie an. Gleichzeitig tat sie mir leid. Sie war ja schließlich nur ein Kind und von den verschlungenen Wegen des Schicksals verstand sie nichts. Sophie ließ sich aber nicht aus der Ruhe bringen. Sie zuckte mit den Achseln und erklärte gleichmütig: „Eine große freundliche Hummel hat mir das Buch geschenkt, als ich ihr heute früh den Weg in den Wald gezeigt hab'." Nach einer kurzen Pause fügte sie etwas abschätzig hinzu: „Da haste nämlich noch mit deiner geliebten Sabine im Bett gelegen und rumgeknutscht. Sonst hättste die große freundliche Hummel nämlich auch gesehen."

Aber ich kenne sie ja, wollte ich eigentlich sagen, aber ich brachte kein Wort über die Lippen. Das alles war so verdammt merkwürdig, dass es mir die Sprache verschlug. Ich saß am Küchentisch und ließ den Kopf hängen. In meinen Ohren rauschte es. Undeutlich war ich mir bewusst, dass mich Sophie kritisch beäugte. „Ich gehe wohl besser nach Hause", sagte sie nach einer Weile. Ich hatte absolut nichts dagegen einzuwenden und war erleichtert, als die Tür hinter ihr ins Schloss fiel. Endlich konnte ich in Ruhe meinen Gedanken nachhängen.

In mir war ein heilloses Durcheinander. Am liebsten wäre ich in die Bibliothek gerast und hätte diese bescheuerte vertrocknete Rose von Sabines Onkel in tausend Stücke zerfetzt. Aber das durfte ich mir natürlich nicht erlauben, wenn ich Sabines Liebe zurückgewinnen wollte. Ich hoffte sehr, dass sie abends noch zurückkam. Diese ganzen blöden Geschichten begannen, mir über den Kopf zu wachsen. So lange Sabine in meiner Nähe war, hatte ich mir eigentlich nie über irgendetwas Gedanken machen müssen. Na ja, das hat dich ganz schön schlapp gemacht, sagte ich zu mir selbst.

Ich entschied, das Haus wieder zu verlassen. Wenn ich mich beruhigen wollte, war ein Spaziergang an der frischen Luft angesagt. Diesmal ging ich aber nicht in Richtung Wald. Auf keinen Fall wollte ich jetzt der großen freundlichen Hummel begegnen. Ich nahm den Weg über die Felder. Es war früher Nachmittag und ziemlich heiß. Ich wusste, dass es im

Nachbarort, etwa drei Kilometer entfernt, ein Eiscafé gab. Das spornte meine Schritte an.

Unterwegs musste ich an der Großbaustelle vorbei. Ich sah die drei großen roten Kräne, verschiedene Baracken, ein paar Baufahrzeuge, Stahlgerüste, Rohre und mehrere Erdhügel. Solange ich denken konnte, gab es diese Baustelle schon. Die Menschen in den umliegenden Dörfern nahmen sie nicht mehr als etwas Besonderes wahr. Die Baustelle gehörte in diese Gegend, genauso wie der Wald und die Felder. Kein Mensch wusste genau, was hier eigentlich gebaut werden sollte.

Immer, wenn Sabine und ich hier vorbeigegangen oder vorbeigefahren waren, hatten wir einen Blick auf die Baustelle geworfen. Das geschah ganz automatisch, ganz unbewusst. Niemals aber hatten wir jemanden dort arbeiten sehen. Es waren keine Menschen dort und die Maschinen standen immer still.

Dann, ein paar Tage später, hatte sich aber plötzlich einiges verändert - die Erdhügel waren abgetragen und an anderer Stelle neu aufgetürmt wurden. Die Kräne waren anders platziert. Das Gerüst einer großen Halle erhob sich aus der Ebene. „Jetzt werden sie wohl bald fertig sein", sprachen wir dann zueinander.

Aber da gab es anscheinend kein Fertigwerden, denn nach ein paar weiteren Tagen waren das Gerüst wieder abgerissen und die Erdhügel wieder an neue Stellen verschoben worden. Die Kräne standen jetzt mehr am südlichen Rand des Feldes und die Stahlträger waren entlang des Zufahrtsweges aufgereiht, so, als wollte man dort einen großen Zaun errichten. Aber immer dann, wenn wir vorbeikamen, war keine Menschenseele zu sehen und alles verharrte in Reglosigkeit.

Es gibt einen Haufen merkwürdiger Geschichten in der Welt, sagte ich mir, da brauchste deine eigenen kleinen Geschichten wirklich nicht so ernst zu nehmen.

Um an der Baustelle vorbei zu kommen, musste ich nun auf die Landstraße ausweichen. Seitlich der Straße entdeckte ich die große dunkle Öffnung eines mannshohen Rohres, das unter den aufgeworfenen Hügeln der Baustelle hindurch und hier auf die Straße zu führen schien. Nur ein paar Schritte von diesem Rohr entfernt stand ein Blumenstrauß am Wegesrand. Wahrscheinlich eine traurige Erinnerung an einen Autounfall, der hier stattgefunden hatte. Ich sah, dass es Rosen waren, noch ziemlich frisch und in voller Blüte. Es versetzte mir einen Stich, ich hatte Angst. Trotzdem ging ich näher heran. In einem der großen Blütenkelche steckte ein Passfoto. Ich zog es heraus und erkannte Sabines hübsches Gesicht.

Merkwürdigerweise war meine Angst sofort verflogen. So etwas Absurdes konnte es ja gar nicht geben, dass Sabine hier zu Tode gekommen sein sollte und jemand hier einen Erinnerungsstrauß platziert haben sollte, alles in den letzten vier Stunden. Das war einfach lächerlich. Ich versuchte mir einen Reim darauf zu machen. Wer in aller Welt erlaubte sich einen solch makabren Scherz?

Mag sein, dass ich ein paar Minuten gedankenverloren auf die Rosen gestarrt hatte. Plötzlich kamen sie mir alt und verwelkt vor.

Bevor dies aber so richtig in mein Bewusstsein drang, kamen seltsame Geräusche aus dem großen Rohr - ein ununterbrochenes Klack, Klack, Klack, begleitet von einem Schaben und Kratzen. Ich konnte die Geräusche nicht einordnen und ging sicherheitshalber ein paar Schritte zur Seite. Und siehe da, die große freundliche Hummel erschien plötzlich in der mannshohen Öffnung des Rohres. Irgendwie freute ich mich, sie wiederzusehen. Es war zwar nur die große freundliche Hummel und nicht meine geliebte Sabine, aber jedes vertraute Lebewesen konnte mir jetzt das Gefühl geben, wieder mit beiden Beinen auf dem Boden zu stehen. Der Hummel schien es ähnlich zu ergehen wie mir. „Da sind Sie ja endlich", summte sie erleichtert. Ihr schwarzes Gesicht glänzte. Es hatte den Anschein, als habe sie der Gang durch das Rohr ganz schön ins Schwitzen gebracht.

Offenbar hatte sie nach mir gesucht, und ich wollte natürlich wissen, warum und wieso sie mich ausgerechnet in diesem dunklen großen Rohr gesucht hatte. Sie kam aber meinen Fragen zuvor und sagte: „Nicht weit von hier gibt es ein hübsches Eiscafé. Lassen Sie uns dorthin gehen. Ich möchte etwas mit Ihnen besprechen."

Das widersprach meinen Plänen absolut nicht. Wir trotteten also auf der Landstraße nebeneinander her und ich war verdammt neugierig, wie die Hummel mit ihren Vorderkrallen mit einem Eisbecher zurecht kommen würde.

Im Eiscafé saß Sophie. Sie zerteilte gerade ihr Spaghetti-Eis und sah nur kurz auf, als wir auf ihren Tisch zusteuerten. Mir war nicht ganz wohl dabei, Sophie hier zu treffen. Die Gegenwart der Hummel hatte etwas Beruhigendes für mich. Sich mit Sophie abzugeben, konnte dagegen anstrengend werden. Sophie starrte erst mich und dann die Hummel an. „Und - haben Sie´s ihm gesagt?" Die Hummel schien unter Sophies vorwurfsvollem Ton einen Kopf kleiner zu werden. Das Ganze gefiel mir überhaupt nicht.

„Was denn gesagt?", fragte ich. Die Hummel sah bedrückt auf den Boden.

„Na, dass es zu spät ist!", krähte Sophie und breitete die Arme über den Tisch aus, als wollte sie den ganzen Planeten in den Abgrund stürzen.

„Zum Donnerwetter, wofür ist es denn zu spät?" Das alles zerrte an meinen Nerven.

Sophie sah mich mit ihren zusammengekniffenen Augen an, verschränkte die Arme vor der Brust und lehnte sich zurück in ihren Stuhl. „Na, du hast vergessen, die Rose vor den Spiegel zu legen. Das ist drei Tage her. Und jetzt sitzen wir alle ganz schön in der Scheiße!"

Das war doch bescheuert. Ich hatte noch einen ganzen Tag Zeit. Und woher wusste Sophie überhaupt von der Rose? Und was hatte die Hummel damit zu tun? Gab es da ein geheimes Abkommen zwischen den Beiden? Sophie war allerdings kein Kind, das zu Späßen neigte. In ihrer Stimme war eine Autorität, die mich ganz still werden ließ.

Wir saßen nun alle zusammen am Tisch. Die Kellnerin stellte vor der Hummel einen extra großen Erdbeer-Shake ab. Sah ganz danach aus, als sei die Hummel ein Stammgast in diesem Café. Die Hummel senkte ihren Rüssel in die rosafarbene zähe Flüssigkeit und begann genüsslich zu saugen. Das geschah nahezu geräuschlos. Man muss zweifellos sagen, dass sich die große freundliche Hummel sehr gut in einem Café zu benehmen wusste. Die anderen Gäste schauten ab und zu neugierig zu uns herüber. Aber letzten Endes gab es nichts, worüber sie sich aufregen konnten. Wir verhielten uns schließlich ganz normal. Ich bestellte mir einen Cognac und wartete auf eine Erklärung.

Sophie sah mich prüfend an. „Du kapierst wohl überhaupt nichts." Damit hatte sie nicht ganz unrecht. Sie seufzte ungehalten und zog das kleine Büchlein aus ihrer Jackentasche, aus dem sie mir schon einmal vorgelesen hatte. Sie fand schnell die Stelle, wo wir stehen geblieben waren und las weiter vor:

„Das Land der Rosen ist unterirdisch unter einem großen Berg versteckt. Nur wenige Menschen aus der anderen Welt haben das Land bisher besucht. Die meisten wissen nicht, wie sie dorthin gelangen können, denn sie denken, diese Geschichte hier ist nur ein Märchen für Kinder. Dabei hat alles, was hier geschrieben steht, nicht das Geringste mit einem Märchen zu tun…"

Sophie machte eine kleine Pause und beobachtete mich fragend. Ich muss zugeben, meine Gedanken schweiften etwas ab. Ich wollte eigentlich nur, dass Sabine zu mir zurückkam. Dieses Land der Rosen konnte mir gestohlen bleiben. Sophie las aber weiter:

„Im Land der Rosen gibt es ein großes Problem. Da es unterirdisch unter einem Berg versteckt liegt, kommt kein Sonnenlicht dorthin. Aber für die großen Rosen mit ihren gewaltigen Blütenkelchen ist es natürlich unerlässlich, dass genügend Licht dorthin gelangt."

Sie hätten doch eine Stromleitung von China dorthin legen können, ging es mir unwillkürlich durch den Sinn. Das sollte doch kein Problem sein, mit einem so großen und reichen Nachbarland ein Energieabkommen zu schließen.

Die Geschichte ging weiter: „Das Land der Rosen erhält das notwendige Licht aus der anderen Welt über ein kompliziertes System von unzähligen Spiegeln. Die vielen Spiegel, die es in der anderen Welt gibt, werden in verschiedenen aufeinander abgestimmten Zeitphasen aktiviert und leiten das Sonnenlicht in Form von Lichtzeit-Wellen in das Land der Rosen unter dem Berg. Um die Spiegel in der anderen Welt aktivieren zu können, muss zu einem jeweils bestimmten Zeitpunkt eine kleine getrocknete Rose davor gelegt werden."

Allmählich machte mich die Geschichte doch etwas nachdenklich. Es war kaum noch von der Hand zu weisen, dass mein Schicksal irgendwie mit diesem Land der Rosen in Verbindung stand. Ich ertappte mich selbst bei der Sorge, ob wir unseren Garderobenspiegel auch immer schön blank geputzt hatten. Ein verstaubter Spiegel fängt das Licht bekanntermaßen nicht so gut ein. Sabine würde über diese Dinge aber besser Bescheid wissen als ich. Ich musste vieles mit ihr besprechen.

Die Hummel schien meine Gedanken lesen zu können. „Wissen Sie", begann sie vorsichtig, „Ihre Freundin ist in großer Gefahr! Sie ist in dem Land der Rosen eingeschlossen!"

Auch das noch! Wahrscheinlich gab es dort eine Diktatur, und Touristen und Journalisten sperrte man einfach ein. Ich überlegte, ob ich mich an das Auswärtige Amt wenden konnte, war mir aber nicht sicher, ob die Beamten dort diplomatische Beziehungen zu dem Land der Rosen unterhielten. Meine bescheidenen finanziellen Mittel würden für ein Lösegeld sicher nicht reichen.

„Am besten, ich erkläre Ihnen alles unterwegs", summte die Hummel.

„Unterwegs?" Ich war überrascht. „Unterwegs wohin denn?"

„Wir nehmen den Weg durch das große Rohr an der Baustelle", erklärte Sophie entschieden. „Du darfst bloß nicht denken, dass alles nur ein Märchen ist, sonst kommen wir nie mehr am anderen Ende raus."

Ich nickte ernsthaft. Schließlich hatte ich verstanden, dass es darum ging, Sabine zu retten. Dafür musste ich einen klaren Kopf behalten und durfte mich nicht verwirren lassen. „Ich muss nach Hause und packen", sagte ich.

Sophie zerrte ihren Rucksack unter dem Tisch hervor. „Packen brauchst du nicht. Ich hab' schon alles dabei. Hier sind drei Butterbrote und eine Flasche Zitronentee drin." Sophie war ein umsichtiges Kind. Da gab's keine Zweifel. Ich fragte mich allerdings, ob sie auch an die Pässe und die Visabestimmungen gedacht hatte. Ich fragte mich auch, ob der Gang durch das Rohr wirklich der kürzeste Weg war und wir nicht lieber ein Flugzeug nehmen sollten. Aber Sophie und die Hummel waren schon aufgestanden und strebten dem Ausgang zu. Die Rechnung blieb natürlich an mir hängen.

Wir marschierten also zurück über die Landstraße in Richtung Baustelle. Die Menschen, denen wir unterwegs begegneten, grüßten uns ehrfürchtig, so, als wüssten sie Bescheid, dass wir auf einer wichtigen Mission unterwegs waren. Als wir vor dem Rohr angelangt waren, überkamen mich für einen kurzen Moment Zweifel, ob das alles so richtig und sinnvoll war, was wir da taten. Sophie kramte eine gewaltige Taschenlampe aus ihrem Rucksack und ließ sie aufblitzen. Man musste staunen, was so ein kleiner Rucksack alles hergab. Natürlich ging Sophie voran auf dem unterirdischen Weg. Ich war Zweiter und die Hummel trippelte etwas schnaufend hinter uns her. Es überraschte mich, dass die mannshohe Rohrleitung einen absolut geraden Verlauf zu nehmen schien. Der Lichtkegel der Taschenlampe verlor sich weit vor uns im Dunkeln und wurde von keiner Biegung reflektiert.

„Wie lange werden wir unterwegs sein?", fragte ich.

„Das hängt ganz von Ihnen ab", erwiderte die Hummel. „Je weniger Sie die Wirklichkeit dieser ganzen Sache in Frage stellen, desto schneller kommen wir ans Ziel."

„Streng dich bloß an", zischte mich Sophie an. „Ich hab´ nämlich keine Lust, hier unten zu sterben."

Ich nahm es mir zu Herzen. Länger als drei, vier Tage würden wir mit den Butterbroten und dem Zitronentee nicht überleben. Noch eins wurde mir klar: Es ging schließlich nicht nur darum, Sabine zu retten, wir mussten uns auch etwas einfallen lassen, wie wir wieder das Licht unserer Welt in das Land der Rosen leiten konnten. Sabines Onkel wusste hoffentlich, wie man den Mechanismus mit den Spiegeln wieder in Gang setzen konnte. Ich wollte jedenfalls nicht daran schuld sein, wenn ein ganzes Land zu Grunde ging.

Ich war mir sicher, dass ich kaum eine Minute an diese Dinge gedacht hatte, und hatte trotzdem das Gefühl, dass viele Stunden vergangen waren. Plötzlich erkannte ich auch, dass der dunkle Raum sich vor uns verändert hatte. Ein schwacher silbergrauer Schimmer kam uns entgegen.

„Wir sind gleich da", flüsterte die Hummel. Sophie knipste die Taschenlampe aus. Das silbergraue Leuchten konnten wir jetzt noch deutlicher erkennen.

„Ich denke, es gibt kein Licht mehr in dem Land der Rosen?", sagte ich.

„Ein paar Tage hält es sich noch, wenn man vorsichtig damit umgeht", erklärte die Hummel. „Allerdings gibt es dabei ein Problem." Die Hummel beendete hier ihre Ausführungen und ich wollte lieber nicht nachfragen, welches Problem sie meinte.

Wir waren am Ende der Rohrleitung angelangt und vor uns eröffnete sich ein grenzenlos wirkender Raum. Er war angefüllt mit diesem silbergrauen Schimmer, ähnlich wie Nebel, aber glänzender. Der metallisch harte Boden des Rohres war unter unseren Füßen verschwunden, stattdessen wirkte der Boden nun sehr glatt und man musste aufpassen, nicht darauf auszurutschen. Die Hummel konnte sich auf dem glatten Boden kaum halten. Sie schwankte und schaukelte beim Gehen noch mehr als sonst. Als Hummel müsste sie doch eigentlich fliegen können, überlegte ich. Aber vielleicht wollte sie nicht so angeberisch wirken. Wir bewegten uns langsam weiter in diese verschleierte unwirkliche Welt hinein.

„Sind wir jetzt endlich da?", wollte Sophie wissen. „Und wo sind denn jetzt die vielen großen Rosen?"

Die Hummel ließ sich auf ihr Hinterteil plumpsen und schüttelte traurig ihren Kopf. „Sie haben ihre Welt unter Glas eingefroren, damit sie das restliche Licht noch etwas speichern können. Das Land der Rosen ist direkt unter uns. Wir bewegen uns praktisch auf einem gläsernen Himmel." Sophie und ich knieten uns hin, beugten uns tief herab und pressten unsere Nasen auf das Glas, um irgendetwas hindurch erkennen zu können. Der silbrige Lichtschimmer stieg aus dem Glas zu uns herauf. Nur ganz undeutlich konnte man darunter große schattige Strukturen erkennen.

„Müssen die Menschen, die in den Rosen leben, jetzt sterben?", fragte Sophie.

„Ich weiß nicht", sagte die Hummel. „Auf diese Notsituation war niemand so richtig vorbereitet."

„Was machen wir denn jetzt?"

Die Hummel dachte einen Augenblick nach. „Das restliche Licht wird sich nicht mehr lange halten. Wenn es sich aufgelöst hat, wird auch das Glas zerfließen. Wir können dann eintauchen und zu dem Land der Rosen hinunter schwimmen. Allerdings wird dann alles ganz dunkel sein."

„Ich habe ja meine Taschenlampe", krähte Sophie, „und drei Ersatzbatterien."

Die Hummel nickte bedächtig. „Das kann sehr hilfreich sein. Im Land der Rosen gibt es viele Wissenschaftler, die sich überlegt haben, wie man Lichtenergie verstärken kann, um noch eine Weile durchzuhalten. Am besten wir gehen erstmal weiter, bis wir etwa in der Mitte des gläsernen Himmels sind. Dort unten müssten wir dann Sabine und ihren Onkel finden. Alles Weitere können wir dann mit den beiden besprechen."

Die Hummel übernahm nun die Führung. Oft rutschte sie mit ihren Krallen auf dem glatten Glas aus und konnte sich nur mit Mühe wieder fangen. Aber sie war schließlich hier zuhause und Sophie und ich hätten uns niemals getraut, uns über sie lustig zu machen.

Je weiter wir voranschritten, desto düsterer wurde die Welt rings umher. Man konnte kaum noch etwas sehen. Und Sophie wollte das Licht ihrer Taschenlampe verständlicherweise für später aufbewahren.

Nach einigen Stunden forderte uns die Hummel dazu auf, uns einfach an Ort und Stelle niederzulassen. Wir waren an der richtigen Stelle angekommen. Jetzt hieß es einfach nur abwarten. Wir kauten auf unseren Butterbroten und tranken Zitronentee. In der zunehmenden Schwärze stieg Angst in mir auf.

Plötzlich bemerkte ich, dass der gläserne Boden unter uns nass und glitschig wurde. Ich tastete mit meinen Händen umher. Überall bildeten sich Pfützen. „Es geht los", brummte die Hummel. Sophie knipste ihre Taschenlampe wieder an und hielt sie weit über ihren Kopf hoch. Es war zu befürchten, dass die Taschenlampe kaputt gehen würde, sobald wir untertauchten. Wir standen jetzt knietief im kalten Wasser. Schließlich verloren unsere Füße jeglichen Halt. Wir strampelten und das Wasser zog an unserer Kleidung. Die Hummel prustete wie ein Walross. „Wir müssen jetzt tauchen", rief sie uns zu. Ich holte tief Luft und ließ mich nach unten in das tintige Wasser gleiten. An meiner Seite sah ich Sophie wie ein Schattenriss vor dem Hintergrund ihres Taschenlampenkegels. Dann verschwand das Licht und ich fühlte mich verloren an einem Ort und in einer Zeit, die ich nicht verstand - atemlos.

Sogleich aber tauchte ein neuer Lichtschimmer aus der Tiefe zu uns herauf, diesmal nicht wie ein milchiger Dunst, sondern klar. Und in diesem Licht eröffnete sich uns eine phantastische Welt. Ein unüberschaubarer Garten aus riesigen Rosenkelchen wurde sichtbar. Rosenkelche in unterschiedlichen roten Farbschattierungen, manchmal auch gelb oder weiß. Zwischen den Blättern sahen wir Menschen, die uns entgegenwinkten. Das Wasser um uns herum verschwand. Ein warmer Wind blies uns ins Gesicht und wir stürzten einem Meer aus samtigen Blütenblättern entgegen.

Ich landete in einem schneeweißen Bett. Die Blätter waren weich wie Velours. Drei, vier Leute kamen zu mir herüber und halfen mir auf. In den benachbarten Blütenkelchen entdeckte ich Sophie und die Hummel. Auch sie waren wohlbehalten gelandet. Wir hatten wohl das Schlimmste überstanden. Ich betrachtete die Menschen, die hier in diesem Land lebten und mich freundlich umringten. Sie sahen eigentlich ganz normal aus, trugen Hemden und Hosen aus gefärbten Naturfasern, manche hatten Brillen auf, einige telefonierten mit Handys. Alle quatschten aufgeregt durcheinander. Ich konnte kein Wort verstehen, denn die Sprache in diesem Land war mir natürlich fremd.

Über unseren Köpfen ertönte plötzlich ein lautes Brummen. Erschrocken sah ich hinauf. Ein Schwarm riesiger Hummeln kreiste langsam über uns. An ihren Klauen waren lange Seile und Sänften befestigt. Mir war sogleich klar, dass es sich um die hier gängigen Transportmittel handeln musste. Wir stiegen ein und es ging zunächst einmal abwärts. Die breiten farbenfrohen Blütenkelche blieben über unseren Köpfen zurück. Wir blickten durch einen endlosen Wald aus baumdicken grünen Stengeln. Viele davon waren geknickt und umgestürzt. Und dazwischen lagen auch unzählige welkende und abgestorbene Blütenblätter, bräunlich verfärbt und stinkend. Ich wusste nicht viel über Pflanzenkunde, aber natürlich war mir klar, dass der Rosenwald zu sterben begann, weil ihm das Licht fehlte. Erst hier unten konnte man das ganze Ausmaß der Bedrohung ahnen. Die Einwohner dieses Landes, die oben in den Blütenkelchen noch so fröhlich gewirkt hatten, murmelten nur noch leise miteinander. Die Hummeln hatten Mühe, eine geeignete Flugbahn durch die zusammengestürzten Stengel zu finden. Dann und wann fielen schwere welkende Blütenblätter herab, denen die Hummeln geschickt ausweichen mussten.

Der Rosenwald lichtete sich. Die Hummeln ließen uns mit den Sänften am Rande einer großen freien Fläche ab. In der trüber werdenden Dämmerung sah ich ein großes Monument in der Mitte dieser freien Fläche stehen. Beim zweiten Blick bemerkte ich, dass es etwas Lebendiges sein musste, denn es bewegte sich leicht hin und her, als sei es eine Meerespflanze in wechselnder Strömung, eine Koralle vielleicht. Das Gequatsche der Einheimischen wurde leiser und erstarb schließlich ganz. Die Leute schoben uns auffordernd nach vorne auf die große schattenhafte Gestalt zu. Sophie nahm mich an der Hand. „Das ist bestimmt ihr König", flüsterte sie, „du darfst jetzt keine Angst haben."

„Aber ich habe ja keine Angst", antwortete ich möglichst selbstsicher. „Ich werde ihn einfach fragen, ob er gut geschlafen hat und wie es ihm geht. Wegen Sabine frage ich ihn erst später. Man darf schließlich nicht mit der Tür ins Haus fallen."

Wir kamen näher an die haushohe Gestalt heran. Ich erkannte Arme und Beine und einen Kopf. Aber ein Mensch war es nicht. Die Beine endeten in meterdicken Baumstämmen. Diese wiederum endeten in weit verzweigten Wurzeln, die sich in die Erde gegraben hatten. Aus den Armen sprießten lange gebogene Äste. Sie sahen ein bisschen bedrohlich aus, wie scharfe Klauen. Bei näherem Hinsehen erkannte man aber, dass die Äste viele Blätter und Blüten trugen, so, wie die Linde am Rande unseres Dorfes. Der Kopf der riesenhaften Gestalt war über und über mit dichtem grünen Blattwerk bedeckt. Man konnte kein Gesicht ausmachen. Ich fragte mich, ob es wirklich ein Lebewesen war, was wir hier vor uns hatten. Aber das harmonische Hin- und Herwiegen musste diese Gestalt aus eigenem Antrieb bewirken, denn es war kein Windhauch spürbar und wir befanden uns ja auch nicht auf dem Meeresgrund.

Ich überlegte, wie ich ein Gespräch beginnen konnte. Vielleicht war es doch nicht so eine gute Idee, den Baumkönig zu fragen, ob er gut geschlafen hatte. Ausnahmsweise hatte auch Sophie einmal nichts zu sagen. Sie starrte mit offenem Munde zu dem Baumkönig hinauf. Es bereitete mir eine heimliche Freude, sie so sprachlos zu sehen.

Da drang ein Geflüster zu uns herab. Es war eher ein Rascheln und Rauschen, so, als würde ein leichter Sommerregen im

Wald niedergehen. Erst allmählich vermochte ich einzelne Worte zu unterscheiden.

„Du hast uns in große Schwierigkeiten gebracht und wir hoffen, dass du uns jetzt helfen wirst." Die nuschelige undeutliche Aussprache passte so gar nicht zu den vorwurfsvollen Worten, die der Baumkönig gewählt hatte. Aber natürlich konnte ich verstehen, dass er auf mich sauer war.

„Was kann ich tun?" Ich hoffte, dass meine Frage aufrichtig und hilfsbereit geklungen hatte.

„Du willst doch deine Freundin wiederhaben, oder nicht?" Mit dem Flüstern fielen ein paar Tautropfen auf unsere Köpfe nieder.

„Natürlich will ich Sabine wiederhaben!", antwortete ich entschlossen. Plötzlich fiel mir das Kreuz und das Foto ein, das ich am Straßenrand gesehen hatte. Mir wurde sehr bang zumute. „Ist sie vielleicht tot?"

Der Baumkönig streckte seine Äste weit in den dämmrigen Himmel hinauf und spreizte sie wie die Flügel eines Raubvogels. „Solange du an sie denkst, ist sie nicht wirklich tot. Und nur du kannst ihr wieder zum richtigen Leben verhelfen."

Das klang alles ziemlich mysteriös in meinen Ohren. An solche Märchen glaubte ich nicht. Ich wollte meine Zweifel schon kundtun, aber die Gestalt des Baumkönigs beugte sich weit zu mir herab, bis ich von Blättern, Farnen und Moosen ganz umhüllt war und in zwei dunkle Erdhöhlen starrte, in denen es von Käfern und Maden nur so wimmelte. So toll fand ich das Land der Rosen nicht mehr. Ich sehnte mich nach meiner eigenen Welt zurück.

Die nächsten Worte des Baumkönigs umspülten meine Ohren so dicht, dass ich das Gefühl hatte, unter einer Dusche zu stehen. „Du musst nur entscheiden, dass sie wieder bei dir sein und mit dir leben soll. Dann wird alles so sein, wie es früher war und das Land der Rosen ist gerettet. Das wirst du doch jetzt entscheiden, nicht wahr?"

So sehr ich mir das selber wünschte, so sehr klangen die Worte des Baumkönigs aber auch nach einer Drohung. Ich zögerte und überlegte, wo der Haken an der Sache war. Da spürte ich Sophie an meiner Seite. Ich hatte sie fast vergessen. Sie drückte meine Hand ganz fest und mahnte eindringlich: „Mach schnell. Ich kriege hier unter den Blättern kaum noch Luft. Ich habe Angst."

„Also, dann soll es so sein. Ich möchte, dass Sabine wieder zu mir zurückkommt!"

Blätter und Zweige schwangen mit einem lauten Seufzer nach oben. Sophie und ich hatten wieder freie Sicht und konnten frei atmen. Die Bewohner aus dem Land der Rosen hatten sich in einer großen Gruppe hinter uns versammelt und klatschten Beifall. Als wir durch die Reihen schritten, sah ich erleichterte Gesichter. Ich glaubte aber auch, Mitgefühl darin zu entdecken. Und ich wusste das andauernde Schulterklopfen nicht so recht zu deuten. Es kam mir so vor, als wollten die Leute mich trösten.

„Wo ist denn nun Sabine?", wollte ich wissen. Ich konnte sie in der Menschenmenge nirgends entdecken. Auch Sophie reckte erwartungsfroh ihren Hals hin und her. Die große Hummel, die unsere Freundin geworden war, kam heran. Sie sah mich an und in ihren spiegelnden Facettenaugen konnte ich mein vervielfältigtes Gesicht erkennen.

„Kommt einfach mit mir. Ich begleite euch nach Hause. Sabine wartet dort schon auf dich." Die große freundliche Hummel ging zielstrebig auf einem schmalen Pfad voran.

Einen Augenblick war ich ziemlich perplex. „Wollen Sie denn nicht in Ihrer Heimat bleiben?", wollte ich von der Hummel wissen.

Sie warf einen Blick zurück und erklärte: „Hier zuhause ist es ja immer dasselbe. In eurem Land ist es viel interessanter und abwechslungsreicher. Ich mag eure Milchshakes und eure Eiscafés."

„Na, wenn das so ist, dann sollten Sie mal meinen Waldmeisterpudding probieren", erwiderte ich.

„Mein Gott, quatsch doch nicht so viel und komm endlich weiter", quengelte Sophie und zog mich an der Hand hinter sich her.

Die große freundliche Hummel, Sophie und ich schritten auf einem einsamen dunklen Pfad durch den Rosenwald dahin und ich wurde das beklemmende Gefühl nicht los, dass ich etwas sehr Wertvolles verloren hatte. Aber merkwürdigerweise verschwand meine Beunruhigung genauso schnell, wie sie gekommen war. Ich spürte, dass Sabine bereits ganz in der Nähe war und ich sie künftig nie mehr vermissen würde. Ich hielt also meinen Mund und trottete folgsam an Sophies Hand durch den Rosenwald. Das gewaltige wackelnde Hinterteil der Hummel gab uns die Richtung vor.

Ich habe keine Ahnung, wie lange es dauerte, aber irgendwann war der Rosenwald verschwunden. Wir waren zuhause und standen vor der Tür der alten Villa. Als wir in den Flur traten und ich mich selbst im Spiegel sah, erkannte ich ein weicher und schmaler gewordenes Gesicht. Etwas Vertrautes war darin. Es erfüllte mich mit Liebe und Frieden.

Die Zeit, die nun kam, war wie ein Nebel. Ich vermochte keine Tage oder Stunden mehr zu greifen. Manchmal ertappte ich mich dabei, wie ich mir selbst über die Schulter blickte, als hätte meine Seele meinen Körper verlassen. Ich sah, wie ich am Schreibtisch saß und unter großen Anstrengungen etwas in den Computer tippte. An der Tür stand Sophie und machte ein finsteres Gesicht.

Ein anderes Mal spazierte ich im Garten und Sophie ermahnte mich, keine Blumen zu zertreten. Die große freundliche Hummel hockte an einem verrosteten Gartentisch und sog Waldmeisterpudding durch ihren Rüssel ein.

Die Phasen zwischen Wachen und Träumen waren in verlässlicher Weise unterbrochen durch die Zeremonie vor dem Flurspiegel. Ich sah auf meine alten fleckigen Hände herab, die die getrocknete Rose an ihrem Platz zurechtrückten. Ich liebte das weiche schmale Gesicht im Spiegel, auch wenn es jedes Mal älter und müder aussah. Die Person, die mir im Spiegel entgegenblickte, war Sabine. Daran gab es keine Zweifel. Sabine war bei mir! Ich war Sabine!

Ich konnte die Jahre nicht auseinander halten, aber einmal, so erinnere ich mich, waren wir auf der Landstraße an der großen Baustelle unterwegs. Die früheren Bauhütten waren abgerissen worden. Dafür waren die alten Kräne durch neuere und noch größere ersetzt worden. Ein Bagger stand vor einer großen Grube. Es war still hier. Wie immer war kein Mensch zu sehen. Das große Rohr, das uns einst in das Land der Rosen geführt hatte, war mit Gestrüpp zugewachsen.

Ich beugte mich herab und riss die Dornen auseinander, bis darunter ein kleines gerahmtes Bild auftauchte. Das verblasste Foto zeigte das Gesicht eines jungen Mannes und ich wusste, dass er einst wichtig für mich gewesen war. Sophie und die große freundliche Hummel eilten herbei und stützten mich an den Schultern. Der Halt, den sie mir gaben, war tröstend gemeint. Vielleicht glaubten sie, ich würde weinen…

Bad Sobernheim, Nahetal 2012

Nix wie weg
...aus dem gleichnamigen Romanmanuskript

...Wir kamen nach Gibraltar und bis dahin war eigentlich alles gut gegangen. Die Sonne brannte aus einem wolkenlosen Augusthimmel herab. Vom Mittelmeer kam uns ein frischer salziger Duft entgegen. In den Straßencafés saßen junge Frauen in Miniröcken und versteckten ihre Blicke hinter dunklen Brillen.

Fred fuhr vorneweg. Er brachte es gerade mal auf 1,60 m Körpergröße und hockte auf seiner schweren Kawasaki wie ein Clown auf einem wild gewordenen Elefanten. Fred war ein Spinner. Er gab kräftig Zwischengas, bevor er in den nächsten Gang schaltete. Die Frauen in den Cafés drehten ihre Köpfe weg.

Ich fuhr auf meiner 1100er-Yamaha als zweiter hinter Fred her. Meine Maschine und ich waren die besten Freunde. Mit Angeberei hatte das nichts zu tun. Ich fand Freds Getue einfach albern.

Hinter mir fuhr Robert auf seiner Afrika Twin. Robert war der coolste Typ, den ich kannte. Ich hatte ihm gesagt, er solle sich lieber eine Straßenmaschine als eine Enduro für die weite Strecke zulegen. Aber Robert hatte so seine Prinzipien. Wir wollten nach Afrika, und es war sonnenklar, dass Robert auf einer Africa-Twin da runterfuhr. Da kam gar nichts anderes in Frage für ihn.

Wir kamen aus La Linea heraus und fuhren langsam auf der Straße über den schmalen Damm, der hinüber zur Insel von Gibraltar führte. Rechts und links von der Straße blitzte das Meer. In der Ferne waren Schiffe zu sehen. Es war alles wie im Urlaub. Dabei mussten wir alle verdammt auf der Hut sein. Wir hatten da so ein ziemliches Ding gedreht. Es war fast ein Wunder, dass uns noch niemand geschnappt hatte. Wenn es nach mir gegangen wäre, hätten wir uns schon längst in der Sahara verkrochen. Robert blieb allerdings gelassen. Und im Grunde war es Fred, der unterwegs ständig irgendwas begaffen musste und uns damit aufhielt.

Fred ließ sich etwas zurückfallen und klappte sein Visier hoch. Er brüllte mir etwas zu, aber ich verstand ihn nicht gleich. „Jetzt geh´n wir die Affen scheuchen!", hörte ich ihn schließlich rufen. Er kicherte.

Von den Affen auf Gibraltar hatte ich schon gehört. Es hieß, wenn die Affen Gibraltar verlassen würden, müsste die Insel untergehen.

Fred hatte oft solche Einfälle. Robert und ich amüsierten uns über seine verrückte Art. Eigentlich passte Fred gar nicht zu uns. Aber für unser Vorhaben in Frankfurt hatten wir noch jemanden gebraucht, der verrückt genug dafür war. Fred war zwar verrückt genug und er hatte uns geholfen, aber er konnte auch eine gewaltige Nervensäge sein.

„Habt ihr nicht gehört? Jetzt geh´n wir die Affen scheuchen!", schrie er noch einmal.

„Klar doch, Fred", erwiderte ich. „Pass nur auf, dass sie dich nicht in ihren Stamm aufnehmen." Fred lachte sich halbtot. Robert schüttelte den Kopf. Er sagte nichts.

Dann kam die Grenze in Sicht. Wir mussten aufpassen und uns ordentlich hinter den Autos einreihen. Gibraltar war ein Militärstützpunkt von Großbritannien. Und wegen des Militärs würden sie uns vielleicht kontrollieren, ob´s nun Europa war oder nicht. Wir standen in der Verkehrsschlange und warteten, bis wir an die Reihe kamen.

„Macht euch nicht verrückt", sagte Robert. „Es wird schon klappen."

Diesen Satz hatte er schon so oft gesagt. Ich glaube, so ´was wie Angst oder Schuldgefühle kannte er gar nicht. Wir hatten gefälschte Pässe bei uns. Die falschen Papiere waren teuer gewesen, aber darauf kam´s nicht mehr an. Und die Dinger waren ihr Geld wert. Trotzdem war mir unwohl zumute, als wir zu den Militärpolizisten heran rollten.

Fred schaukelte auf seiner Kawasaki hin und her wie ein Betrunkener. Ich knurrte ihm eine Warnung zu, aber vermutlich hörte er mich überhaupt nicht. Er ließ den Motor aufbrummen. Er musste ständig eine Show abziehen. Ich hätte ihm in den Arsch treten können. Die Polizisten guckten uns entgegen. Ich wusste nicht, ob der Abstecher nach Gibraltar eine gute Idee von uns war - nur wegen der blöden Affen. Dann waren wir an der Reihe. Die Polizisten grinsten verhalten und winkten uns durch.

Ein paar Meter weiter musste Fred wieder seinen Kommentar abgeben: „Die würden doch lieber mit uns tauschen, als so´nen beschissenen Job zu machen.“

„Kannste mal die Schnauze halten?“, fauchte ich ihn an. Fred gab wieder sein irres Lachen von sich. Er konnte einfach nichts ernst nehmen.

Wir mussten nochmal scharf bremsen, als eine Ampel vor uns auf Rot schaltete. Erst begriffen wir nicht, was diese blöde Ampel dort zu suchen hatte. Es gab keine Straßenkreuzung und keinen Fußgängerüberweg. Vor uns war nur eine große freie Fläche aus Beton.

Fred stand natürlich wieder vorne als Erster und ließ den Motor im Leerlauf aufheulen. Das blöde Getue und der unnötige Lärm brachten mich allmählich zur Weißglut.

Aber da steigerte sich der Krach plötzlich ins Unermessliche und mir fuhr ein richtiger Schrecken in die Glieder. Aus dem gleißenden Himmel stürzte ein Schatten auf uns zu und umhüllte uns mit einem unbeschreiblichen Gekreische. Direkt vor unserer Nase war ein Düsenjet niedergegangen und rollte über die breite Betonpiste aus. Ich wollte nicht glauben, was ich da gesehen hatte. Wir standen mit unseren Motorrädern vor dem Militärflughafen von Gibraltar, nur von einer roten Ampel aufgehalten. Der Düsenjäger wäre uns fast über die Zehen gefahren.

Die Ampel schaltete auf Grün und wir fuhren langsam weiter. Die Hauptverkehrsstraße führte geradewegs über das Rollfeld und war nur durch ein paar weiße Markierungen gekennzeichnet. Weiter hinten waren Hangars, der Kontrollturm und eine Reihe von Kampfflugzeugen zu sehen. Wir sahen zu, dass wir das Rollfeld hinter uns brachten.

Auf der anderen Seite umfing uns das Getümmel einer Touristenstadt. Wir konnten uns durch den wahnsinnigen Verkehr nur mit Schrittgeschwindigkeit durcharbeiten und blieben oft in der Schlange stehen. Rechts und links reihten sich die Geschäfte, in denen man zollfreien Schmuck, Uhren und Kameras kaufen konnte, über dem Menschengewimmel lastete eine unerträgliche Hitze. Wir kamen in unseren Lederklamotten ins Schwitzen.

Ich stellte mir vor, wie schön es jetzt wäre, im Meer zu schwimmen und anschließend eine Karaffe kühlen Rosé zu genießen. Diese Insel mit ihren Affen konnte mir gestohlen bleiben. Im Grunde wollte ich nichts wie weg. Ich wollte meistens nichts wie weg. Und dafür hatte ich gute Gründe.

Nach einer Weile kamen wir aus dem Verkehrschaos heraus. Die Straße wurde schmaler und führte in Serpentinen das steinige Eiland hinauf. Irgendwo dort oben in den kalkweißen zerklüfteten Felsen musste die berühmte Affenhorde zu Hause sein. Die Aussicht über das weite blaue Meer reizte mich aber viel mehr.

Am nächsten Straßencafé bremste ich und fuhr rechts ran. Ich fand, dass wir uns eine Pause verdient hatten. Die beiden anderen stoppten neben mir. Ich zerrte meine Yamaha auf den Hauptständer, riss mir den Helm vom Kopf und schlenderte auf die einladende Terrasse zu. Aus den Augenwinkeln sah ich, dass Robert mir schmunzelnd folgte.

Fred hüpfte herum wie ein kopfloses Huhn. „Wir wollten doch zu den Affen", krähte er. Es hätte nicht viel gefehlt, und ich hätte ihn die Klippen hinunter gestoßen. „Die warten schon auf dich. Die laufen dir nicht weg!"

Fred schmollte. „Wenn´s nach euch ginge, würden wir nur den ganzen Tag in Kneipen rumhängen und überhaupt nichts zu sehen bekommen. Wenn man so weit weg fährt, muss man sich doch auch mal ´was anschauen."

Es klang so, als wollte Fred einen Aufsatz über sein schönstes Ferienerlebnis schreiben. „Halt endlich die Schnauze!", brüllte ich ihn an.

„Warum schreist du mich so an? Das lass´ ich mir nicht gefallen! Bei dir piept´s wohl!" Fred wurde hysterisch. „Du sollst die Schnauze halten!", brüllte ich noch einmal.

Er verlor jetzt völlig die Fassung. Er kreischte und tobte und ging mit fuchtelnden Armen auf mich los.

Plötzlich musste ich lachen. Fred war mit seiner kleinen spindeldürren Gestalt so furchtbar komisch, wenn er sich aufregte. Er sah wirklich aus wie ein Hampelmann. Trotzdem hätte es wohl eine Keilerei zwischen uns gegeben, wenn nicht Robert dazwischen gegangen wäre. Er schob mich zur Seite, packte Fred mit beiden Händen am Kragen und hob ihn einfach in die Luft. Fred zappelte mit Armen und Beinen und fing an zu heulen vor Wut. Robert war vollkommen beherrscht.

„Du wirst jetzt ganz brav sein, mein Junge, nicht wahr?" Roberts Stimme hatte etwas Drohendes und Fred beruhigte sich schlagartig. Er war ganz still und bleich. Robert stellte ihn wieder auf die Füße.

Die anderen Leute auf der Terrasse des Cafés hatten unsere Auseinandersetzung beobachtet. Sie rückten zur Seite, als wir uns einen Platz suchten. Wir bekamen einen Tisch direkt am blumenumrankten Geländer und konnten von dort am felsigen weißen Abgrund der Insel hinuntersehen. Wir bestellten Eiskaffee. Eine Zeit lang hockten wir nur da und redeten nichts. Das sollte mir recht sein.

Ich saß lang ausgestreckt auf dem Stuhl und hielt mein Gesicht der Sonne entgegen. Die Sonne war jetzt erträglich, weil der Wind vom Meer herein wehte. Ich schirmte meine Augen mit der Hand ab und sah über das Meer. Die Meerenge von Gibraltar lag vor uns. In der Ferne war der Küstenstreifen von Nordafrika zu erkennen.

Was mochte uns dort erwarten? Wie immer, wenn ich Zeit zum Nachdenken hatte, kamen mir Zweifel, ob das alles richtig war, was wir getan hatten. Und mit den Zweifeln kam auch die Angst. Nicht die Angst, geschnappt zu werden – nein, das war's eigentlich nicht, wenn ich mir's recht überlegte. Es war eher die Angst vor dem Unbekannten, vor unserer Zukunft oder vor der Freiheit - dieses Wort benutzten wir manchmal, um uns Mut zu machen.

„Hört mal, Leute, wir müssen uns ein bisschen zusammenreißen, wenn wir weiter miteinander zurechtkommen wollen." Robert spielte den väterlichen Freund. „Geht klar", antwortete ich. Fred sagte nichts. Aber irgendwie hatten wir es alle akzeptiert, dass Robert der Boss war. Das war von Anfang an so gewesen. Und ohne seine ruhige bestimmende Art wäre gar nichts gelaufen. Das wussten wir.

Ich sah wieder über das Meer und versuchte, mich über mein Leben zu freuen. Jeder von uns hatte ein paar Tausend Euro in der Tasche. Den Rest der Beute hatten wir in einer verschlossenen Truhe nach Senegal geschickt. Dort gab's eine christliche Partnergemeinde. Wir hatten Interesse an einem

Besuch geheuchelt - dass wir bald mal kommen würden und unser Gepäck und unsere Bücher schon mal vorausschickten.

Ich fand es natürlich absolut wahnsinnig, unsere Millionen mit der Post nach Afrika zu schicken. Da hätten wir's ja gleich der Welthungerhilfe spenden können. Aber Robert war da anderer Ansicht. Er meinte, die Leute im Senegal würden sich auf unseren Besuch sicher sehr freuen - wegen des Gedankenaustauschs in der katholischen Kirche, das ganze Blabla. Und der Pfarrer dort würde schon darauf achten, dass niemand in unseren Sachen herumschnüffelte. Jedenfalls würde kein Mensch die Millionenbeute in Afrika vermuten. Das stand zweifelsfrei fest.

Wir wollten in Afrika untertauchen und ein neues Leben anfangen, - vielleicht irgendwo am Strand einer hübschen kleinen Bananenrepublik. Ich weiß nicht mehr genau, wie wir auf Afrika gekommen waren. Ich erinnere mich nur noch, dass Robert nicht nach Südamerika wollte. Wahrscheinlich hatte er keine Lust, Spanisch zu lernen. Mir sollte es jedenfalls recht sein. Ich hatte nichts gegen Afrika einzuwenden. Und Fred hatte sowieso keine Meinung dazu. Ich glaube, er war einfach glücklich, wenn er mit seinen Affen spielen konnte. Ich fragte mich, wie lange ich ihn noch würde ertragen können.

Ich bemerkte, dass Robert mich von der Seite ansah. Ich begegnete seinem Blick, und wir grinsten uns an. Wahrscheinlich konnte er meine Gedanken lesen. Er mochte Fred auch nicht besonders.

„Hat jemand von euch noch kleine Scheine, um die Rechnung zu bezahlen?", fragte Robert. Wir sahen Fred an. Robert und ich waren beide zu faul, in unseren Taschen herumzukramen.

Fred murrte und warf 100 Euro auf den Tisch. Ich nahm mir vor, ihn wegen seiner Angeberei zur Rede zu stellen. Wir schlürften unseren Eiskaffee zu Ende und brachen auf. Die

Motorräder sprangen mühelos an und schnurrten munter auf der offenen Strecke.

Die Fahrt auf der gewundenen Straße machte einen höllischen Spaß. Ich legte mich mit hoher Geschwindigkeit in die Kurven. Das war ein berauschendes Gefühl von Kraft und Schnelligkeit. Es war, als wären mir Räder an den Leib gewachsen. Der Fahrtwind zerrte an meinen Schultern. Die Welt kippte auf die Seite und ich umrundete sie wie eine Rakete.

Ich jagte als Erster voran den Gipfel hinauf. Ich hatte vergessen, dass wir zu den Affen wollten. Und auf einmal hockte so ein Vieh direkt vor mir auf der Straße. Ich bremste und verriss den Lenker. Das Hinterrad rutschte weg. Die Maschine kippte um und schlidderte über´s Geröll. Ich flog in die Büsche und blieb in den dornigen Ästen hängen. Mit tat alles weh.

Aus einer etwas verdrehten Perspektive konnte ich sehen, wie Robert mit einem gekonnten Schwung sein Motorrad zum Stehen brachte. Er war sehr geschickt. Die Kiste stand wie eine Eins. Sie wackelte kein bisschen.

Bei Fred war es anders. Der bewegte sich so elegant wie ein Mehlsack. Er schlingerte mit seiner Yamaha um den Affen herum, bekam den Lenker nicht mehr richtig unter Kontrolle und bremste zu stark mit dem Hinterrad.

Plötzlich waren da überall Affen - große kräftige Paviane mit roten Ärschen. Sie sprangen auf und ab und kreischten. Das Geräusch der Maschinen schien sie rasend zu machen. Fred hatte sein Motorrad fast zum Stillstand gebracht. Aber die Affenhorde hatte ihn regelrecht umzingelt. Er konnte nicht richtig ausweichen und fuhr einem der Viecher über die langen gespreizten Vorderpfoten. Das Tier stieß einen Wahnsinnsschrei aus und humpelte davon. Es knickte ein paar Mal vorne ein und schlug zwei, drei Purzelbäume wie bei einer Zirkusnummer. Seine Pfoten waren anscheinend gebrochen. Der Rest der Horde quittierte das mit einem lautstarken Kriegsgeheul. Das sah nicht gut aus für Fred.

Irgendwie befreite ich mich aus dem Dornengestrüpp und richtete meine Maschine wieder auf. Ich hoffte, dass sie keinen ernsthaften Schaden genommen hatte. Der Motor sprang jedenfalls an. Robert kam mit seiner Africa-Twin zu mir herüber getuckert. Er hatte das Helmvisier hochgeklappt und sah mich besorgt an. „Na, mein Junge, alles klar?" Ich merkte, dass er Angst um mich gehabt hatte, und nickte ihm beruhigend zu.

Zusammen standen wir am Straßenrand und betrachteten Freds Kampf mit den wilden Tieren. Wir wussten nicht, ob wir uns kaputtlachen oder Mitleid mit ihm haben sollten. Von den steinigen Hängen kamen immer mehr Paviane herunter. Ich hatte nicht gedacht, dass es auf Gibraltar so viele Affen gab. Das war schon geradezu absurd. Es gab kaum Bäume und Grünzeug hier.

Freds Maschine lag auf dem Boden. Er selbst stand davor und trat nach den knurrenden schnappenden Tieren.

„Helft mir doch, helft mir doch!", schrie er zu uns herüber. Er wurde immer nervöser und ängstlicher. Und allmählich begann es wirklich gefährlich für ihn zu werden. Manche Affen waren so groß wie ein erwachsener Mann, und ich konnte sehen, wie kräftig sie waren. Sie hätten Fred sicher ohne weiteres fertig machen können.

Als Fred sich wieder mit Tritten der näher kommenden Affen erwehren wollte, schnappte eines der Viecher schnell zu und verbiss sich in seinem Fuß. Das Tier hatte Zähne, die fast so lang wie meine Finger waren. Ich hoffte, dass Fred ein paar anständige Motorradstiefel aus gutem Leder hatte. Fred schrie aus Leibeskräften. Er kam aus dem Gleichgewicht und plumpste auf den Hosenboden. Der Affe ließ nicht los. Wir mussten jetzt schleunigst etwas unternehmen.

Robert ließ seine Maschine aufheulen und jagte laut hupend direkt in die Affenhorde hinein. Die Tiere stutzten und waren plötzlich still. Der große Pavian hatte den Stiefel mittlerweile von Freds Fuß gezerrt. Mit seiner Beute im Maul hockte das Tier erschrocken da und wusste offenbar nicht, ob es davonrennen oder nochmal zuschlagen sollte.

Ich fasste mir ein Herz und raste nun auch mit hoch aufgedrehter Maschine und lautem Hupkonzert mitten in die Meute hinein.

Da kam Bewegung in die Pavianherde. Die Tiere flitzten davon, als hätte man ihnen eine Ladung Schrot auf den Pelz gebrannt. Sie kletterten die Felsen hoch und beobachteten uns aus sicherer Entfernung.

Fred hockte noch immer auf dem Hosenboden und guckte belämmert durch die Gegend. An seinem rechten Fuß hing eine schlappe löchrige Socke herab. Gott sei Dank schien er nicht verletzt zu sein.

„Mensch Junge, mach, dass du auf die Beine kommst!“, schnauzte Robert ihn an. Die mutigsten der Paviane kamen schon wieder neugierig näher.

Fred stellte keuchend seine Kiste auf. Der Anlasser leierte ein paar Mal, bis der Motor endlich ansprang. Wir machten kehrt. Robert übernahm diesmal die Führung. Fred war zweiter. Seine schlappe Socke flatterte im Fahrtwind. Als wir die nächste Kurve erreichten, stand da ein Schild:

Das Füttern der Affen ist verboten!

Afrika war nicht mehr weit. Da konnten wir verdammt nochmal sehr sicher sein.

Mittlerweile war es früher Abend. Wir fuhren jetzt etwas vorsichtiger. Ich ärgerte mich immer noch über diesen bescheuerten Ausflug nach Gibraltar. Hoffentlich war Fred jetzt die Lust vergangen, sich mit irgendwelchen Affen einzulassen.

Ich beobachtete, wie Robert und Fred vor mir die Kurven in sanften Schwüngen nahmen. Freds Socke wurde immer länger. Wenn der Penner nicht aufpasste, würde sich das Ding noch in der Kette verwickeln.

Nach kaum einer halben Stunde waren wir wieder unten im Städtchen. Es war jetzt ruhiger dort. Die meisten Besucher reisten wohl am Abend zu den Ferienorten auf dem Festland zurück. Wir wollten heute noch bis Algeciras fahren. Dort konnten wir sicher ein Zimmer bekommen und am nächsten Tag gleich die Fähre nach Tanger nehmen. Ich hoffte immer noch, dass hinter der schmalen Wasserstraße von Gibraltar alle Sorgen ein Ende hätten. Von Tanger hatte ich viel gehört und gelesen. In dieser geheimnisvollen arabischen Welt würde es anders zugehen als bei uns in Deutschland. Du träumst ja, sagte ich mir.

Ich schaltete runter und bremste. Wir tuckerten durch die schmalen Straßen des Städtchens. Durch die endlosen Schaufensterreihen wirkte die Stadt wie ein einziges Einkaufszentrum. Sie wurde aber mit jeder Minute lebloser. Es gab kaum Gaststätten und Hotels hier. Stadtauswärts hatte sich dafür eine große Autoschlange gebildet. Wir steckten plötzlich wieder fest. Dazu kam noch, dass ich so absolut gar keine Lust hatte, wieder an der Grenzkontrolle vorbei zu müssen. Wir fuhren Stop-and-go nebeneinander her. Gott sei Dank war es jetzt nicht mehr so heiß. Wir hatten die Visiere hochgeklappt und die Jacken geöffnet.

Aber dann fing Fred schon wieder mit den Affen an: „Wisst ihr, es hätte nicht viel gefehlt und ich hätte die Bestie einfach abgemurkst. Könnt ihr mir echt glauben, Leute."

Ich wollte auf sein Geplapper nicht eingehen. Wahrscheinlich hätten ihm die Viecher den Schädel zu Brei geschlagen, wenn wir ihm nicht geholfen hätten. Ich sagte ihm nur, er solle gefälligst auf seine Socke achtgeben. Ich fragte mich schon die ganze Zeit, wie sich eine Socke so lang ziehen konnte. Vielleicht trug Fred Strumpfhosen unter dem Lederzeug. Bei ihm würde mich gar nichts mehr wundern. Er sah mich nur dämlich an und schien überhaupt nicht zu kapieren, wovon ich redete. Er schwatzte einfach weiter über sein Lieblingsthema:

„Wisst ihr, mit so ′ner Affenhorde, da muss man sich eben auskennen. Wenn man sich beim Anführer erstmal Respekt verschafft hat, ist der Rest auch ganz brav."

„Klar doch, Fred. Da biste echt `n Fachmann." Robert sprach so ruhig wie immer. Aber ich glaubte an seinem Seitenblick zu erkennen, dass er ziemlich sauer war. Sein linkes Augenlid zuckte kaum merklich. Für Roberts Verhältnisse konnte das ein gefährliches Maß an Verärgerung bedeuten.

„He, Fred", sagte er, „wir wollen zusehen, dass wir endlich aus dieser Blechlawine herauskommen. Fahr mal links vorbei." Fred war ein Spinner. Das sagte ich schon. Aber Robert brauchte nur den Mund aufzumachen und Fred folgte ihm auf′s Wort. Fred scherte aus und sauste zwischen den Autoreihen hindurch. Ich folgte ihm als zweiter und hatte Mühe, nicht zu weit zurück zu bleiben. Hinter mir fuhr Robert.

Wir kamen drei- bis vierhundert Meter gut voran. Die meisten Autos standen still. Nur wenn mal Gegenverkehr kam, wurde es ein bisschen eng. Etwas weiter voraus begann sich die Warteschlange aufzulösen. Die Autos rollten an. Ich sah, dass Fred bremste, um sich wieder nach rechts in eine Lücke einzuordnen. Im selben Moment kam die Reihe wieder ins Stocken. Fred eierte auf der Mittellinie herum. Irgendwo in meinem Hinterkopf wusste ich, dass da vorne etwas nicht in Ordnung war. Dann sah ich die Ampel. Sie wurde fast ganz von einem VW-Bus verdeckt. Die Ampel schaltete gerade von Grün auf Gelb.

Robert brüllte hinter mir: „Fred, fahr weiter! Das schaffste noch!" Mir wurde plötzlich heiß. Die Ampel war zu weit weg. Und dahinter kam keine Straße, sondern ein breites Rollfeld. Das war nie und nimmer zu schaffen.

Die Ampel war bestimmt schon ein paar Sekunden rot, als Fred wie ein Bekloppter seine Maschine aufheulen ließ und nach vorne jagte.

Ich ließ mein Motorrad ausrollen und stoppte an der Haltelinie. Robert stellte sich dicht neben mich. Wir sahen, wie Fred auf das Rollfeld hinausschoss. Ich dachte im Stillen, vielleicht haste Glück, mein Junge.

Aber Fred hatte kein Glück. Er hatte nie besonders viel Glück gehabt. Der Fahrtwind zerrte ihm vollends die Socke vom Fuß und das Ding verhedderte sich in der Kette. Das Hinterrad blockierte. Der Reifen radierte noch zehn Meter quietschend über den Beton. Dann brach die Maschine aus. Fred stürzte und überschlug sich ein paar Mal. Er blieb mit verrenkten Gliedern liegen. Es sah verdammt böse aus. Sein Motorrad rutschte kreiselnd und funkensprühend hinter ihm her und begrub ihn halb.

Dann fiel der riesige Schatten aus dem Himmel herab, noch bevor das Geheul der Düsentriebwerke in unser Bewusstsein drang. Das Kampfflugzeug schien geradezu aus dem Nichts aufzutauchen. Es stürzte wie ein mächtiger metallischer Raubvogel herunter.

Das Fahrwerk hatte kaum den Boden berührt, da droschen die Räder über Fred und sein Motorrad hinweg. Ein Reifen, ein Arm, die Lenkstange und Freds Kopf kullerten zur Seite. Der Kampfjet kam ziemlich ins Schlingern. Vielleicht hatten sich ein paar Teile im Fahrwerk verfangen. Oh Mann, Fred, hättste nur auf die Socke aufgepasst!

Die Flügel des Kampfjets wippten wie bei einem betrunkenen Pelikan. Und die Räder hinterließen ein paar rote Schlieren auf der hellen Betonpiste. Das Flugzeug kam allmählich zum Stehen, aber es stieg hinten auf und bohrte seine Nase ins Rollfeld. Dann brach das Fahrwerk zusammen. Der Flieger knickte zur Seite und blieb zitternd liegen wie eine angeschossene Wildente. Metallsplitter und Fleischfetzen waren über´s Rollfeld verteilt.

Ich hatte alles genau vor Augen, und ich wartete darauf, dass mich das Entsetzen übermannte. Ich spürte Roberts Blick von der Seite. Er grinste mich an. „Was für ´ne verdammte Scheiße, was?" Er lachte laut auf. Dann brauste er los, an den Trümmern vorbei der Grenze entgegen. Automatisch fuhr ich ihm nach. Wir mussten hier weg, das war ja klar. Hinter uns heulten die Sirenen.

Robert überholte die Autos und mogelte sich am Schlagbaum vorbei. Er raste einfach über den Gehweg vor dem Zollbüro. Robert gab den Weg vor. Es war ein gefährlicher Weg, aber er führte in die Freiheit. Ich glaubte, Schüsse hinter uns zu hören. Aber vielleicht bildete ich mir das nur ein in meiner Angst.

Ich weiß nicht mehr genau, wie wir da rausgekommen sind. Plötzlich hatten wir den Verkehr und die Häuser hinter uns gelassen. Wir sausten auf einer dämmrigen freien Landstraße mit 200 Sachen dahin. Hauptsache weg, nix wie weg...

Frankfurt/M. und Wiesbaden 1998

So wild bist du nicht

Frank saß auf der Terrasse eines Cafés und blickte ins Tal hinunter. Der Frühling an der Côtes d`Azur war dieses Jahr kühl und frisch. Frank schlürfte heißen Kakao aus einer großen Schale. Er hätte lieber einen Brandy getrunken, aber das kam für ihn nicht in Frage, wenn er mit dem Motorrad unterwegs war. Seine Yamaha stand in der Einfahrt.

Der Wirt kam heraus und trat an Franks Tisch heran. „Eine schöne Maschine hast du da." Der Wirt wies mit dem Daumen über seine Schulter zu Franks Motorrad. Frank nickte nur stumm und schlürfte weiter seinen heißen Kakao. Der Wirt sah aus wie Asterix in Rente - breiter silbergrauer Schnurbart, das weißliche Haar überraschend üppig, Gesicht und Nase ziemlich rot, die Körperhaltung etwas krumm. Was verstehst du schon von Motorrädern, ging es Frank durch den Sinn, aber er sprach es nicht aus. Der Jüngste war er selbst nicht mehr.

„Früher bin ich Rennen gefahren, hier in den Bergen", sagte der Wirt und beschrieb mit der Hand einen vagen Kreis durch die Luft.

Mit dem Dreirad oder was, dachte Frank, aber wieder behielt er die Worte für sich. „Ich möchte zahlen", sagte er stattdessen. Der Wirt nickte etwas abwesend.

Nachdem Frank bezahlt hatte, verließ er grußlos die Terrasse und stieg auf seine Maschine. Den Anlasser gedrückt und los ging´s. Die kleine schmale Straße durch den Pinienwald hatte es ihm angetan, seit ein paar Tagen schon. Er fuhr sie nun zum vierten Mal den Pass hinauf. Die Straße war sehr eng und hatte viele ungleichmäßig ausgebaute Kurven, nicht ganz einfach zu fahren. Frank ließ es sachte angehen, beschleunigte vorsichtig im dritten Gang, legte sich tief in die nächste Linkskurve, legte sich nicht ganz so tief in die anschließende Rechtskurve. Die Rechtskurven waren seine Schwachstelle, keine Frage.

Die Farben der Côtes d'Azur wehten an seinem Gesichtsfeld vorbei - das Blaugrün der Bäume, das Gelb der Ginsterbüsche, zementgraue Felsen, ein postkartenblauer Himmel, ab und zu in der Ferne ein türkisfarbener Spritzer des Meeres. Vielleicht hättste ein Dichter werden sollen, sagte er sich.

Er schaltete in den vierten Gang - etwas zu übermütig, wie er gleich darauf feststellen musste: Die Straße schien im 90°-Winkel nach links abzuknicken und direkt geradeaus ahnte man nichts anderes als eine stille blasse Tiefe. Frank griff hart in den Bremshebel, schaltete schnell hintereinander in den dritten und zweiten Gang und eierte etwas unkontrolliert durch die Kurve.

Wenn die Jungens von zuhause dich hier sehen könnten, die würden sich schlapplachen. Er erinnerte sich wieder an diese Stelle. Jedes Mal bereitete sie ihm Probleme.

Die nächsten ein bis zwei Kilometer waren etwas einfacher, die Kurven waren gut einzusehen. Frank klappte das Visier hoch und genoss den Fahrtwind im Gesicht. Es roch nach Blumen und Blüten, die er nicht benennen konnte. In einem der Häuser an den Hängen röstete jemand Knoblauch. Frank bekam Hunger, dachte an Blauschimmelkäse, an gesalzene Butter, Pinienkerne und ofenwarmes Weißbrot.

Hinter der nächsten Rechtskurve floss ein Bach quer über die Teerdecke der Straße. Runter vom Gas, zum Bremsen zu spät, die Maschine etwas aufrichten, immer noch zu schnell, aber locker durch die Pfütze rollen - und vor allem locker bleiben! Frank fluchte vor sich hin. Nächstes Mal nimmste besser ein Fahrrad, sagte er sich und dachte an die fruchtlosen Diskussionen mit Monika.

Dann kam eine Stelle, da hatten sie eine Schneise in den Felsen gesprengt. Die Straße war hier überraschend breit, die Linkskurve ein reiner Genuss. Am Straßenrand stand ein kleines Kreuz. Mit weißer Farbe war ein Name darauf gepinselt. Frank konnte ihn nicht genau erkennen. Ganz kurz dachte er darüber nach, warum ausgerechnet hier jemand zu Tode gekommen war. Dann wedelte er ein paar Mal über den Mittelstreifen und jagte die letzte Gerade auf die Passhöhe hinauf. Kurzer Stopp, Pinkelpause, Raucherpause.

Zurück ins Tal ging es einfacher. Ins Tal hinab hatte er keinen Ehrgeiz. Da konnte er seine Maschine in den hohen Gängen untertourig durchblubbern lassen. Er kam an der Café-Terrasse von Asterix vorbei und bog dann in die Bundesstraße ein, die ihn zurück zum Campingplatz führte. Morgen war auch noch ein Tag. Morgen würde er es wieder probieren. Dieses Sträßchen - das musste mindestens im dritten Gang zu packen sein. Runter schalten kam nicht in Frage - beim nächsten Mal nicht mehr.

Am nächsten Tag war er früh auf. Er hatte von Felsen und Kreuzen geträumt und schlecht geschlafen. Der Mistral hatte an den Zeltwänden gerüttelt. Eine schnelle kühle Dusche vertrieb die Nachtgespenster. Ohne Frühstück fuhr er los. Der Himmel war wolkiger als am Tag zuvor, aber bis zum Abend würde das Wetter halten. Er raste die Küstenstraße Richtung St. Tropez hinunter. Rechts in der Tiefe glitzerte das Meer. Irgendwann würde er mal anhalten und Fotos machen - irgendwann.

Er sah den Kreisel auf sich zukommen, an dem er in die kleine gewundene Passstraße einbiegen musste. Rein in den Kreisel und gleich wieder mit zackigem tiefen Schwung rechts raus.

Und dort stand sie, mitten auf der Straße - die blonde Braut auf ihrem schwarzen Motorrad!

Er bremste mit aller Kraft, die Beläge wimmerten. Die Fliehkraft wollte ihn über den Lenker schieben. Mit Mühe hielt er die Arme durchgestreckt. Kaum machbar, noch rechtzeitig anzuhalten. Schließlich kam er doch zum Stehen. Sein Vorderrad kaum einen Zentimeter vor dem Knie des Mädchens entfernt.

Ich erschlage sie, sagte er sich. Ich erschlage sie einfach und werfe sie den Felsen runter! Genug Adrenalin hatte er jedenfalls in sich. Das würde für zehn totzuschlagende Weiber reichen!

Er riss sich den Helm vom Kopf. Doch bevor er losbrüllen konnte, machte der blonde Lockenkopf eine abwehrende Geste mit der Hand und zischte ihm entgegen: „Da hinten ist die Polizei, Fahrzeugkontrolle!"

Er war verblüfft. Es schnürte ihm den Hals zu. Nicht, dass er deshalb weniger wütend war.

„Da drüben gibt es ein Café, da können wir abwarten." Die Blonde wies mit dem Daumen zur Café-Terrasse, die Frank bereits gut kannte. Also Frühstück bei Asterix, dachte er. Auf einmal musste er lachen. Das Ganze war so blöd, dass es schon wieder komisch war. Sie parkten die Motorräder in der Einfahrt und ließen sich auf der Terrasse nieder. Asterix kam angeschlurft und brachte ungefragt Kaffee und Croissants. Eine merkwürdige Verschwörung, fand Frank.

Aber jetzt nahm er sich die Zeit, die junge Dame genauer zu betrachten. Sie war verdammt jung, viel zu jung für ihn, das wusste er. Als Kind hatte er Filme mit Brigitte Bardot gesehen. Der Schmollmund könnte hinkommen. Er mochte blonde Frauen nicht. Die waren so selbstverliebt. Monika hatte dunkle

Haare. Gott sei Dank. Aber ein bisschen selbstverliebt war sie auch.

„Wenn das hier irgendeine Abzocke werden soll, lass es besser sein. Ich lass mich nicht verarschen." Er wollte sich schnellstens behaupten. Sie lächelte amüsiert.

Er betrachtete ihre Lederkombi, ihren altmodischen Helm mit den ledernen Ohrenlaschen. Sein Blick wanderte zu der Triumph in der Einfahrt - ein altehrwürdiges Modell, aber gut in Schuss, musste heut´ ein Vermögen wert sein. Alles wie im Film. Vielleicht kam Alain Delon gleich um die Ecke. Aber in der Ecke, ein paar Meter weiter, hockte nur der altgewordene Asterix und beäugte seine beiden Gäste mit traurigem Blick.

„Und, machste Urlaub hier?", wollte die Hübsche wissen.

„Wie heißt du eigentlich?", reagierte er mit einer Gegenfrage.

Sie schien einen Augenblick zu überlegen, bevor sie antwortete. „Ich bin Eveline."

„Und was machen wir nun mit dem angefangenen Tag, Eveline?"

„Wir warten!" Sie sagte das mit einem Ernst, als sei das Herumsitzen bei Kaffee und Croissants die wichtigste Mission im ganzen Leben. „Na gut", sagte er, „warten wir eben."

Er betrachtete den wolkigen Himmel. Spätestens um die Mittagszeit würde die Polizei die Fahrzeugkontrolle beenden und sich wieder verziehen. Bis zum Abend konnte er dann sein Lieblingssträßchen noch hundert Mal hoch- und runterbrummen.

„Schon mal daran gedacht, das Motorradfahren aufzugeben?" Eveline hatte diese Worte fast geflüstert. Ihre Frage fand er völlig absurd. Er wollte aufbegehren, aber etwas mahnte ihn zur Stille.

Klar, Motorradfahren war nicht das Einzige in seinem Leben. Er kannte die Provence und die Cotes d´Azur recht gut.

Früher war er hier gewandert, hatte die Festivals besucht und Peter Mayle gelesen. Monika träumte von einem kleinen Häuschen am Cap Camarat. Aber was willste dort machen?, fragte er sich. Lavendel pflanzen, Oliven ernten, Ziegen hüten…? Im Grunde vielleicht gar nicht so schlecht, aber trotzdem - das war doch alles nur Stuss!

„Weißt du", begann Eveline wieder, „früher bin ich Rennen gefahren, hier in den Bergen…"

Das machte ihn neugierig. Er wollte mehr erfahren. Aber Eveline ließ ihren Satz in der Luft hängen.

Frank beugte sich zu ihr herüber und sprach leise in ihr Ohr: „Kennst du den Alten da drüben?" Wieder schien sie zu überlegen, bevor sie antwortete: „Früher, da mochten wir uns." Ihre Augen bekamen einen feuchten Glanz und er fragte nicht weiter.

Nach ein paar schweigsamen Minuten erklärte sie plötzlich: „Wir haben lange genug gewartet. Du kannst jetzt weiterfahren." Das irritierte ihn. Wie konnte sie wissen…? Sie legte ihre Hand auf seinen Arm und übte sanften Druck aus. Frank stand langsam auf und griff nach seinem Helm.

Als er die Einfahrt hinunter zu seinem Motorrad ging, drehte er sich noch einmal um. Ganz links auf der Terrasse saß Asterix. Sein dunkelroter zerschlissener Pullover und sein silbergraues Haar bildeten einen auffälligen Kontrast zum Grün und Blau der Landschaft. Ein paar Meter entfernt von ihm saß Eveline. Sie beide blickten zu einem fernen Punkt am Himmel - ein Bild, wie von Edward Hopper gemalt.

Frank startete den Motor und fuhr auf seiner Lieblingsstraße davon. Er kämpfte mit einer Traurigkeit, die er nicht verstand.

Es ging auf Mittag zu. Die Straße war trocken und staubig. Frank klappte das Visier herunter, schaltete hoch in den dritten Gang und versuchte 3000 Umdrehungen zu halten. Linkskurve,

Rechtskurve, Linkskurve. Scheiß auf die Landschaft, sagte er sich, konzentrier dich auf deinen Bock. Das klappte gut.

Wälder, Himmel, Meer, alte Häuser - das hatte er alles schon tausendmal gesehen. Er hielt den Blick auf die Fahrbahn gerichtet und warf seine Maschine schnell von links nach rechts hin und her. 3000 Umdrehungen waren machbar, aber er musste tief in die unüberschaubaren Kurven hinein. Wenn da ein Radfahrer vor ihm war - nicht auszudenken. Monikas vorwurfsvolles Gesicht tauchte vor seinem inneren Auge auf.

Hinter der nächsten Rechtskurve war es schattig und kühl. Hier kam selbst die Mittagssonne nicht hin. Es roch nach Farnen, Moos und feuchter Erde. Instinktiv ging er runter vom Gas, schaltete in den zweiten Gang, schimpfte vor sich hin.

Ein paar Meter weiter gab es ein Warnschild „Baustelle". Das war gestern noch nicht da. In der nächsten Geraden konnte er weit vorausschauend sehen, dass die Straße gesperrt und Bauarbeiter am Werk waren. So ein Mist! Er hielt vor den rot-weißen Planken an, stellte den Motor ab und wollte von den Arbeitern wissen, was los war. „Das Wasser aus den Bergen hat die Fahrbahn überschwemmt. Wir müssen´s über Rohre ableiten, kann sonst gefährlich werden, gerade für Motorradfahrer."

„Ausgerechnet heute", knurrte Frank vor sich hin.

„Tja, vor ´ner halben Stunde hättste noch durchfahren können, den Pass hoch und dann durchs Tal bis nach St. Tropez und über die Bundesstraße zurück. Aber vielleicht wärste auch abgeschmiert in der Riesenpfütze da vorne und in die Schlucht gestürzt. Dass du jetzt umdrehen musst, ist vielleicht das kleinere Übel. Also, geh irgendwo einen Kaffee trinken und beruhig dich wieder."

Also schon wieder Kaffeetrinken bei Asterix. Ob Eveline noch da war?

„War die Polizei hier?", wollte Frank noch wissen. Der Bauarbeiter winkte ab. „Die Polizei interessiert sich einen Scheiß für so ´was."

Frank wendete und fuhr langsam zurück. Da ihn die Talfahrt nicht forderte, hing er seinen Gedanken nach. Etwas Unheimliches war an dieser Sache. Eveline und der Alte - die würden ihm das erklären müssen. Frank parkte wie gewohnt in der Einfahrt. Asterix saß noch auf der Terrasse. Es schien, als hätte er sich keinen Millimeter gerührt. Eveline war nirgends zu sehen. „Ist sie schon fort?", fragte Frank.

„Sie ist schon seit dreißig Jahren fort, wenn du´s genau wissen willst."

Frank wurde es kalt um´s Herz.

Der Alte fuhr fort: „Wir sind damals Rennen gefahren, hier in den Bergen. Meine Tochter war gut. Sie war richtig gut. Aber ich wollte, dass sie noch besser wird. Ich hab´ sie zum Training gedrängt, jeden Tag. Irgendwann ist sie gegen die Felswand gekracht und war tot." Der Alte hielt einen Augenblick inne und schluckte ein paar Mal. „Danach haben sie den Felsen gesprengt, um die Kurve breiter zu machen."

Frank sah zu dem Stuhl, in dem Eveline heute früh gesessen hatte. Er versuchte, sich ihre Gestalt und ihr Gesicht vorzustellen. Aber die Erinnerung daran verblasste bereits.

Der Alte redete weiter: „Alle paar Jahre kommt sie wieder. Sie spricht nicht mit jedem und sie spricht überhaupt nicht mit mir. Aber jedes Mal rückt sie ein paar Zentimeter näher an mich heran. Und vielleicht wird sie mir verzeihen können, bevor ich sterbe."

Plötzlich gab der Alte ein glucksendes Lachen von sich. „Stell dir nur vor, wenn sie mir nicht verzeiht, dann werde ich auch wiederkommen und hier auf sie warten. Dann gäbe es zu viele Gespenster hier am Kap, das wär´ nicht gut." Der Alte gluckste selbstversunken vor sich hin. Frank spürte eine lähmende Beklommenheit in sich. Er stammelte ein paar Abschiedsworte und fuhr davon.

Erst drei Tage später kam er zurück. Er hatte Zeit gebraucht, Zeit für's Nichtstun, Zeit für's Lesen und Schreiben, Zeit für's Nachdenken. Am Terrassen-Café hielt er diesmal nicht an. Er fuhr langsam die gewundene Straße hinauf, nur im zweiten Gang.

Also, die Jungens zuhause, die würden sich auf jeden Fall sowas von schlapplachen. Dafür gäb's schon keine Worte mehr. Er schüttelte den Kopf über sich selbst. So wild bist du nicht, sagte er sich. Aber es war ihm egal.

Er achtete genauer auf die Landschaft. Sein Blick schweifte über die Pinienkronen, wie sie sich vor dem azurblauen Himmel abzeichneten, und über die Bruchsteinhäuser mit ihren blauen Fensterläden. Er genoss die freien sonnigen Flächen, auf denen knorrige Weinbergstöcke in roter Erde auf den kommenden Sommer warteten. Die Baustelle an der Straße war fort, die Fahrbahn frei und trocken.

Wenige Minuten später hatte er den Felsendurchgang erreicht und parkte seine Maschine am Straßenrand. Er ging hinüber zu dem kleinen hölzernen Kreuz. Der Name „Eveline" war mit weißer Farbe darauf gepinselt. Frank stapfte durch die Büsche, pflückte Butterblumen und wilde Margeriten und legte sie in den Staub vor das Kreuz. Er wollte Danke sagen, aber wie sagt man Danke zu den Toten?

Frank wandte seinen Blick ab vom Kreuz und sah über die Wälder hinweg bis zur fernen Küste. Cap Camarat konnte man mit dem bloßen Auge erkennen. Er dachte an schwarze Oliven, an bitteren kühlen Wein und an Monika, die auf ihn wartete. Morgen würde er nach Hause fahren. Es wurde Zeit.

Cotes d'Azur, Frankreich 2013

Totensonntag
Zur Erinnerung an Denis Finch-Hatton

Jenseits Nairobi
Hügel und Wald
gegen das frühe Licht
gezeichnet
und die Wege
der Geschichte
nicht aus Stein
nur aus Wort und Weise
blauem Rauch
geformt

Den Spuren gefolgt
im Schatten der Shambas
unsichtbare Tritte erahnt
vergangene Freude
vergangenen Atem
eines großen Mannes
der diese Hügel liebte
so wie sie ihn
leidenschaftlich lockten
grüßten
endlich ganz und gar
zu sich nach Hause riefen

Über Gräsern, Blumen
welk und braun
steht sein Name
blass auf morschem Holz

Vom Gipfel stürzt der Blick
tief in das Rift-Tal hinab
das Wasser vertrocknet
die Tiere fort

Und Karen ?
friert
so fern
hinter Tannen
weiß vom Schnee
Und ich ?
bin nicht
der Wiedergeborene
die rechte Zeit verging
als der Löwe
nicht mehr wachte
auf der Erde
frisch und rot
Und das Grab?
ist leer
eine Handvoll Staub
in der Sonne verbrannt

Davor bete ich
um Liebe ohne Tod

Ngong-Hills, Kenia,
an einem Sonntag 1992